Seebrücke in Flammen

Elke Pupke

SEEBRÜCKE IN FLAMMEN

HINSTORFF

Liebe Leserin, lieber Leser, wir freuen uns über Ihre Bewertung im Internet!

Die Deutsche Nationalbibliothek verzeichnet diese Publikation in der Deutschen Nationalbibliografie; detaillierte bibliografische Daten sind im Internet über http://dnb.de abrufbar.

2. Auflage 2020
Herstellung: Hinstorff Verlag GmbH
Lektorat: Henry Gidom
Titelbild: © Thomas Grundner / Gestaltung Beatrix Dedek
Druck: GGP Media GmbH, Pößneck
Printed in Germany
ISBN 978-3-356-02091-5

Prolog

In dieser Nacht sollte ein Sturm aufziehen, aber noch lag die Ostsee ruhig da. Zwischen den Kaiserbädern, deren Seebrücken hell erleuchtet in das Meer ragten, und den großen Schiffen am Horizont war nicht einmal einer der Usedomer Fischer auf dem Wasser unterwegs.

Nur ein kleines Boot glitt unter dem gleichmäßigen Röhren seines Außenbordmotors immer weiter auf die dunkle See hinaus.

Nachdem die Fahrt gestoppt wurde und der Kahn in den seichten Wellen schaukelte, leuchtete für ein paar Minuten ein schwaches, gelbschimmerndes Taschenlampenlicht in die Dunkelheit. Auf den Bootsplanken wurde ein großes Plastikbündel sichtbar, dessen Konturen eindeutig einen menschlichen Körper erkennen ließen. Es war mit einem groben Strick mehrfach umwickelt und verknotet.

Nachdem zwei mit Wasser gefüllte Benzinkanister an den Tauen befestigt waren, wurde die Lampe ausgeknipst.

Mit lautem Platschen gingen zuerst die schweren Kanister, dann das Bündel über Bord. Das Boot neigte sich gefährlich auf seine Backbordseite, fast wäre es gekentert.

Dann erstarben die Geräusche. Stille. Das leise Plätschern kleiner Wellen am Rumpf war kaum wahrnehmbar.

Eine halbe Stunde später traf das Boot auf den Sandstrand ein paar hundert Meter westlich der Heringsdorfer Seebrücke, wurde herausgezogen und vertäut. Niemand hatte die Person bemerkt, die sich in der Dunkelheit schnell entfernte.

1

»Wo ist denn nun die berühmte Heringsdorfer Seebrücke?«

Maja Vogelsang blickte ihre Kundin, die ihr diese Frage im schönsten sächsischen Dialekt gestellt hatte, erstaunt an. »Hier! Sie stehen mitten drauf«, erklärte sie etwas zögernd, nicht ganz sicher, ob die Frage ernst gemeint war.

»Häh? Das ist doch keine Brücke, das ist eine Einkaufspassage.«

»Genau! Die Passage auf der Seebrücke. Gehen Sie einfach weiter, durch die Tür da vorn, dann kommen Sie auf einen Steg, dann zur Mittelplattform, da sind auch Läden, dann wieder Steg, vorn an der Spitze befinden sich ein Restaurant und der Schiffsanleger. Das Ganze liegt über dem Wasser und heißt deshalb Seebrücke.«

»Na so was, unter einer Brücke stelle ich mir etwas ganz anderes vor«, erklärte die Urlauberin vorwurfsvoll. Sie sah sich in dem kleinen Laden um, nahm ein paar Dinge in die Hand, legte sie wieder hin und verließ ihn dann kopfschüttelnd.

Die Verkäuferin schaute ihr kurz hinterher, dann blieb ihr Blick an einer jungen Frau hängen, die gerade an dem Geschäft vorbeischlenderte. Sie war mittelgroß und schlank, das Gesicht hatte sie zur anderen Seite gewendet, aber Maja hatte sofort das Gefühl, sie zu kennen, und war sich dessen ganz sicher, als die Frau mit beiden Händen von hinten in das lange blonde Haar griff, es mit der rechten Hand zu einem Pferdeschwanz bündelte und dann wieder auseinanderfallen ließ. Diese Geste kannte sie. Auch den bewusst lässigen Gang, der Selbstbewusstsein vortäuschen sollte. Vor ihrem inneren Auge sah sie kurz ein hübsches, junges Gesicht mit einem trotzigen Mund und flackerndem Blick. Aber sie konnte das Bild nicht festhalten und als die Frau unter den anderen Leuten, die auf der Seebrücke flanierten, verschwand, wollte sie am liebsten hinterherlaufen.

›Wer war das?‹ Sie ärgerte sich, weil es ihr einfach nicht einfiel. Es musste jemand sein, den sie gut kannte, aber längere Zeit nicht gesehen hatte. Vielleicht aus ihrem Heimatdorf? ›Hoffentlich kommt sie noch einmal vorbei‹, dachte sie. Die Neugier ließ Maja mal wieder keine Ruhe.

Eine ältere Frau riss sie aus ihren Gedanken. »So einen Laden hatte ich früher auch. Auf der alten Seebrücke.«

»Wirklich? Das ist ja interessant. Das muss doch dann wohl in den Fünfzigern gewesen sein, oder?«, entgegnete Maja.

»Stimmt!« Die zierliche weißhaarige Dame lächelte wehmütig. Eigentlich war es nicht ihre Art, fremde Menschen anzusprechen, aber die freundliche Verkäuferin gefiel ihr.

Maja war auch nicht mehr ganz jung mit ihren 55 Jahren, die Dauerwelle, die sie sich von keinem Friseur ausreden ließ, verlieh ihr ein etwas altbackenes Aussehen und auch die Kleidung konnte nicht gerade als modisch durchgehen, was zum Teil ihrer vollschlanken Figur geschuldet war.

Es waren gerade keine weiteren Kunden im Laden und Maja schien tatsächlich interessiert, deshalb erlaubte sich die ehemalige Verkäuferin, ausführlich in ihren Erinnerungen zu kramen. »Mein Laden war ganz ähnlich wie dieser, auch nicht sehr groß, wir haben Andenken verkauft, vieles aus Muscheln oder Schildplatt, echten und künstlichen Bernsteinschmuck, Gläser und Schalen mit Wappen, Ostseebilder – lauter Kitsch eben, aber die Gäste haben das damals gern mitgenommen. Wir hatten auch noch Strandspielzeug: Eimer und Förmchen, Schwimmringe und Wasserbälle.« Nach einer kurzen Pause fügte sie hinzu: »Am 27. Juni 1958 war es, den Tag vergesse ich nie. Ich hatte vormittags Ware bekommen und einige Wasserbälle aufgeblasen, um festzustellen, ob sie die Luft halten. Abends habe ich sie dann auf dem Feuer tanzen sehen. Die ganze Seebrücke hat lichterloh gebrannt. Sie war ja nur aus Holz. Und unter den Geschäften, in den Hohlräumen, haben wir die Verpackungen aufbewahrt. Ja, da brauchte man nur ein Streichholz ranhalten.« Sie seufzte tief. »Das war wirklich schlimm. Ganz Heringsdorf stand unter Schock. Es war eine so schöne Seebrücke, die schönste in Deutschland, hieß es. Und das Wahrzeichen der Insel Usedom. Sie war auch schon 500 Meter lang, damals was ganz Besonderes, Einmaliges. In der Form war sie ähnlich wie diese, aber mit hohen, spitzen Türmen und vielen Schnitzereien verziert. Aber, na ja«, sie lächelte freundlich, »diese ist auch schön. Und Ihr Laden gefällt mir. Sie haben viel schönere Sachen als wir damals.«

»Hat man die Brandstifter eigentlich gefasst?«, fragte Maja noch schnell, denn jetzt betraten einige Kunden den Laden.

»Ja, es waren Jugendliche aus dem Ort. Sie sind ins Gefängnis gekommen.«

Die Verkäuferin hätte gern noch mehr über die alte Seebrücke erfahren, aber die Frau winkte ihr noch einmal kurz zu und verließ das Geschäft. ›Ich müsste Valentin mal fragen‹, dachte Maja. ›Der weiß bestimmt mehr darüber. Die fremden Reiseleiter erzählen den Gästen doch nur Unsinn.‹

Während Maja eine Kundin abkassierte, sah sie durch die Scheibe erneut die junge Frau, die ihr vorhin so bekannt vorgekommen war. Sie stand jetzt vor dem Schaufenster des Schmuckladens. Plötzlich drehte sie den Kopf zur Seite und zog die Schultern hoch, so als wollte sie nicht erkannt werden. Ja, das war es, das Auffällige an dieser Passantin. Sie wollte nicht erkannt werden, schien sich zu verstecken, aber auch viel Zeit zu haben. ›Jedenfalls ist es keine Touristin‹, dachte Maja, ›und ich kenne sie! Wenn ich nur mal ihr Gesicht sehen würde. Irgendwas stimmt nicht mit ihr, da bin ich mir ganz sicher.‹

Am Abend, als die Verkäuferin zu Haue im Sessel ihre müden Füße massierte, fiel es ihr plötzlich ein. ›Das war eine von den Ludwig-Schwestern! Myrna oder Luisa. Sie sind sich ziemlich ähnlich, waren es jedenfalls immer.‹ Maja war mal gut mit ihnen befreundet gewesen, hatte sie aber schon lange nicht mehr gesehen. Sie ahnte nicht, dass sie die eine ihrer ehemaligen Freundinnen auch nie wiedersehen würde.

2

Luisa bummelt durch das große Einkaufscenter mitten in Hamburg. Sie wirft einen sehnsüchtigen Blick in einen Backwarenshop, geht aber schnell weiter. Wie gern würde sie jetzt einen Kaffee trinken! Aber dafür kann sie kein Geld ausgeben, es reicht ohnehin nicht mehr lange. Um sich abzulenken, geht sie in ein Modegeschäft, sieht sich Kleidung an und nimmt sogar ein paar Teile mit in eine Kabine. Sie zieht eine Hose an und betrachtet sich im Spiegel. ›Sieht toll aus‹, stellt sie fest, ›ich bin wieder richtig schlank geworden. Armut ist eine ziemlich wirksame Diät.‹ Frustriert verzichtet sie darauf, die anderen Kleidungsstücke anzuprobieren. Sie kann sie sich ohnehin nicht leisten, und etwas zu stehlen, das traut sie sich nicht.

Als sie in Richtung Ausgang schlendert, blickt Luisa in zwei bekannte Gesichter und grüßt unwillkürlich. Sofort zuckt sie erschrocken zusammen und geht schnell weiter, ohne sich umzudrehen. Erst an der anderen Seite des Ladens bleibt sie hinter einem Regal stehen und holt tief Luft. Sie spürt ihr Herz bis in den Hals schlagen. Nach einer Weile späht sie vorsichtig um die Ecke. Dann schleicht sie sich langsam zurück. Warum nur hat sie so reflexhaft gegrüßt? Sie sieht die beiden immer noch an der Stelle stehen, an der sie sie getroffen hat. Luisa zieht sich die Kapuze ihres Pullovers über den Kopf und geht hinter einem Kleiderständer so nah wie möglich heran. Sie muss unbedingt wissen, worüber sie reden, ob das Ehepaar sie erkannt hat.

Sie steht jetzt dicht hinter ihnen, nur durch eine Reihe Blusen von den beiden getrennt. Die Frau deutet immer wieder mit dem Finger in die Richtung, in die Luisa verschwunden ist und redet lebhaft auf ihren Mann ein. Warum ist sie nur so aufgeregt? Endlich kann Luisa das Gespräch verstehen.

»Das kann sie nicht gewesen sein, du weißt genauso gut wie ich, dass Luisa tot ist. Meinst du, sie spukt hier in Hamburg durch die Kaufhäuser?«

»Aber ich habe sie doch genau gesehen. Und sie hat sogar gegrüßt. Sie hatte die gleiche Jacke an wie immer. Nur die Haare trägt sie jetzt kurz.«

»Vielleicht war es Myrna. Die beiden sahen sich doch ziemlich ähnlich.«

»Also, ich bitte dich. Ich kann doch Myrna und Luisa unterscheiden.«

›Das solltest du‹, denkt Luisa, ›nachdem wir zwanzig Jahre lang Nachbarn waren. Aber wieso denkt der alte Trottel, dass ich tot bin?‹

»Die Leiche wurde doch wohl nie gefunden«, überlegt die Frau jetzt, und Luisa, die sie nicht sehen kann, erinnert sich, wie die dürre Blondine ihre spitze Nase rieb und wie ihre Augen blitzten, immer dann, wenn sie im Dreck ihrer Nachbarn wühlte. »Wahrscheinlich wurde sie gar nicht ermordet, sondern ist mal wieder einfach abgehauen. Das würde ihr auch ähnlich sehen!«

›Ermordet? Das wird ja immer schöner. Wie kommen die darauf, dass ich ermordet wurde? Das ist doch makaber.‹ Luisa bekommt eine Gänsehaut. Sie hört noch etwas von einem Boot und einem Leichenhund, aber die beiden gehen jetzt langsam weiter und Luisa bleibt wie versteinert stehen.

3

Am Nachmittag bummelt Luisa durch die Stadt. Es nieselt ein wenig, ist aber zum Glück recht warm für diese Zeit im späten Herbst. Immerhin ist es schon Ende November, richtig kalt war es für ein paar Wochen im Oktober geworden. Gewohnheitsmäßig sieht sie in jeden Abfallkorb, findet heute aber nur eine einzige Pfandflasche. Sie ist immer noch aufgeregt über ihr Erlebnis vom Vormittag.

›Wenn ich doch nur mit Myrna reden könnte! Sie wird doch wohl nicht auch denken, dass ich tot bin?‹ Dieser Gedanke erschreckt Luisa so, dass sie unwillkürlich stehen bleibt. Ein Mann rempelt sie an und schimpft. Sie tritt zur Seite und setzt sich auf eine Bank an einer Bushaltestelle. Fieberhaft überlegt die junge Frau, wie sie ihre Schwester erreichen kann. Es gibt keine andere Möglichkeit, sie muss nach Hause zurückkehren! Eigentlich war es ihr schon lange klar. Sie kann nicht hier in Hamburg überwintern, ohne Unterkunft, ohne Geld, ohne Papiere. Seit Monaten schläft sie im Auto, und nicht einmal das gehört ihr. Es ist Myrnas alter Golf, aber sie durfte ihn schon immer nutzen, und ihre Schwester wollte ihn ihr ohnehin schenken.

Der Entschluss steht fest. Luisa ist jetzt sogar erleichtert, dass sie es nicht mehr hinauszögern kann. Im Gegenteil, jetzt will sie so schnell wie möglich nach Hause, auf die Insel Usedom.

›Ob das Auto noch fährt, wenn sie denn endlich einmal die Batterie aufladen lässt?‹ Sie könnte beim ADAC anrufen und sich als Myrna ausgeben, die ist dort Mitglied. Aber vielleicht verlangen die einen Ausweis zu sehen. Oder sie spricht einfach einen Autofahrer an, der einen netten Eindruck macht, und bittet um Starthilfe. Und dann? Luisa muss nicht in ihr Portemonnaie sehen, um zu wissen, dass sie noch genau 52,63 € besitzt. Damit bekommt sie das Auto nicht einmal vollgetankt und auf keinen Fall reicht es bis nach Usedom. Soll sie einfach so weit fahren, wie sie kommt, und es dann per Anhalter weiter versuchen?

Ein gelber Reisebus fährt an die Haltestelle. Postbus liest Luisa. Spontan springt sie auf und spricht den Busfahrer an. »Fahren Sie zufällig auf die Insel Usedom?«

»Zufällig nicht. Aber planmäßig.«

»Und wann?«

»Um 15.30 Uhr.« Er sieht auf die Uhr. »Also in einer Stunde und vierzig Minuten. Und dann wieder übermorgen.«

»Und was kostet das?«

»15 €. Aber so einfach geht das nicht. Sie müssen die Fahrt buchen. Übers Internet oder …«

»Bitte«, unterbricht Luisa den jungen Mann und blickt ihn flehend an, »ich muss unbedingt auf die Insel, so schnell wie möglich. Gibt es denn gar keine Möglichkeit, dass ich heute mitfahren kann?«

»Na ja«, der Fahrer überlegt kurz, dann zuckt er mit den Schultern, »der Bus ist sowieso halb leer. Also von mir aus. Was ist mit Gepäck?«

»Ich wohne gleich um die Ecke. Ich hole meine Sachen und bin pünktlich wieder hier, okay?«

Ihr Golf steht auf dem Hinterhof eines großen Mietshauses, zwischen einem anderen Autowrack und einem halbzerfallenen Schuppen. Anscheinend ist noch niemandem aufgefallen, dass hier jemand übernachtet. Luisa ist immer wieder froh, dass die Kinder heute nicht mehr draußen spielen, sondern ihre Abenteuer bei Computerspielen suchen. Trotzdem sieht sie sich gewohnheitsmäßig um, bevor sie hinter den Schuppen zur Fahrerseite des Autos schlüpft.

Einen Moment lang bleibt sie sitzen und überlegt. Sie weiß, sie kann es nicht hinausschieben, sie muss zurück. Ihre Sehnsucht ist unbändig, nach Myrna, nach richtigen Gesprächen mit Menschen, die sie kennt. In den letzten Monaten hat sie manchmal tagelang kein Wort gesagt. Und wenn, dann waren es belanglose Bemerkungen zu fremden Leuten. Sie wird wahnsinnig, wenn sie noch lange allein bleibt. Aber da ist immer noch die Scham, die Angst, sich im Heimatdorf zu zeigen. Das schafft sie nicht, sie kann keine Fragen beantworten, bevor sie mit Myrna gesprochen hat.

›Am besten wäre es, wenn mich niemand erkennt‹, denkt sie. ›Ich muss mein Aussehen verändern.‹ Sie greift in das Handschuhfach. Tatsächlich, da ist die schwarze Haarfarbe, die sie gleich am ersten Tag in Hamburg gekauft und dann völlig vergessen hat. Ohne noch lange zu überlegen, greift sie nach der Packung und steigt hastig aus, dann beugt sie sich noch einmal ins Auto und zieht ein paar Kleidungsstücke hervor, die auf dem Rücksitz unter einer Decke verborgen waren. Schnell läuft sie über den Hof zu einem flachen und heruntergekommenen Nebengebäude, dessen Eingangstür schon etwas schief in den Angeln hängt. Ein großer Wasserkessel steht hier, der von unten beheizt werden kann, sogar Holz liegt noch in einer Ecke. Sie hat sich aber nie getraut, hier ein Feuer anzuzünden, irgendjemand hätte den Rauch sehen und die Feuerwehr rufen können. In dieser alter Waschküche hat sie sich monatelang nur mit kaltem Wasser gewaschen, froh, dass der Wasserhahn in der Ecke noch funktionierte. Sie zittert vor Nervosität, als sie jetzt die Packung aufreißt und die Anleitung liest. Zwanzig Minuten einwirken lassen – das muss sie schaffen! Vielleicht reichen auch fünfzehn Minuten, ihr Haar ist sehr fein. Zum Glück hat sie es schon vor Wochen kurz geschnitten.

Nachdem die Farbe aufgetragen ist, zieht Luisa sich um. Sie hat absichtlich ihre Schwangerschaftskleidung gegriffen, jetzt zieht sie mehrere Pullover übereinander, dann die weite Hose und eine große Bluse darüber. ›Nein‹, denkt sie dann, ›das sieht komisch aus, damit falle ich nur auf. Außerdem schwitze ich mich tot im Bus.‹ Schnell streift sie einen Pullover nach dem anderen wieder ab, sieht auf die Uhr und spült ihre Haare gründlich aus. Dann zieht sie die enge Jeans wieder an.

Wieder im Auto sieht sie in den Spiegel, erschrickt und lockert die nassen Haare mit den Fingern ein wenig auf. Macht sie die dunkle Tönung so blass? Oder ist es die Aufregung? Dann stopft sie hastig die Kleidungsstücke in eine Reisetasche. Sie kontrolliert das Handschuhfach, da liegt noch Myrnas Handy, das sie einsteckt. Die Flasche mit dem Leitungswasser kommt in die Tasche und noch etwas Unterwäsche. Jetzt liegt nur noch Sommerkleidung auf dem Rücksitz. Sie zieht die Wolldecke darüber und steigt aus. Dann dreht sie sich noch einmal um und holt die Decke aus dem Auto. Die anderen Sachen schiebt sie auf den Boden, zwischen die Sitze. Sie verschließt die Türen und läuft nach einem Blick auf ihre Armbanduhr zur Straße. ›Irgendwann muss ich zurückkommen und das Auto holen. Erst mal nach Hause!‹

4

Der gelbe Bus ist nicht ganz voll, Luisa hat eine Sitzbank für sich allein. Ihr Blick schweift über die karge Landschaft, unwillkürlich fällt ihr Heinrich Heine ein, für den sie als Jugendliche geschwärmt hat: »Im traurigen Monat November war's«. Wie lange hat sie keine gute Literatur mehr gelesen! In den vergangenen Monaten hat sie sich die Zeit mit Taschenbüchern vertrieben, die die Leute irgendwo abgelegt hatten. Einmal hat sie ein paar wirklich gute Bücher aus einem Papiercontainer gefischt. Richtig, die liegen immer noch im Auto, sie hat sie unter einen Sitz geschoben.

Im zurückliegenden Winter, als sie noch auf Usedom lebte, hat sie nur gelesen, was sie für wertvoll hielt, die deutschen Klassiker, aber auch Remarque, Dürrenmatt, Thomas Mann, Fontane und Tucholsky. Manches im Flüsterton, anderes halblaut, die schönsten Gedichte und auch Hemingways »Der alte Mann und das Meer« hat sie ihrem Baby laut vorgelesen. Wenn klassische Musik einem Kind im Mutterleib gut tut, warum dann nicht Worte, die Freude machen und Wohlbefinden erzeugen? Wenn nicht, bekommt es wenigstens eine gebildete Mutter.

Es war eine so schöne Zeit, vielleicht die beste ihres Lebens. Alle waren lieb zu ihr, nicht nur Myrna, die hat sich immer gekümmert. Robin vor allem, ihr schöner, kluger, heiß geliebter Mann. Sie haben sich so auf das Kind gefreut, sich so sorgfältig vorbereitet, sie hat auf ihre Gesundheit geachtet, alles war bestens, sie konnte es kaum erwarten, ihren Sohn im Arm zu halten. Gut, die Geburt dauerte sehr lange, die Schmerzen waren beinahe unerträglich, aber sagt man nicht, wenn das Kind da ist, wäre das alles vergessen? Was ist eigentlich passiert?

Zuerst war alles wie erwartet, sie empfand Liebe und Zärtlichkeit, Stolz und ein überschwängliches Mutterglück. Endlich konnten sie nach Hause, der kleine Linus war kerngesund, er würde sich wohlfühlen in seinem Nest, seiner perfekten kleinen Welt. Ihm würde es an nichts fehlen, er sollte wohlbehütet aufwachsen, nicht so wie Luisa, die ihren Vater nicht gekannt und ihre Mutter viel zu früh verloren hatte.

Aber er fühlte sich nicht wohl – er quengelte, er weinte, er schrie, sobald Luisa ihn in sein Bettchen legte. Also trug sie ihn mit sich herum. Wenn er einmal kurz einschlief, meist kurz nach dem Stillen, nutzte sie die Zeit, um schnell zu duschen. Manchmal kam sie den ganzen Tag nicht dazu. Sie hatte keine Zeit zum Kochen, aber sie hatte ohnehin keinen Hunger. Sie war völlig erschöpft, konnte sich auf nichts konzentrieren, eigentlich gar nicht mehr klar denken. Am liebsten hätte sie sich in ihr Bett verkrochen und nur noch geweint. Aber das Baby brauchte sie. Immer, ununterbrochen, Tag und Nacht. Robin war keine Hilfe. Er kam abends von der Arbeit nach Hause und wusste gar nicht, wen er zuerst trösten sollte, seine Frau oder sein Kind. Seine ständigen Redensarten – »Das ist normal.«, »Das geht vorbei.«, »Das geht allen Müttern so.« – reizten Luisa noch mehr. Als sie keine Milch mehr hatte, war sie erleichtert. Das Stillen war ihr unangenehm, manchmal schmerzhaft. Außerdem konnte sie jetzt, wenn sie dem Kind sein Fläschchen gab, kontrollieren, wie viel es trank und konnte Hunger als Ursache für das unablässige Schreien ausschließen. Und endlich konnte sie auch Tabletten gegen ihre ständigen Kopfschmerzen nehmen.

Im Bus sitzend denkt Luisa zum ersten Mal intensiv über diese Zeit nach. Fast genau ein halbes Jahr ist es her und bisher konnte sie die Erinnerung an die ersten vier Wochen nach der Geburt ihres Sohnes erfolgreich verdrängen. Sie war nur eine dunkle Wolke in ihrem Gehirn, unwirklich wie ein Alptraum, manchmal ein Schreck, wenn sie unwillkürlich in einen Kinderwagen blickte oder ein Baby weinen hörte. Heute weiß sie, sie hätte Hilfe suchen, zu einem Arzt gehen müssen. Aber sie konnte ja nicht mal mit Robin darüber sprechen. Sie hat es versucht, aber er hat sie nur verständnislos angeblickt. Myrna hätte die Verzweiflung ihrer kleinen Schwester sicher gespürt, aber die hatte gerade selbst mehr als genug um die Ohren. Nach einem Autounfall, den sie verschuldet hatte, lagen sie und ihr schwer verletzter Mann lange im Krankenhaus. Dann waren sie endlich wieder zu Hause, aber Luisa konnte mit Myrna nicht über ihre Sorgen reden. Joe saß von nun an im Rollstuhl. Die beiden mussten umbauen, ihren Alltag völlig neu organisieren – dagegen erschienen Luisas Probleme so unbedeutend.

Der Bus fährt jetzt durch Rostock, die Hälfte der Strecke ist bereits geschafft. Luisa betrachtet die hell erleuchteten Straßen und erinnert sich, dass sie früher in jedem Jahr mit Myrna hierher zum Weihnachtsmarkt gefahren ist. ›Ja, richtig! Es ist bald Weihnachten.‹ Im vorigen Jahr hat sie sich noch vorgestellt, wie toll es wohl sein würde, mit ihrem Kind Weihnachten zu feiern. Wie viel mag der Kleine davon schon mitbekommen? Sie sieht immer noch das kleine, schreiende Bündel vor sich, mit rotem Gesicht und offenem Mund, mit den Fäustchen in der Luft fuchtelnd, das sie am liebsten geschüttelt hätte, nur damit es einmal still wäre.

Jetzt weiß sie wieder, warum sie damals geflohen ist. Es war panische Angst. Angst vor sich selbst, dass sie ihrem eigenen Kind etwas antun und ihm ein Kissen auf das Gesicht drücken oder es fallen lassen würde, nur damit es einmal ruhig wäre – irgendetwas Schlimmes, etwas Nichtwiedergutzumachendes. Oder sich selbst, sie hatte schon eine Packung mit Schlaftabletten in der Hand. Dann hätte auch ihr Kind ohne Mutter aufwachsen müssen. Aber vielleicht wäre das am besten für den Kleinen. Sie ist eine schlechte Mutter. Sie kann ihr eigenes Kind nicht lieben. Manchmal hat sie es gehasst und dann hat sie sich selbst gehasst für dieses Gefühl. Mit wem hätte sie darüber reden sollen? Über ihren Verdacht, das Baby wäre im Krankenhaus verwechselt worden, es war ihr so fremd, so empfindet man doch nicht für seinen eigenen leiblichen Sohn. Nein, sie ist einfach nicht normal, psychisch gestört, wahrscheinlich hätte man ihr das Kind weggenommen, um es vor ihr zu schützen. So ist es wenigstens bei seinem Vater, und Myrna kümmert sich sicher auch um ihren Neffen, so wie sie sich immer um ihre kleine Schwester gekümmert hat.

Darüber hat sie aber erst viel später nachgedacht. Damals im Mai war es ein spontaner Entschluss. Der Kleine hatte den ganzen Tag geschrien, sie hatte Kopfschmerzen, die Tabletten halfen nicht mehr. Dann kam Robin nach Hause. Er nahm den Kleinen auf den Arm, redete leise zu ihm und das Kind war ruhig. Es schien sogar zu lächeln, unfassbar. »Na siehst du«, sagte er in einem herablassenden Ton, als wäre es das Einfachste auf der Welt, ein Baby zu beruhigen und nur sie wäre dazu nicht fähig. Luisa hätte vor Wut und Verzweiflung heulen können. Als ihr Mann dann nach einem Blick in die Küche noch vorwurfsvoll hinzufügte, »Du könntest auch mal wieder was kochen, du weißt doch, dass ich hungrig von der Arbeit komme«, lief sie hinaus. Auf der Wiese hinter dem Haus blieb sie stehen und atmete tief ein. Es war ein wunderschöner Frühlingsabend, die Luft war schon ganz mild, es roch nach Erde und Gras. Und süß nach Blumen, Jasmin vielleicht oder Flieder, ein Duft, der Sehnsucht weckte. Wonach genau, wusste Luisa nicht, vielleicht einfach nach Ruhe und Frieden. Sie sah hinüber zum Haus ihrer Schwester. Wenn sie doch mit Myrna reden könnte! Am Nachmittag hatte sie es versucht, war mit dem schreienden Baby hinübergegangen, aber ihre Schwester hatte sie sofort abgewimmelt. »Bitte, Luisa, jetzt nicht!« Sie hatte sie förmlich angeschnauzt, das war ganz ungewöhnlich und Luisa hatte sich tief gekränkt zurückgezogen.

Der schwarze Golf stand vor dem Haus, der Unfall war mit Joes Auto passiert. Ohne darüber nachzudenken, was sie vorhatte, ging Luisa wieder hinein. Aus der Küche hörte sie Robin ein Kinderlied summen, der Kleine war still. Sie ging die Treppe hinauf in ihr Schlafzimmer und warf Kleidung in eine Reisetasche, hauptsächlich weite Hosen und Pullover, sie war noch nicht dazu gekommen, sich neue Sachen zu kaufen. Aus dem Bad holte sie ein paar Handtücher, ihre Zahnbürste, Duschgel, ihre Gesichtscreme, eine Haarbürste und Shampoo. Sie beeilte sich, nicht aus Angst, dass Robin sie zurückhalten könnte, sondern davor, dass ihre Vernunft einsetzte oder ihr Mut, der nur aus Verzweiflung entstanden war, sie verließ. Einem plötzlichen Impuls folgend, klemmte sie sich noch eine Wolldecke unter den Arm, nahm im Vorbeigehen ihre Handtasche und eine Jacke mit und verließ, ohne sich noch einmal umzusehen, das Haus.

Als sie aus dem Dorf fuhr, begann es zu regnen. Ziel- und planlos war sie losgefahren, einfach Richtung Westen, auf die Autobahn, tanken, weiter. Plötzlich fand sie sich in Hamburg wieder, einer Stadt, die sie schon immer mochte und in der sie garantiert niemand kannte. ›Nur ein paar Tage Ruhe‹, hatte sie zu sich selbst gesagt, ›abschalten, nachdenken‹. Mit etwas Abstand würde sie schon wieder »normal« werden, sie würde Sehnsucht nach ihrer kleinen Familie bekommen und endlich würde sich auch die ganz natürliche Mutterliebe wieder einstellen.

Aber genau das geschah nicht. Nicht nach drei Tagen, auch nicht nach drei Wochen. Das war schon viel zu lange für eine einfache »Auszeit« einer jungen Mutter, das war Luisa klar, aber sie konnte es nicht ändern. Sie konnte auch nicht richtig nachdenken über ihre Situation, ließ einfach alles geschehen. Robin machte sich sicher Sorgen, er würde sie suchen lassen und irgendwann würde die Polizei sie aufgreifen und nach Hause bringen. Dann würde sie ihm alles erklären und … würde, würde, würde. Irgendwann, nur jetzt nicht, sie war noch nicht so weit. Außerdem hoffte Luisa, dass Myrna dann wieder die alte sein und ihr raten und helfen würde, so wie sie es doch immer getan hatte.

Aber auch das geschah nicht. Ob Robin vielleicht froh war, sie los zu sein? Sicher kam er mit seinem Sohn allein zurecht. Aber was war mit Myrna? Warum suchte sie nicht nach ihrer Schwester? Was hat Robin ihr erzählt? Als sie nach Hamburg fuhr, hat Luisa noch gedacht, sie kann ihre Schwester jederzeit anrufen und ihr zumindest sagen, wo sie ist und dass es ihr gut geht. Aber dann fand sie Myrnas Handy im Handschuhfach – natürlich mit leerem Akku. Ihr eigenes Handy lag zu Hause, sie wusste nicht einmal genau wo. Damit war jede Verbindung zur Familie unterbrochen. Luisa beschloss, einfach abzuwarten. Das war ohnehin das, was sie am besten konnte. Wenigstens hatte sie die Kreditkarte von ihrem »geheimen Konto«, ihrer stillen Reserve, von der nicht einmal Robin wusste. Myrna hatte es schon vor Jahren eingerichtet und 2000 € vom Erbe der Eltern darauf eingezahlt. Es lief auf Myrnas Namen, da

Luisa immer mal Sozialhilfe bezog, nach einer abgebrochenen Lehre oder einer hingeworfenen Arbeit, da war es vielleicht besser, kein Guthaben auf der Bank zu haben.

In Hamburg hat Luisa nur zwei Nächte in einer billigen Pension gewohnt, dann ging sie bei ihrem Bummel durch die Innenstadt in eine Einfahrt und fand den verlassenen Hinterhof, bestens geeignet, um das Auto zu parken. Gleich in der ersten Woche in Hamburg kaufte sie sich einen engen kurzen Rock, eine freizügige, aber elegante Bluse und High Heels. Am Abend ging sie in ein Hotel, setzte sich in das Restaurant, bestellte ein Wasser und blickte immer wieder erwartungsvoll zur Tür, bis jedem, der sie beobachtete, klar sein konnte, dass sie versetzt worden war. Sie wurde von mehreren Männern angesprochen, bis sie endlich den richtigen fand. Es war ein sehr von sich überzeugter Geschäftsmann, der sie zunächst zum Essen und später mit dümmlichem Grinsen in sein Zimmer einlud. Luisa nahm das Angebot gern an. Ohne dass es zu mehr als vieldeutigen Blicken und eindeutigen Worten gekommen war, gelang es ihr, ein langes Schaumbad zu nehmen, Shampoo, Duschgel und ein Handtuch einzustecken und mit einem freundlichen »Danke, tschüss dann!« zu verschwinden. Dieser Trick war so einfach, dass er immer wieder funktionierte. Sie hätte leicht auch Brieftaschen oder Handys stehlen können, aber davor scheute sie zurück.

Sie ließ sich einfach treiben, genoss das Abenteuer, die Freiheit und schob eine Rückkehr in ihr altes Leben immer wieder hinaus. Manchmal wunderte sie sich, dass sie gar keine Sehnsucht nach ihrem Baby hatte, aber den Gedanken verdrängte sie schnell wieder. Sie war eben nicht normal, was konnte sie dafür.

An einem Augustabend bummelte Luisa an der Binnenalster entlang, als sie plötzlich das Gefühl hatte, beobachtet zu werden. Sie setzte sich auf eine Bank und blickte mit betont gelangweiltem Gesichtsausdruck umher, konnte aber nichts Auffälliges entdecken. Kurz zuvor hatte sie eine größere Geldsumme abgehoben und wie immer sorgfältig am Körper versteckt. Sowohl das Auto als auch ihre Umhängetasche konnten gestohlen werden, an ihre Unterwäsche kam niemand heran. Hatte sie jemand am Geldautomaten beobachtet? Sie stand auf und ging schnell in eine schmale Straße, bog mehrmals um Ecken und verbarg sich eine Zeit lang in einem Hauseingang, bis sie sich sicher fühlte. Aber als sie sich in ihr Auto setzte, sah sie einen Schatten in der Einfahrt, offensichtlich hatte jemand den Hof betreten und sich versteckt. Ihr schlug das Herz bis zum Hals. Hastig schloss sie sich ein und versuchte dann, in den dunklen Ecken des Hinterhofes etwas zu erkennen. Nichts. Sie überlegte. Niemand durfte wissen, dass sie in ihrem Auto schlief, schon gar nicht jemand, der wusste, dass sie Geld bei sich hatte. Mit wenig Hoffnung steckte sie den Schlüssel ins Zündschloss und war selbst überrascht, dass der alte Golf nach kurzem Stottern ansprang. Sie hatte das Auto seit Wochen nicht gestartet, zum einen weil sie befürchtete, dass sich jemand anderes auf den Platz stellte, zum anderen hoffte sie, dass es durch die ringsherum wuchernde Natur immer weniger auffiel.

Dann fuhr sie langsam durch das hohe Gras, schaltete erst in der Einfahrt das Licht ein und rollte gemächlich und ziellos durch Nebenstraßen. Als die Öllampe aufleuchtete, fuhr sie an eine Tankstelle, füllte auch gleich Benzin und Kühlwasser nach und kaufte sich ein trockenes Brötchen und einen Becher Kaffee. Der Verkäufer erklärte ihr, wie sie am schnellsten zur Autobahn käme und ohne weiter darüber nachzudenken, fuhr Luisa zum ersten Mal wieder Richtung Heimat.

Als sie damals auf der Insel ankam, wurde es bereits hell. Ihr fielen immer wieder die Augen zu. ›Noch eine halbe Stunde‹, dachte sie, ›dann bin ich bei Myrna. Ich lege mich einfach in ihr Bett und schlafe erst einmal. Dann erzähle ich ihr alles, sie wird es schon verstehen. Und dann macht sie, dass alles wieder gut ist.‹ Kurz hinter Zinnowitz ging nichts mehr. Sie wäre fast mit einem anderen Autofahrer zusammengestoßen, als sie auf die andere Fahrbahnseite geriet. Sie fuhr links in den Wald hinein, ignorierte die Verbotsschilder, blieb am Rand eines sandigen Weges stehen, legte den Kopf auf das Lenkrad und schlief ein.

Erst gegen Mittag wurde sie wach. Zwei Radfahrer hatten an ihre Scheibe geklopft, waren aber weiter gefahren, als sie den Kopf hob. Sie riss die Türen auf, die Hitze im Auto war unerträglich. Das lauwarme Wasser aus der Plastikflasche schmeckte widerlich, ebenso wie die trockenen Kekse. Trotzdem nahm sie beides mit, als sie ein paar

Schritte in den Wald hineinging und sich auf eine weiche Moosbank setzte. Zuhause! Luisa atmete tief die würzige Luft ein, die nach Kiefern und Meer schmeckte.

Sie dachte lange nach. So einfach und selbstverständlich, wie es ihr noch heute Morgen erschienen war – jetzt konnte sie sich nicht aufraffen, in das Auto zu steigen und die letzte kurze Strecke zurückzulegen. Sie fürchtete sich am meisten davor, Robin gegenüberzustehen. Erst jetzt wurde ihr langsam klar, was sie ihm und dem Kind angetan hatte. Sie konnte doch nicht so einfach zurückkommen. Er würde sie vielleicht gar nicht ins Haus lassen.

Dann würde sie dastehen, auf der Dorfstraße, dem Gespött und der Verachtung der Nachbarn ausgesetzt. Wie konnte sie es nur anstellen, mit Myrna zu reden, ohne dass sie jemand anderes sah? Am besten wäre es, erst in der Nacht ins Dorf zu fahren. Aber hier konnte sie nicht so lange bleiben. Jetzt kamen schon wieder Radfahrer vorbei. Außerdem hatte sie Hunger und brauchte dringend einen Kaffee. Luisa beschloss, nach Heringsdorf zu fahren.

Sie stellte ihr Auto im Parkhaus ab und ging zur Seebrücke. Wie erwartet, waren hier so viele Urlauber, dass sie in der Menge unterging. Dennoch hatte sie das Gefühl, beobachtet zu werden. Sie blickte sich immer wieder unsicher um, die Verkäuferin im Andenkenladen schien sie zu erkennen, sie musterte sie auffällig. Kannte sie die Frau? Sie hatte sich schnell weggedreht, als sie deren Blicke bemerkte. Luisa aß ein Fischbrötchen, trank einen Becher Kaffee, stellte fest, dass hier alles viel billiger war als in Hamburg und ging wieder zurück in die Passage, als sich gerade eine Reisegruppe hindurchschob. Vor einem Schmuckladen blieb sie stehen. Im Schaufenster spiegelte sich das gegenüberliegende Geschäft und sie beobachtete die ältere Verkäuferin, die gerade mit eine Kundin sprach. Gerade, als ihr der Name einfiel – Maja Vogelsang, sie hatte mitten im Dorf, neben der Kneipe, gewohnt –, hatte die Frau sie erneut entdeckt und Luisa ging schnell weiter.

Auf dem Steg blieb sie stehen und sah hinunter zum Strand. Fast alle Strandkörbe waren belegt, dazwischen lagen die Menschen in Badehosen oder Bikinis auf bunten Strandlaken im schneeweißen, feinen Sand. In Ufernähe wurde Ball gespielt, kleine Kinder bauten Kleckerburgen oder planschten im flachen Wasser. Einige Teenager und Erwachsene warfen sich in die Gischt der sich brechenden Wellen, schwammen etwas weiter draußen oder ließen sich auf Luftmatratzen treiben. Luisa bedauerte, keinen Badeanzug dabei zu haben, die Ostsee sah verlockend aus.

Plötzlich sah sie ihn. Robin kam aus dem Wasser. Er strich sich durch die nassen Haare und ging zu einem Strandkorb, in dem eine sehr schlanke, dunkelhaarige Frau ein kleines Kind auf dem Schoss hielt. Während der Mann sich abtrocknete, starrte Luisa wie gebannt auf die kleine Gruppe. ›Das ist mein Kind, mein Sohn!‹, versuchte sie möglichst melodramatisch zu denken und wartete auf die Gefühle, die sich nun einstellen müssten. Sie würde jetzt gleich hinunterlaufen, das sie schmerzlich vermissende Kind an sich reißen, Robin würde sie beide in seine Arme schließen, die fremde Frau sich in Luft auflösen – Happy End, glückliche kleine Familie. Stattdessen blieb sie wie angewachsen stehen und beobachtete, wie der Kleine, den sein Vater jetzt hochgenommen hatte, die Arme nach der jungen Frau ausstreckte.

Als Luisa eine halbe Stunde später quer durch den Ort zurück zum Parkhaus lief, spürte sie Erleichterung. Ein Gefühl, für das sie sich sofort schämte. Was war sie für eine Mutter! Der Anblick ihres Kindes hatte nichts in ihr ausgelöst, keine Sehnsucht, keine Liebe, nur Schuldgefühl und Angst. Ja, sie hatte Angst. Vor der Verantwortung, vor den Pflichten, vor den Erklärungen, vor allem, was von ihr zu recht erwartet wurde. Erst als sie auf der A20 in Richtung Westen nach Hamburg fuhr, empfand sie ein leises zärtliches Gefühl für Robin. Sie wollte nicht, dass er traurig war, hoffentlich ging es ihm gut mit der neuen Frau. An das Kind dachte sie nur mit Unbehagen, es war ihr fremd. ›Es geht allen besser, wenn ich nicht da bin‹, dachte sie trotzig. ›Auch Myrna. Ich muss ihr nur sagen, dass es mir gut geht, damit sie sich keine Sorgen macht. Sie wird sich schon denken können, dass ich mal wieder abgehauen bin, sie weiß ja, dass ich das Auto habe. Und dass ich Geld habe, weiß sie auch. Ich muss nur mal das Handy aufladen, da ist bestimmt Joes Nummer drin gespeichert, über ihn erreiche ich sie. Das mache ich gleich morgen.‹

›Erst am nächsten Tag ist mir eingefallen, dass ich keine PIN für ihr Handy hatte‹, erinnert sich Luisa jetzt und zieht das Telefon aus dem Seitenfach ihrer Handtasche, die sie auf dem freien Sitz neben sich abgestellt hat. Einer Eingebung folgend nimmt sie die Schutzhülle ab und blickt fassungslos auf den Zettel mit der vierstelligen Nummer, der darin versteckt war. Darauf hätte sie auch schon früher kommen können, Myrna konnte sich noch nie Zahlen merken.

Luisa starrt in die Dunkelheit. Es gibt keine Ablenkung, sie kann ihren Gedanken nicht entkommen. Nicht davonlaufen, wie sie es immer tut. Seit ihrer Kindheit ist sie allen

Schwierigkeiten aus dem Weg gegangen, hat sich immer darauf verlassen, dass ihre große Schwester alles wieder in Ordnung bringen, sich um die Trümmerhaufen, die sie hinterließ, kümmern würde. Endlich gesteht sie sich selbst ein, dass sie im Unterbewusstsein die ganze Zeit darauf gewartet hat, dass Myrna kommen, sie in die Arme nehmen und flüstern würde: »Hab keine Angst, alles wird gut.«

Aber diesmal ist sie nicht gekommen. Luisa fällt das Gespräch im Einkaufscenter ein. Warum denken die Leute, sie sei tot? Denkt Myrna das auch? Hat sie sie deshalb nicht gesucht? Ihr kommen die Tränen vor Mitleid und Entsetzen.

5

Als der Bus über die Wolgaster Brücke auf die Insel fährt, sieht Luisa auf ihre Armbanduhr. Es ist genau 20 Uhr, sie sind pünktlich. Am Bahnhof in Zinnowitz endet die Fahrt. Luisa setzt sich auf eine Bank auf dem hell erleuchteten Bahnsteig und überlegt. Wo kann sie jetzt das Handy aufladen? Sie benötigt die Telefonnummer von Joe. Die blau-weiße Bahn fährt ein und hält. Spontan steigt sie ein. Koserow, Ückeritz, Bansin – in Heringsdorf verlässt sie den Zug. Diese Fahrt war fast genauso teuer wie die Busreise von Hamburg auf die Insel, aber das macht nichts, sie ist ja jetzt zu Hause.

Langsam bummelt Luisa durch den Ort. Es ist erst kurz nach neun Uhr abends, aber es sind kaum noch Menschen unterwegs. An der Seebrücke ist schon alles weihnachtlich geschmückt. Die große Granitkugel, die sich im Sommer auf einem Wasserfilm dreht, ist mit Schleife und Glitzerpapier als Geschenkpaket verkleidet, Rentier und Schlitten bieten sich als Foto-Hintergrund an und sind ebenso wie der Plastikweihnachtsbaum mit unzähligen winzigen Lämpchen geschmückt. Auch die Passage ist hell erleuchtet durch eine Fülle von Sternen und weihnachtlichen Girlanden.

Luisa tritt auf den Steg hinaus und blickt über das Wasser. Hinter der Ahlbecker Seebrücke blinkt der Swinemünder Leuchtturm, die farbigen Lichter, die die Hafeneinfahrt kennzeichnen und unter ihr das glitzernde Wasser. Dazu leises Plätschern, wenn die kleinen Wellen auf das Ufer treffen. Tief atmet sie ein. Zuhause!

Nach einer Weile wird ihr kalt und sie geht zurück in die warme Einkaufspassage. Hier sind inzwischen gar keine Spaziergänger mehr, nur zwei Männer vom Wachschutz stehen in einer Ecke und unterhalten sich leise. Luisa tritt wieder hinaus auf den Vorplatz und überlegt. Sie sollte

jetzt in ein Restaurant gehen, sich ein Taxi bestellen lassen und zu Myrna fahren. Sie hat zwar kaum noch Geld, aber ihre Schwester wird die Fahrt bezahlen. Sie wird sie in die Arme schließen und das Denken übernehmen. Und dann kann Luisa aufhören, sich Sorgen zu machen.

Luisa geht ein paar Schritte auf das *Kurhotel* zu, dann bleibt sie stehen und setzt ihre Reisetasche wieder ab. Die ganze Zeit hat sie es sich so einfach vorgestellt. Jetzt fehlt ihr der Mut für diesen letzten Schritt nach Hause. Diesmal ist es doch anders. Sie hat ihr Kind im Stich gelassen und ist einfach ein halbes Jahr lang untergetaucht. Wenn Myrna ihr das nun nicht verzeiht? Und wie soll sie ihr überhaupt helfen? Nein, sie muss erst einmal nachdenken. Zögernd nimmt sie ihre Tasche wieder auf und sieht sich um. Dann geht sie die Treppe neben der Seebrücke hinunter. Sie benutzt die öffentliche Toilette unter dem Steg, wäscht sich die Hände und betrachtet sich im Spiegel. Wieder erschrickt sie vor dem eigenen Anblick. Die kurzen, pechschwarzen Haare verändern sie völlig. Niemand wird sie erkennen, das steht fest! Luisa hat keine Ahnung, wie viel sie jetzt wiegt, aber auf jeden Fall hat sie nach der Schwangerschaft abgenommen. Nicht nur der Busen ist viel flacher, alle ihre alten Kleidungsstücke sind zu weit geworden. Nicht, dass sie viel davon bei sich hätte. Bei ihrem plötzlichen Aufbruch, ihrer »Flucht« denkt sie jetzt, hat sie die bequemen Schwangerschaftsklamotten eingepackt, warum auch immer. Vorher hat sie gern Röcke oder Kleider getragen, die ihre Beine zur Geltung brachten. Außerdem war sie immer stark geschminkt. Jetzt ist sie total farblos, durch die dunklen Haare wirkt sie totenblass. Luisa kramt in ihrer Handtasche und findet ein Schminktäschchen. Sie zieht die Augenbrauen nach und tuscht die Wimpern, das gibt ihr ein etwas weniger unheimliches Aussehen. Als sie den kleinen Beutel in die Tasche zurücklegt, gerät ihr eine Brille in die Hände. ›Richtig!‹ – die hat sie im Handschuhfach des Autos gefunden. Sie muss Myrna gehören, obwohl Luisa sie noch nie bei ihr gesehen hat. Sie setzt sie auf und ist erstaunt, dass sie dadurch sogar besser sehen kann als vorher. Mehrmals setzt sie das dunkle Gestell ab und wieder auf und betrachtet ihre Umgebung. Das ist ja ein Ding! Vermutlich ist sie kurzsichtig, das ist ihr noch nie aufgefallen.

Als die Frau wieder hinausgeht, bläst ein kalter Westwind unter der Brücke hindurch. Sie zieht sich in eine Nische zurück. Hinter ihr befindet sich eine Glastür, die in die unterirdische Etage der Seebrücke führt. Gegenüber schaut sie auf ein breites Rollo, das aussieht, wie das einer Garage. Mauersteine verhindern, dass es ganz geschlossen ist. Luisa sieht sich um, dann geht sie hinüber und greift in den Spalt. Das Rolltor lässt sich leicht nach oben schieben und sie schlüpft hinein. Im diffusen Licht stößt sie gegen einen Strandkorb.

Luisa orientiert sich in dem engen Raum, der anscheinend von einem Café genutzt wird, um Tische und Stühle, die im Sommer im Freien stehen, zu lagern. Als sich ihre Augen an das Dämmerlicht gewöhnt haben, sieht sie noch einen zweiten Strandkorb, etwas weiter vom Eingang entfernt. Dort stellt sie ihre Tasche hinein und klappt dessen Rückenlehne soweit es geht nach hinten. Gut, dass sie auch die Decke aus dem Auto mitgenommen hat! Auf einem Stuhl findet sie einen Stapel Sitzauflagen, mit denen sie den Strandkorb, so gut es geht, auspolstert. Sie zieht das Rollo wieder hinunter, bis es auf die Mauersteine stößt, dann tastet sie sich zurück und macht es sich im Strandkorb bequem. Als sie draußen Schritte hört, befürchtet sie für einen Moment, jemand könnte die Steine wegnehmen, dann wäre sie hier eingeschlossen. ›Notfalls kann ich immer noch um Hilfe rufen‹, denkt sie, ›tagsüber laufen hier ja eine Menge Menschen rum.‹

Warm in die Decke eingepackt, überfällt sie plötzlich eine lähmende Müdigkeit. Sie versucht, auf die Uhr zu sehen, kann das Ziffernblatt aber nicht erkennen. Egal, der Tag war lang und anstrengend. Bevor sie einschläft, blitzt das Wort »Mord« wieder in ihrem Kopf auf. Darüber müsste sie auch noch einmal nachdenken. ›Morgen‹, denkt sie, ›erst mal schlafen, damit ich wieder klar denken kann. Morgen bringe ich alles in Ordnung.‹

6

Maja Vogelsang arbeitet eigentlich nur im Sommer auf der Seebrücke. Im Winter ist das Geschäft nicht so lange geöffnet, da steht der Pächter selbst hinter dem Ladentisch. Sie springt nur manchmal am Wochenende ein, und natürlich zwischen Weihnachten und Silvester, wenn sehr viele Gäste da sind. Das macht sie gern. Sie ist schon lange geschieden und allein fällt ihr die Decke auf den Kopf. Hier auf der Seebrücke fühlt sie sich zu Hause. Außerdem ist immer jemand da, mit dem man reden kann, und sie redet gern. Jetzt haben auch alle viel mehr Zeit.

Die kleine, etwas vollschlanke Frau denkt kurz, dass sie statt des Cappuccinos vielleicht doch einen schwarzen Kaffee bestellen müsste, die Hose kneift schon wieder am Bauch – aber, was soll's, sie wird ab Januar wieder auf ihre Figur achten, nicht gerade jetzt, in der Vorweihnachtszeit.

»Geben Sie noch ein Franzbrötchen dazu, mit Zimt«, bittet sie die Verkäuferin. Ihr geht es gerade so gut, was soll sie sich die Laune durch unnötigen Verzicht verderben. Gerade hat sie sich eine richtig schicke Winterjacke geleistet. Im vorigen Jahr hat sie die gleiche Jacke schon einmal anprobiert, aber nur so, um mal zu spüren, wie sich so ein teures Stück anfühlt. Es wäre ihr geradezu dekadent erschienen, sie zu kaufen. Als sie heute auf der Mittelplattform durch die Geschäfte geschlendert ist, blieb sie wieder davor stehen, bewunderte den edlen Glanz des Stoffes, prüfte, ob die Kapuze abnehmbar war …

»Ziehen Sie sie doch einfach mal über«, bot die Verkäuferin an. »Sie ist ganz leicht, obwohl sie so warm ist.«

»Ach, ich weiß nicht«, Maja zögerte, »Stepp trägt doch eigentlich sehr auf, das kann ich gar nicht tragen.« Aber sie ließ sich überreden.

Die Verkäuferin war auch nicht mehr ganz jung, Maja kannte sie, sie wusste, dass die Kollegin schon seit einigen

Jahren hier arbeitete und dass ihr Mann Polizist ist. Eine Weile unterhielten sie sich, es waren keine weiteren Kunden im Geschäft und Maja erzählte ausführlich über ihre Enkeltöchter und zeigte Fotos, die sie nicht auf einem Smartphone, sondern ganz altmodisch im Portemonnaie bei sich trägt.

Die Frau hörte aufmerksam zu, erwähnte die eigenen Kinder und dass sie sich darauf freue, selbst Oma zu werden, es müsse ja nicht so bald sein. Sie wirkte vertrauenswürdig und Maja glaubte ihr, dass ihr die Jacke sehr gut stand und überhaupt nicht dick machte.

Als sie auf dem Steg über dem Wasser zurückging, trug sie die neue Jacke in einer großen Tüte mit sich und war glücklich. Der Chef des Ladens war dazugekommen, als sie sich im Spiegel betrachtet hatte – noch immer überzeugt, sich so ein teures Teil auf keinen Fall leisten zu können. Er hatte sie als Kollegin erkannt und 20 Prozent Rabatt angeboten. »Wir werden die Preise nach Weihnachten sowieso senken müssen«, hatte er geseufzt. »In diesem Jahr gehen die Wintersachen nicht, es ist viel zu warm.«

Und natürlich hatte er recht, diese Jacke würde sie jahrelang vor jedem Wetter schützen. ›Qualität hat eben ihren Preis‹, denkt sie, ›warum soll ich mir nicht auch mal was Gutes leisten.‹

Sie steht mit ihrem Tablett in dem Café und sieht sich um. Gern würde sie sich jetzt mit jemandem unterhalten, den Neuerwerb zeigen und bewundern lassen und vor allem bestätigt bekommen, dass sie wirklich einen guten Kauf gemacht hat.

Aber es sind nur ein paar fremde Gäste da, kein bekanntes Gesicht, nicht einmal Valentin sitzt auf seinem Stammplatz neben der Eingangstür. ›Na gut, für Modefragen wäre er ohnehin nicht der richtige Ansprechpartner.‹ Auch in der Passage sind wenige Leute unterwegs. Jetzt, Ende November, ist die ruhigste Zeit des Jahres. Und der Januar. Dazwischen, um die Weihnachtszeit herum und besonders zu Silvester wird der Ort richtig voll.

Maja stutzt plötzlich und hätte beinahe ihre Kaffeetasse umgestoßen. Da ist die Frau doch wieder, die ihr schon im Sommer aufgefallen ist. Sie trägt jetzt eine Jacke mit Kapuze, die sie sogar hier drin über den Kopf gezogen hat. Maja hätte sie nicht bemerkt, wenn sie sich nicht so merkwürdig verhalten würde. Sie scheint jemanden gesehen zu haben, vor dem sie sich verstecken will. Hastig dreht sie sich zur Seite, mit dem Gesicht zu einem Schaufenster. Da ist wieder diese Bewegung, das Hochziehen der Schultern, die Kopfhaltung. Maja wartet direkt darauf, dass sie sich in die Haare greift – jetzt streift sie tatsächlich die Kapuze ab und Maja seufzt enttäuscht. Sie hat sich doch geirrt, diese Frau hat kurze dunkle Haare und trägt eine Brille. Trotzdem, irgendetwas erinnert sie an Myrna und Luisa. Die Schaufensterauslage sieht sie jedenfalls nicht an, ihre Haltung ist verkrampft, sie scheint sich selbst oder ihre Umgebung im Spiegel der Scheibe zu beobachten. ›Als wäre sie auf der Flucht‹, denkt Maja und gleich hinterher: ›Ich gucke zu viele Krimis.‹

Dann sieht die junge Frau nach rechts, zuckt sichtlich zusammen und betritt hastig das nächste Geschäft.

›Jetzt müssten von rechts zwei Polizisten kommen oder wenigstens ein wütender Ehemann‹, hofft Maja und ist enttäuscht, als sie nur zwei mit Einkaufstüten beladene Frauen sieht. Erst als sie in das Café kommen, erkennt sie die beiden.

Karla Schulz hat sich wie immer in viel zu enge Jeans gezwängt, die ihre dicken Beine betonen, auch die Jacke spannt über dem Bauch. Sie schwitzt unter der grünen Wollmütze, ihr Gesicht ist schon stark gerötet, aber Maja kann sich gut vorstellen, wie die Frisur darunter aussieht, deshalb wird sie sie auch nicht abnehmen. Ihre Begleitung wirkt daneben elegant, sie ist groß und schlank, die grauen Haare sind modisch frisiert und sie trägt einen wadenlangen hellen Mantel. Den knöpft sie jetzt auf, während sie sich suchend umsieht.

»Hallo, Gitti! Karla!« Maja steht halb auf und winkt, um auf sich aufmerksam zu machen.

Es dauert eine Weile, bis die beiden endlich mit den beladenen Tabletts zu ihr an den Tisch kommen.

»Schön, euch mal wieder zu treffen, wir haben uns schon ewig nicht mehr gesehen«, freut sich Maja.

»Du kommst ja nicht mehr ins Dorf.« Das klingt wie ein Vorwurf.

»Stimmt, ich war schon lange nicht mehr da. Aber ich hab doch kein Auto, wie soll ich denn in den Lieper Winkel kommen. Ich habe da auch keine Verwandten mehr. Aber erzählt doch mal, wie geht's euch so? Was gibt es Neues im Dorf? Sind eure Kinder noch zu Hause?«

Der Kaffeeklatsch zieht sich hin, in dem kleinen Ort hat sich viel getan in den vergangenen Jahren, Maja ist an allem interessiert und ihre ehemaligen Nachbarinnen erzählen gern.

»Von den Ludwig-Schwestern hast du ja bestimmt gehört.«

»Nein! Was ist denn mit denen?« Maja hat sich inzwischen einen zweiten Cappuccino geholt. Jetzt setzt sie die Tasse schnell ab, aus der sie gerade trinken wollte und sieht Karla gespannt an.

»Myrna hatte im Frühjahr einen Unfall. Sie und Joe, also ihr Mann, wollten spät abends nach Hause fahren, sie hatten Freunde besucht. Myrna ist gefahren, weil Joe getrunken hatte. Aber sie war wohl zu schnell, vielleicht kam sie auch mit Joes Auto nicht zurecht, jedenfalls hat sie es an einen Baum gesetzt. Beide waren nicht angeschnallt, beide schwer verletzt. Sie waren wochenlang im Krankenhaus. Na ja, Myrna haben sie wohl wieder hingekriegt, aber Joe sitzt nun im Rollstuhl, querschnittsgelähmt.« Karla legt eine rhetorische Pause ein, um den dramatischen Bericht wirken zu lassen.

Maja hat eine Gänsehaut bekommen, sie ist tatsächlich tief erschüttert. Joe Jensen im Rollstuhl – das kann sie sich gar nicht vorstellen. Sie sieht ihn vor sich: ein großer muskulöser Mann, energiegeladen, dynamisch, er hat Kraftsport betrieben und Fußball gespielt. Die hübsche, freundliche, aber etwas schüchterne Myrna stand immer etwas in seinem Schatten. Die ganz junge Liebe der beiden hat Maja miterlebt, da war sie noch im Dorf. Joe hat seine Freundin vergöttert, hat sie nicht aus den Augen gelassen. Sie waren so ein schönes Paar. »Wie war denn die Ehe der beiden? Inzwischen sind sie doch wohl fast zwanzig Jahre verheiratet.«

»Gut, wirklich«, behauptet Brigitte nachdrücklich.

Karla nickt. »Im Dorf kriegt man schnell mit, wenn was nicht stimmt, das lässt sich kaum verheimlichen. Aber von den beiden hast du nie ein böses Wort gehört. Schade, dass sie keine Kinder haben. Vielleicht hat sie das aber auch noch mehr zusammengeschweißt. Na, und Myrna hatte ja auch immer noch Luisa, um die sich kümmern musste.«

»Ja, bis Luisa mit Robin zusammengezogen ist«, wirft Gitti ein. »Da haben sie sich verkracht. Joe und Robin können nämlich gar nicht miteinander.«

»Na, das wird nicht lange dauern …«, vermutet Maja. »Luisa kommt doch ohne ihre große Schwester überhaupt nicht klar.« Sie hat das Mädchen, das vom Alter her ihre Tochter sein könnte, nie so richtig gemocht, fand sie maßvoll verwöhnt und egoistisch. Eigentlich hatte Karin Ludwig, die Mutter der Mädchen, alles richtig gemacht. Als sie mit Luisa schwanger war, hat sie die achtjährige Myrna mit einbezogen. Sie sollte nicht eifersüchtig werden, deshalb durfte sie das Baby mit versorgen, es wurde immer betont, wie wichtig sie als große Schwester für die Kleine war. Die Mädchen waren zwölf und zwanzig Jahre alt, als ihre Mutter an Krebs starb. Das Sorgerecht für Luisa bekam eine Verwandte, aber Myrna hat weiterhin die Mutterrolle übernommen. Sie hat die kleine Schwester versorgt und verwöhnt, nur erzogen hat sie niemand. »Sie muss doch inzwischen auch schon über dreißig sein. Hat sie denn nun schon mal gelernt, auf eigenen Beinen zu stehen, oder muss Myrna immer noch alles für sie glattbügeln?«

»Ja, weißt du das denn gar nicht?« Karla reißt die blauen Augen dümmlich-sensationsgierig auf. »Luisa ist ermordet worden!«

»Was?« Entsetzt blickt Maja die beiden Frauen an, die synchron nicken. »Wann war das? Im Mai oder Juni? Da haben die doch eine Leiche gesucht. Das war Luisa? Haben sie sie denn gefunden?«

»Nein«, Karla zögert und sieht ihre Nachbarin Brigitte fragend an, »ich glaube, gefunden wurde sie nicht. Warum waren die eigentlich so sicher, dass Luisa tot ist?«

»Das war alles ziemlich mysteriös. Sie hätte wohl kaum freiwillig ihr Baby allein gelassen. Aber was Genaues weiß man nicht. Wen soll man auch fragen? Joe? Der ist doch total fertig, nachdem Myrna ihn verlassen hat.«

»Myrna ist auch weg?« Maja kann die Neuigkeiten kaum fassen. Dann fällt ihr plötzlich etwas ein: »Ich glaube, ich habe sie gesehen. Im Sommer schon mal, da war ich mir ganz sicher. Und vorhin – aber da hab ich mich wohl geirrt.«

»Sie soll in Hamburg sein, hat mal jemand erzählt«, wirft Brigitte ein.

Karla beugt sich über den Tisch und flüstert: »Ich glaube ja, Robin hat Luisa ermordet. Er hat doch schon eine Neue. Die wohnt bei ihm und kümmert sich um den Kleinen. Vielleicht musste er Luisa loswerden, damit er das Kind behalten kann? Ich meine, sie war ja auch nicht einfach. Ich hätte auch nicht mit ihr zusammenleben mögen.«

»Unsinn!« Brigitte schüttelt energisch den Kopf. »Robin ist doch kein Mörder. Und ihn hat die Polizei bestimmt genau überprüft. Nein, ich denke, wenn sie tot ist, hat sie sich entweder selbst umgebracht oder es war ein Fremder. Übrigens soll es ja hier in Heringsdorf passiert sein«, fügt sie hinzu.

»Ja«, versucht Karla etwas unbeholfen zu scherzen, »vielleicht hat sich der Mörder ja hier auf der Seebrücke versteckt. Hier gibt es doch genug Ecken und Winkel.«

7

Nachdem die beiden Frauen sich verabschiedet haben, trinkt Maja ihren Tee aus, den sie inzwischen geholt hat. Kaffee hat sie heute genug getrunken, wahrscheinlich sogar zu viel, um vor Mitternacht einzuschlafen. Aber die ganze Aufregung wird sie ohnehin wach halten.

Draußen ist es bereits dunkel. Aber bevor sie nach Hause geht, muss sie noch schnell zur Toilette. Beinahe hätte sie die Tüte mit der neuen Jacke stehen lassen, so sehr ist sie in Gedanken bei Myrna und Luisa. Der arme Joe! Und das Baby von Luisa … manche Familien sind aber auch vom Pech verfolgt!

Sie geht in der inzwischen völlig menschenleeren Passage die Treppe hinunter. Auch hier ist niemand. Rechts befindet sich eine Glastür, die zu dem Durchgang unter der Seebrücke führt, in dem sich die öffentliche Toilette befindet. Die Tür auf der linken Seite, ebenfalls eine breite Glastür, die offen steht, führt in einen großen Vorraum. Von hier aus kam man früher in das Kino, das aber schon seit Jahren geschlossen ist. In dem Raum, der immer noch wie ein Durchgang wirkt, stehen ein paar Bänke, sogar ein Strandkorb und in der Mitte die Auslagen der Boutique auf der rechten Seite. Die große blaue Metalltür links, die ins Kino führte, ist verschlossen. Die gleiche Tür gibt es noch einmal außerhalb des Vorraumes, links von der Glastür. Zwischen dieser und der Treppe, die Maja gerade heruntergekommen ist, befindet sich eine Nische, in der zwei Bänke stehen.

Als sie sich nach rechts wendet, sieht sie aus dem Augenwinkel links einen Schatten vorbeihuschen. Ihr Herz klopft bis zum Hals. Versteckt sich da jemand? Karlas scherzhafte Bemerkung fällt ihr ein, Luisas Mörder könnte sich hier aufhalten.

Schnell läuft sie zur Ausgangstür, die zu den Toiletten

führt, und öffnet sie. Eine Gruppe junger Leute geht lärmend vorbei und Maja traut sich, zurückzublicken. Alles ist ruhig, niemand zu sehen. Sie muss sich getäuscht haben. Dann vernimmt sie ein leises Knarren und bemerkt, dass die große blaue Stahltür an der linken Wand einen Spalt offen steht und sich jetzt langsam schließt.

8

Luisa hat immer noch keinen Kontakt zu Myrna. Sie hat das Handy aufladen lassen, die Zahlen, die sie in der Hülle gefunden hat, sind tatsächlich die PIN, Joes Nummer ist gespeichert, aber sie erreicht ihn nicht. Je länger sie darüber nachdenkt, desto weniger traut sie sich, mit einem Taxi in das Dorf zu fahren. Was, wenn die beiden gar nicht zu Hause sind? Sie könnten ja irgendwo eine Reha-Kur machen. Wie soll sie dann die Fahrt bezahlen? Gerade hat sie ihren letzten Zehn-Euro-Schein gewechselt, um sich ein paar Brötchen zu kaufen. Also muss jetzt irgendetwas geschehen.

Als sie vom Bäcker zurück zur Promenade kommt, sieht sie Valentin inmitten einer Gästegruppe vor der *Villa Staudt* stehen. Neugierig geht sie näher heran. Der alte Mann winkt ihr kurz zu, ohne seine Erklärungen zu unterbrechen. Luisa hält den 74-Jährigen für ein Heringsdorfer Original. Er scheint sich dauernd an der Seebrücke aufzuhalten, entweder sitzt er auf seinem Stammplatz im Café oder er unterhält sich mit den Verkäufern. Gestern hat sie im Eingangsbereich seinen Aushang entdeckt. Dort bietet er Ortsführungen durch Heringsdorf an. »Ein Spaziergang durch die Geschichte des Seebades Heringsdorf«, nennt er es. Eine Weile hört Luisa zu, dann verabschiedet Valentin seine Gäste, die in Richtung Ahlbeck gehen.

Die beiden schlendern zur Seebrücke. Der Mann ist kaum mittelgroß, sogar noch etwas kleiner als seine Begleiterin, schiebt aber einen kräftigen Bauch vor sich her. Die grauen Locken mit der kreisrunden Glatze dazwischen hat er heute unter einer Wollmütze verborgen. Valentin fasst in seine Jackentasche und holt eine Handvoll Münzen heraus, auch drei oder vier Geldscheine sind darunter. Er pfeift anerkennend. »Das hat sich doch mal gelohnt«, stellt er fest. »Komm, ich lad dich zu einem Kaffee ein! Hast du Zeit?«

»Ja, gern!« Luisa ziert sich nicht, auch nicht, als Valentin außer einem großen Pott Kaffee noch einige Gebäckstücke mitbringt.

»Greif zu!«, fordert er seinen Gast auf. »Ich esse nicht gern allein.«

Die beiden sind schnell in ein angeregtes Gespräch vertieft. Der Ortsführer hat eine kräftige, aber angenehm tiefe Stimme. Seine Geschichtskenntnisse über Heringsdorf scheinen unerschöpflich zu sein, aber obwohl er in seinen Erzählungen viele Jahreszahlen nennt, wird es nicht langweilig. Kleine Anekdoten lockern die Geschichten auf und besonders anschaulich schildert er das Badewesen vor rund hundert Jahren.

Luisa sieht sie direkt vor sich: die Herren in ihren quergestreiften Badeanzügen – »wegen der Signalwirkung« – oder in Frack und Zylinder. Und die Damen mit den ganzen Rüschen und Sonnenschirmchen.

»... mit dem habe ich es nicht so«, gibt er zu, als Luisa nach dem Kaiser fragt. »Die Büste, die dort steht, zeigt übrigens Wilhelm I. und der hat mit Heringsdorf sowieso wenig zu tun. Er ist als Kaiser nicht mal hier gewesen, nur als Prinz. Sein Vater, der Preußenkönig Friedrich Wilhelm III., hat dem Ort seinen Namen gegeben. Da gab es hier nicht viel mehr als ein paar Fischerhütten. War also nicht besonders schwer, bei dem Anblick der Fischer und der Heringsfässer auf den Namen ›Heringsdorf‹ zu kommen. Zu viel Fantasie kann man den alten Preußen nun wirklich nicht nachsagen. Aber der Name ›Kaiserbäder‹ bezieht sich auf seinen Enkel, Wilhelm II., den letzten deutschen Kaiser. Und der Slogan ›Wo der Kaiser Urlaub machte …‹ ist auch Blödsinn. Der hat hier nie Urlaub gemacht. Er war sozusagen auf Dienstreise, auf seinen Nordlandfahrten. Seine Jacht, die HOHENZOLLERN, lag dann in Swinemünde im Hafen, um Kohle zu bunkern und er kam nach Heringsdorf, um die Konsulswitwe Staudt zu besuchen, die er aus Berlin kannte und die eine sehr attraktive Dame gewesen sein soll. Da hielt sich natürlich hartnäckig das Gerücht, der Kaiser interessierte sich mehr für diese Frau als für Heringsdorf, aber rein technisch war ja nun gar nichts möglich. Der kam mit seinem ganzen Hofstaat hier an, dann saßen sie dort auf dem Balkon und tranken Tee und vor dem Haus hatten sich die Heringsdorfer Gäste versammelt und jubelten ihm zu. Das waren die Berliner, die waren kaisertreu.«

»Das wusste ich alles gar nicht«, gibt Luisa zu. »Im Schulunterricht damals hat man nie etwas vom Kaiser gehört.«

»Nein, die hatten es in der DDR auch nicht so mit dem Kaiser. Und ehrlich gesagt, hatte der auf die Geschichte des

Ortes auch gar keinen Einfluss. Das ist einfach eine Werbestrategie und ich staune immer wieder, wie das funktioniert. Ich hätte nie geglaubt, dass sich noch so viele für diesen ollen Kaiser interessieren. Viel wichtiger für Heringsdorf waren die Delbrücks, eine bekannte Berliner Familie …«

Luisa hätte dem Mann noch stundenlang zuhören können, sie findet das alles hochinteressant, aber jetzt tritt eine große, dicke Frau an den Tisch und Valentin unterbricht sich. »Das ist Isolde«, bemerkt er zu Luisa und zu der Frau: »Komm, setz dich zu uns! Kann ich dir einen Kaffee ausgeben?«

»Nein, danke!« Die Dicke scheint verlegen. »Ich will nicht stören, ich wollte dich nur mal kurz was fragen.«

Luisa steht auf. »Ich muss sowieso. Danke für den Kaffee!«

»Aber gerne doch! Ich danke dir fürs Zuhören. Komm doch mal wieder vorbei, dann erzähl ich dir noch mehr. Es ist immer wieder schön, wenn jemand Interesse an der Geschichte seiner Heimat hat.«

Als Luisa geht, denkt sie: ›Woher weiß der überhaupt, dass ich von hier bin. Davon habe ich kein Wort gesagt.‹ Sein Bauch, über dem die Jacke spannt, seine von grauen Locken gesäumte Glatze und die auffallend große Nase mit geröteter Spitze geben Valentin das Aussehen eines fröhlichen Trinkers. ›Aber wahrscheinlich ist er viel klüger, als man auf den ersten Blick vermutet‹, denkt sie jetzt. ›Ich sollte mich ein bisschen vorsehen. Andererseits – er hat mich überhaupt nichts gefragt, es ist ihm wahrscheinlich völlig egal, wer ich bin und was ich hier tue. Und es ist wirklich schön, ihm zuzuhören. Das lenkt von den eigenen Sorgen ab.‹ Sie seufzt. Ihre Tüte mit den zwei trockenen Brötchen hält sie immer noch in der Hand. Also heute hat sie noch zu essen. Das ändert aber nichts an der Tatsache, dass sie nun endlich etwas tun und ihr Leben wieder in die Hand nehmen muss.

Sie geht nach unten. Links neben der Treppe gibt es ein Wasserbecken, das jetzt winterlich mit Tannengrün und Wattebäuschen umgeben ist. Aus unerfindlichen Gründen haben die Leute Geld hineingeworfen. Sehr kleines Geld zwar, auch nicht viel. ›Aber im Notfall‹, denkt Luisa etwas selbstironisch, ›kann ich es ja herausholen. Für ein paar Brötchen wird es reichen und das Becken ist höchstens einen halben Meter tief.‹ In der Nische dahinter hält sich selten jemand auf, schon gar nicht jetzt, im Winter. Sie sieht sich um, dann setzt sie sich auf eine der Bänke und versteckt ihre Brötchentüte darunter. Sie lehnt sich zurück, streckt die Beine bequem aus und starrt die gegenüberliegende blaue Tür an. Warum nur kann sie sich mal wieder nicht aufraffen, etwas zu tun? Sie weiß doch, dass ihre jetzige Situation hoffnungslos ist. In ein paar Tagen kann sie sich nicht einmal mehr etwas zum Essen kaufen. Diesmal bringt es wirklich nichts, zu warten, dass sich die Probleme von selbst lösen, das tun sie nämlich nicht. Und Myrna ist nicht da, um alles für sie zu regeln. – ›Verdammt!‹ Luisa treten Tränen in die Augen beim Gedanken an ihre Schwester. Das ist ja ihre größte Angst, dass

Myrna ihr diesmal nicht helfen will oder kann, dass sie womöglich gar nicht da ist. Warum hat sie sie nicht suchen lassen, notfalls durch die Polizei? Es muss etwas ganz Schlimmes passiert sein, etwas, das Luisa gar nicht wissen will. – Aber es nützt alles nichts, sie muss sich jetzt der Realität stellen! Entschlossen steht Luisa auf, streift sich ihre Umhängetasche über den Kopf und marschiert los. Sie wird zunächst nach Bansin gehen. Im dortigen *Hotel Seeschloss* arbeitet Myrna am Empfang. Wenn sie Glück hat, ist sie gerade da, wenn nicht, werden die Kollegen Luisa sagen können, wo ihre Schwester ist.

Als sie unter der Seebrücke hervorkommt, weht ihr ein ungemütlicher Westwind entgegen, der bringt gewöhnlich Regen. Aber noch scheint die Sonne, der Himmel ist strahlend blau. Luisa geht zügig. Zunächst hat die Strandpromenade noch einen parkähnlichen Charakter, dann, hinter dem Fischerstrand, wird sie schmaler. Beinahe wäre sie von einem Radfahrer angefahren worden.

Nach einer halben Stunde steht Luisa vor der Bansiner Seebrücke. Sie spürt ihren Herzschlag im Hals klopfen, ob vor Aufregung oder weil sie so schnell gegangen ist, weiß sie nicht. Gegenüber vom *Haus des Gastes* führt eine Treppe hoch zur Bergstraße, dort ist der Eingang des Hotels. Sie rückt ihre Tasche zurecht und atmet noch einmal tief ein, dann betritt sie das Foyer.

Hinter dem Empfangstresen steht eine sehr junge Frau. »Kann ich Ihnen helfen?«

»Ja, vielleicht. Ich suche meine Schwester, Myrna Jensen.«

»Ist sie Gast bei uns?« Die Angestellte geht zu ihrem Computer.

»Nein.« Luisa schluckt. »Sie arbeitet hier. Ich meine – sie hat hier gearbeitet. Kennen Sie sie nicht? Sie war doch hier am Empfang.«

»Ja, ich weiß nicht. Also hier an der Rezeption arbeitet sie bestimmt nicht, das wüsste ich. Aber ich bin erst seit ein paar Monaten hier, ich bin Lehrling. Vielleicht ist sie in einem unserer anderen Häuser, in Ahlbeck oder Heringsdorf. Wenn Sie warten wollen – in einer Stunde ungefähr kommt meine Kollegin, die arbeitet schon länger hier, vielleicht kennt die ja ihre Schwester …« Die letzten Worte hat das Mädchen etwas zögernd ausgesprochen, vielleicht wird ihr gerade bewusst, wie ungewöhnlich es ist, nicht zu wissen, wo die eigene Schwester arbeitet.

»Ja, danke, dann komme ich später noch einmal.« Schnell verlässt Luisa das Haus. Das war ja peinlich. Wie seltsam die sie zuletzt angesehen hat!

Langsam geht sie den Weg wieder hinunter. Ein verlockender Duft nach Räucherfisch zieht von den Fischerbuden, die hier die Promenade säumen, herüber. Aber selbst wenn sie das Geld hätte, um sich etwas zu Essen zu kaufen, Luisas Hals ist wie zugeschnürt. Wo soll sie Myrna denn nun suchen? Sie war sich ganz sicher, hier zumindest zu erfahren, wo sie ihre Schwester finden würde. Egal, jetzt muss sie erst einmal warten. Hoffentlich findet sie nachher den Mut, noch einmal in das Hotel zu gehen. Aber was kann sie sonst machen?

Luisa geht auf den Seesteg, stützt ihre Arme auf das Geländer und sieht hinüber zur Heringsdorfer Seebrücke. Inzwischen haben sich dunkle Wolken zusammengezogen, die hellblauen Flecken dazwischen werden immer kleiner. Über der Ostsee ist es noch hell, in der Ferne leuchtet ein weißes Schiff am Horizont. Der Strand ist heute sehr schmal und die Wellen in Ufernähe tragen Schaumkronen.

Direkt neben ihr bleibt jetzt eine Reisegruppe stehen. Etwa zwanzig ältere Leute sammeln sich um eine große, kräftige Frau mit leuchtend roten Haaren. Die weist auf die weißen Villen an der Promenade und erzählt etwas von Bäderarchitektur. Als Antwort auf die Frage eines Gastes erklärt sie dann, dass die meisten der Fischerhütten, die man hier sieht, leer stehen, weil es leider immer weniger Küstenfischer gibt. Sie steigert sich gerade in das Thema hinein, als ein Herr, anders kann man ihn nicht bezeichnen, wild klingelnd mit seinem Fahrrad beinahe in die Gruppe hineinfährt.

»Sind Sie nicht ganz dicht?«, rutscht es der Reiseleiterin heraus, die erschrocken zur Seite gesprungen ist. »Das Radfahren auf der Seebrücke ist verboten, haben Sie das Schild nicht gesehen?«, fügt sie sachlicher hinzu.

»Werden Sie mal nicht frech! Ich fahre, wo ich will, Ihre Schilder interessieren mich nicht. Denken Sie, ich stelle mein teures Fahrrad hier ab, damit es mir von den Polen geklaut wird?«

Die rothaarige Frau mustert ihn gründlich von Kopf bis Fuß. Der junge Mann mit dem aggressiven Gesichtsausdruck ist auffallend teuer gekleidet, von den Markenturnschuhen bis zur heute überflüssigen Sonnenbrille, die er in seine gegelten Haare geschoben hat. Dann betrachtet sie das Fahrrad. »Die dümmsten Bauern haben doch immer die dicksten Eier«, bemerkt sie und fügt hinzu: »Hier fahren Sie jedenfalls nicht lang.«

Die lachenden Gäste haben sich inzwischen so auf dem Steg verteilt, dass der Mann nicht an ihnen vorbeikommt.

Mit wutverzerrtem Gesicht schiebt er sein Fahrrad zurück.

In dem Moment bricht ein heftiger Schauer los. Regen, Schnee und Hagel prasseln gleichzeitig herab. So schnell sie können, verlassen die alten Leute und ihre Führerin den Steg und laufen in das *Haus des Gastes* direkt neben der Seebrücke. Die Promenade ist plötzlich menschenleer.

Luisa hat keine Lust, sich unter die Gäste zu mischen. Sie zieht ihre Kapuze über den Kopf und tritt dicht an das Haus, wo sie etwas geschützt ist. Dabei stößt sie beinahe ein Fahrrad um. Sie hält es schnell am Lenker fest. ›Das ist ja das Fahrrad von diesem Schnösel‹, stellt sie erstaunt fest. ›Für ein Schloss hat das Geld anscheinend nicht mehr gereicht. Oder er hatte es so eilig, in das Haus zu kommen, dass er keine Zeit fand, sein teures Stück zu sichern.‹ Ohne lange zu überlegen, sieht Luisa sich hastig um, dann steigt sie auf das Rad und fährt schnell durch das aufspritzende Wasser Richtung Ortszentrum.

9

Genauso plötzlich, wie der Regen begonnen hat, hört er auch auf. Als Luisa die Bahngleise überquert, glitzern die Pfützen bereits wieder in der Sonne. Die dunklen Wolken ziehen weiter in Richtung Osten. ›In dieser Richtung wird der arrogante Kerl wohl auch sein Fahrrad suchen. Ganz

klar, wenn auf der Insel was geklaut wird, können es nur ›die Polen‹ gewesen sein‹, denkt sie. Besonders Fahrräder.

Mit dem Entschluss, in den Lieper Winkel zu fahren, hat Luisa sich selbst überrascht. Aber jetzt hat sie wieder eine Schwelle überwunden. Es gibt kein Zurück. Wenn Myrna nicht da ist, dann vielleicht Joe. Wenn er schon wieder arbeiten kann, wäre er jetzt auch nicht zu Hause. ›Dann gehe ich zu Robin‹, beschließt Luisa trotzig, ahnt aber schon, dass sie das nun doch nicht wagt. Erst muss sie mit Myrna reden. Was wird die ihr raten? Luisa denkt nach, während sie das Fahrrad einen Berg hinaufschiebt und ihren Blick über den Gothensee schweifen lässt. Myrna wird sie fragen: »Was willst du denn eigentlich?« ›Ja, was will ich? Dass alles wieder so ist, wie vorher. Wie in der Schwangerschaft. Dass alle lieb zu mir sind, besonders Robin. – Liebe ich ihn? Ich weiß nicht genau. Ich liebe es, wie er mich behandelt. Dass er mich anhimmelt, mir sagt, wie hübsch ich bin, wie zärtlich er ist. Und dass er mich wie einen gleichwertigen Partner behandelt, mich nach meiner Meinung fragt und ernsthaft mit mir spricht. Nicht wie mit einem Kind, so von oben herab, wie sie es alle tun. Auch Myrna. – Aber als ich ihn verlassen habe, war er auch so. Es liegt an mir. Immer mache ich alles falsch. – Und dann noch das Kind … Oh Gott, das Kind!‹ Luisa bekommt eine Gänsehaut. Sie bleibt stehen. ›Ich habe total vergessen, dass ich ein Kind habe! Was bin ich nur für eine Mutter! Das ist doch krank!‹

Luisa holt tief Luft und sieht sich um. Hier geht es wieder bergab. Vor ihr liegt das Dorf Alt-Sallenthin. Hier hat sie auch einmal eine Lehre begonnen. In einer Gärtnerei. Aber das war ihr zu anstrengend, nach einem halben Jahr ist sie einfach nicht mehr hingefahren. War das die zweite oder die dritte Lehrstelle, die Myrna ihr besorgt hatte? Zuerst wollte sie unbedingt Krankenschwester werden, aber das hat sie keine drei Wochen durchgehalten. Als Friseurlehrling fühlte sie sich gemobbt, die Kellnerlehre hat sie beendet, ist aber durch die Prüfung gefallen. Statt diese im August zu wiederholen, ist sie einfach nach Berlin abgehauen. Zwei Wochen hat sie sich dort amüsiert, dann war ihr Geld alle, reichte nicht mal mehr für die Heimreise. Sie erinnert sich noch sehr gut daran, wie sie ihre Schwester angerufen hat, mit schlechtem Gewissen, aber auch ein bisschen trotzig – »Ich musste einfach mal raus, mir war das alles zu stressig«, hat sie gesagt – und Myrna hat ihr kein Geld überwiesen, sondern ist sofort nach Berlin gekommen und hat sie nach Hause geholt. Vor Erleichterung, dass Luisa wohlbehalten wieder da war, hat sie ihr keine

Vorwürfe gemacht, sondern sie einfach in den Arm genommen und versichert: »Alles nicht so schlimm, Kleine, wir kriegen das schon hin.«

Luisa steigt auf das Rad und fährt weiter. ›Wenn ich zu Hause geblieben wäre, wenn ich einmal in meinem Leben etwas durchgehalten hätte, würde ich den Kleinen dann lieben, wie eine richtige Mutter? Wäre meine Ehe glücklich? Wir könnten eine ganz normale Familie sein, wie Millionen andere. Sicher könnten wir das! Vielleicht wäre ich nicht immer total glücklich, vielleicht würde mich manchmal alles ankotzen, sicher geht das anderen auch so. Aber andere rennen nicht einfach weg. Vielleicht verlange ich auch einfach zu viel? – Ich muss mit Myrna darüber reden. Sie wird wissen, ob ich das schaffe, wieder zurück zu Mann und Kind. Der Kleine braucht mich doch.‹ Sie denkt über den letzten Satz nach. Eigentlich ist das ein Klischee. Aber es stimmt doch: Ein Kind braucht seine Mutter. ›Mich hat noch nie jemand gebraucht‹, denkt sie.

Bei jedem Satz tritt sie kräftiger in die Pedale. Sie fährt jetzt hinunter in das Dorf Benz. Hier war sie mit Myrna oft in der Kirche. Nicht zu Gottesdiensten, sondern zu kulturellen Veranstaltungen. Konzerten, Lesungen – viele bekannte Künstler hat sie hier schon erlebt. Meist hatte sie vorher keine Lust, sie hat sich von ihrer Schwester mitschleppen lassen. Aber dann war es jedes Mal ein besonderes Erlebnis. Sie erinnert sich an die wunderschön bemalte Kassettendecke in der Kirche und an den Schriftsteller Hans Werner Richter, der sie sehr beeindruckt hat. Ja,

Myrna hat schon immer gewusst, was gut für sie ist, besser als sie selbst.

Luisa fährt auf dem Radweg weiter, an einer Wiese vorbei, auf der sich im Sommer Sauen mit ihren Ferkeln wohlfühlen, unter einer Straßenbrücke hindurch in das Dorf Neppermin. Da ist ein neues Restaurant entstanden, offensichtlich eine Fischgaststätte. ›Muss schön sein, dort auf der Terrasse mit dem Blick auf das Achterwasser zu sitzen und frischen Fisch zu essen.‹ Luisa knurrt der Magen, ihr fällt ein, dass die Streuselschnecke von Valentin alles war, was sie heute zu sich genommen hat.

Als sie auf der schmalen Straße durch die Wiesen fährt, wird es langsam dunkel. Sie fährt jetzt sehr langsam. Zum einen ist sie inzwischen völlig erschöpft von der ungewohnten Anstrengung, zum anderen hofft sie, unerkannt durch das Dorf zu kommen. Myrna soll die Erste sein, die sie sieht.

10

Das kleine Dorf liegt im Winterschlaf. Im Sommer ist es belebt, fast jeder hier hat eine Ferienwohnung zu vermieten, Autos und besonders viele Radfahrer holpern über das Kopfsteinpflaster, Urlauber besichtigen die kleine Dorfkirche und die Storchennester und kaufen von dem Überfluss, den die Einwohner der Natur abgerungen haben. Obst, Saft, Marmelade, Honig und Eier stehen zusammen mit der »Kasse des Vertrauens« auf Tischen neben den Hofeingängen. Wie eine Flut hat der Tourismus von der Ostseeküste her auch die letzten kleinen Dörfer im Hinterland der Insel überschwemmt. Jetzt, im November, ist Ebbe.

Das Haus von Myrna und Joe steht am Dorfrand, es war Luisas Elternhaus. Auf dem gleichen Grundstück hat sie mit Robin gewohnt. Luisa erinnert sich, wie glücklich sie waren, als sie den Kredit für den Hausbau bekommen haben. Hier wollte sie sich ihr eigenes Leben aufbauen, aber doch Myrna als Sicherheit in der Nähe haben. Sie schiebt das Fahrrad vorbei an den niedrigen kleinen Häusern, dazwischen, wo etwas Altes weggerissen wurde, sind größere Neubauten entstanden. Obwohl viele der neuen Häuser ebenfalls rohrgedeckt sind, passen sie doch nicht hierher. Zu groß, zu protzig, manche in kräftigen Farben gestrichen, die den dörflichen Charakter stören. Kein Mensch ist auf der Straße, hinter den niedrigen Fenstern sieht man Fernsehbildschirme.

Luisa stellt das Rad neben dem Hauseingang ab. Das alte Haus liegt breit und behäbig da, mit seinem dicken Rohrdach und den kleinen Fenstern strahlt es Sicherheit und Gemütlichkeit aus. Dort im Giebel ist das kleine Fenster, das zu Luisas Zimmer gehörte. Wie oft hat sie das Dach aus Schilf verflucht, aus dem Spinnen und anderes Ungeziefer in ihr Fenster gekrabbelt sind. Nach dem Tod der Großeltern und der Mutter, die schon kurz danach an Krebs gestorben ist, hat sie dann die obere Etage bewohnt, außer ihrem Zimmer gab es noch drei kleine Kammern.

Mit ihrer Schwester zusammen hat sie davon geträumt, das Haus umzubauen, Wände herauszunehmen, um größere helle Räume zu bekommen. Das Einzige, was sie geschafft haben, war der Umbau der alten, großen Speisekammer zu einem modernen Bad.

Luisa sieht hinüber zu dem Neubau. Aus dem Küchenfenster fällt Licht. Vorsichtig geht sie etwas näher heran. Da ist sie wieder, die dunkelhaarige Frau. Luisa hatte sie völlig aus ihrem Kopf verbannt. In ihrer Vorstellung sah sie Robin immer allein mit dem Kind. Die Frau ist fast genau so groß wie Robin, auch so schlank. ›Sie passt viel besser zu ihm, als ich‹, denkt Luisa erschrocken. Die beiden lachen, sie scheint etwas zu kochen, er holt Teller aus dem Schrank. Den Kleinen kann Luisa nicht sehen, vielleicht spielt er am Boden oder er sitzt in einem Stühlchen am Tisch. Luisa ist wütend, traurig, enttäuscht und dann – erleichtert. So groß kann Robins Trauer ja nicht gewesen sein, wenn er sich so schnell getröstet hat. Wahrscheinlich kannte er die Andere schon, als sie noch zusammen waren. Deswegen wollte er sie auch nicht heiraten. Von wegen »wir haben doch Zeit, wir heiraten, wenn du wieder schlank bist und in ein tolles Kleid passt«. Hat er sie betrogen, womöglich schon während ihrer Schwangerschaft? Und sie hat das im Unterbewusstsein gespürt und hat den Weg frei gemacht für die glückliche kleine Familie. – ›Unsinn!‹ Luisa schüttelt über sich selbst den Kopf. Sie hat gar nichts gespürt, sie hat nie an Robins Liebe gezweifelt. Er braucht nur eine Mutter für sein Kind, deshalb ist er mit der Dunkelhaarigen zusammen. Er wird sich jederzeit wieder für sie entscheiden!

Entschlossen dreht sie sich um und geht zum alten Haus. Sie klingelt kurz und greift gleichzeitig zur Türklinke. Die Haustür ist eigentlich immer offen. Oft haben die Schwestern sogar vergessen, nachts abzuschließen. Das war auf dem Dorf einfach nicht üblich. Luisa erinnert sich, dass sie und Myrna einmal eine alte Frau abgeholt haben, um sie zu einem Arzt zu fahren. Als die Frau aus dem Haus kam, hat Myrna gefragt: »Willst du nicht zuschließen?« Die Antwort war: »Nee, kann ja sein, dass einer von den Nachbarn was braucht. Ich weiß auch gar nicht, wo der Schlüssel ist.«

Heute ist Myrnas Haustür abgeschlossen. Luisa tritt erschrocken zurück. Dann geht sie zur Giebelseite des Hauses. Erleichtert sieht sie Licht im Wohnzimmerfenster. Sie klingelt noch einmal, diesmal länger. Es dauert noch eine Weile, bis das Flurlicht angeht. Als sie hört, wie die Tür aufgeschlossen wird, bekommt Luisa heftiges Herzklopfen.

Entsetzt blickt sie auf ihr Gegenüber. »Aber – was – ich …« Sie stottert hilflos, ihr fällt kein vernünftiger Satz ein.

11

Valentins Kaffee ist schon lange kalt. Er verzieht das Gesicht, als er daran nippt und blickt zur Verkäuferin hinüber.

Die lacht. »Na, soll ich dir einen neuen bringen? Hast beim Reden wieder vergessen zu trinken, was?«

»Ja. Aber warte mal.« Er steht auf und hebt den Arm, um sich bemerkbar zu machen.

»He, Isolde!«, ruft er in die Passage. »Habt ihr Zeit für einen Kaffee?«

Die junge Frau ist etwas größer als Valentin, aber sehr dick. Besonders auffallend ist ihr ausladendes Hinterteil. Die dünnen blonden Haare trägt sie als praktischen, aber unkleidsamen Kurzhaarschnitt. Vermutlich glaubt sie zu recht, dass eine Frisur an ihrem Aussehen auch nichts mehr retten könnte. Das sehr volle Gesicht ist unsymmetrisch. Die Stirn zu hoch und gewölbt, die Nase zu breit, sie hat Hamsterbäckchen und die wulstigen Lippen werden noch durch ein fliehendes Kinn betont. Alles in allem ist sie kein schöner Anblick.

Gerade hat ihr der Fischverkäufer am Eingang der Seebrücke etwas zugerufen und Isolde lacht so schallend, dass es durch in der ganzen Passage hörbar ist. Dann hört sie Valentin und winkt lebhaft zurück. »Wir kommen gleich. Wir müssen nur mal nach unten.« Sie weist auf die Treppe, die zu den Toiletten führt, dann fasst sie die alte Frau, die neben ihr geht, fürsorglich am Arm. »Komm Trudchen, halt dich schön an mir fest. Nicht, dass du mir die Treppe runterkullerst. Dann muss ich einen Krankenwagen rufen und komme nicht zu meinem Kaffee, den Valentin mir ausgibt. Dir übrigens auch, wir werden ihn ausnehmen wie eine Weihnachtsgans. Vielleicht springt sogar noch ein Stück Kuchen heraus, mal sehen.« So plappert sie fröhlich weiter, während sie die sehr gebrechliche Frau langsam, Stufe für Stufe, die Treppe hinabführt.

»Ich liebe alte Leute«, schwärmt Isolde eine Stunde später, »die haben so viel zu erzählen, da könnte ich stundenlang zuhören. Mit den jungen kannst du doch nur über das Fernsehprogramm von gestern Abend reden. Das ist so öde!« Sie sieht ihre Begleiterin an. »Trudchen, möchtest du noch einen Tee? Oder lieber Saft?«

»Lass man Mädchen, dann muss ich so oft … du weißt schon.« Verlegen schielt sie zu Valentin.

Der lacht. »Das ist nun mal so, bei uns Alten. Was denkst du wohl, wo ich alle halbe Stunde hinrenne?«

»Gegen mich bist du doch ein junger Bengel«, kichert die Frau. »Ich werd im Sommer 95, wenn ich das noch schaffe.«

»Warum denn nicht, du schaffst auch noch die 100«, versichert Isolde. Sie lehnt sich bequem zurück.

Trudchen merkt man ihre Demenz heute gar nicht an, sie hat einen guten Tag, aber davon werden es immer weniger.

»Kannst du dich eigentlich noch an die Zeit erinnern, als Heringsdorf seine Blütezeit hatte? Ich stelle mir das so schick vor, die Frauen vor allem. Wie sie hier promeniert sind mit ihren langen Kleidern und Hüten und Sonnenschirmen. Und die Männer mit Frack und Zylinder. Das muss eine tolle Zeit gewesen sein.«

»Na ja, was du meinst, das war ja vor dem Ersten Weltkrieg. Danach war dann alles moderner. Aber chic war Heringsdorf schon, was denkt ihr, wie viele berühmte Leute ich hier gesehen habe.« Die alte Frau lächelt etwas verschämt, als sie gesteht: »Mit 16 war ich total verliebt in Heinz Rühmann.

Mit dem wurde hier ein Film gedreht, ›Hahn im Korb‹ hieß der, das weiß ich noch genau. Keine Ahnung, worum es dabei ging, aber ich habe so oft wie möglich bei den Dreharbeiten zugesehen. Das war so aufregend!«

»Wo wurde der denn gedreht? Hier auf der alten Seebrücke?«

»Vor allem im *Kurhaus* und auf der Promenade. Das war alles viel schöner und vornehmer hier«, schwärmt Trudchen, »Heringsdorf war eben ein richtiges Weltbad. Ihre Stimme ist jetzt klar und selbstbewusst und ihre Augen strahlen förmlich. Sie sieht das alles genau vor sich, was sie ihren interessierten Zuhörern schildert, anschaulich und voller Sehnsucht nach der »guten alten Zeit«. Wo heute Plattenbauten den Ort verschandeln, im Mittelpunkt der Strandpromenade, stand das *Kurhotel Kaiserhof Atlantic* mit schön gegliederter Fassade, Balkonen, Freitreppen und einem großzügigen Foyer. Davor war der Kurplatz, mit seinen künstlerischen Gartenanlagen unter mächtigen Buchen.

»Hah! Und Heinz Rühmann war der erste Mann, den ich nackt gesehen hab … damals als Zimmermädchen im *Kaiserhof*. Der Hoteleingang lag dem der Seebrücke genau gegenüber«, erklärt Trudchen.

Valentin schaut sie belustigt an.

Isolde lacht gutmütig. »Daran erinnert sie sich. Aber frag sie mal, wie der Arzt heißt, der sie dreimal in der Woche untersucht, oder meine Kollegin – das vergisst sie immer wieder.«

»Ist auch nicht so wichtig, wie die Sache mit Rühmann …«, bemerkt Valentin, und hakt nach. »Nun hast du uns neugierig gemacht, also erzähl doch mal – war das ein Versehen oder hast du ihn etwa absichtlich beobachtet?«

Trudchen kichert. Dann beugt sie sich über den Tisch und flüstert: »Ich hatte ein kleines Techtelmechtel mit ihm. Eine Sommerromanze – aber ihr dürft das niemandem erzählen, er ist doch verheiratet.«

»Trudchen!« Zum Vergnügen der alten Frau tut Isolde empört und zwinkert Valentin zu. »Du bist mir ja eine! Na, wir verraten es niemandem. Aber du hattest wirklich ein interessantes Leben. Du müsstest das mal jemandem erzählen, der das alles aufschreibt, damit es nicht vergessen wird«, schlägt Isolde vor.

Der Ortsführer winkt ab. »Die Schriftsteller und Journalisten kamen doch auch nach Heringsdorf in die Sommerfrische, was glaubst du, wie viel schon darüber geschrieben wurde. Am besten gefällt mir Alfred Kerr, der hat festgestellt: ›Der Auswurf des Potsdamer Viertels verunreinigt mit Protzentum die anständige Seeluft.‹«

Die alte Frau guckt etwas beleidigt und murrt: »Ich fand die Berliner sehr vornehm, gar nicht protzig.«

»Kurt Tucholsky war auch hier, kannst du dich an den erinnern?«, lenkt Isolde ab.

Trudchen schüttelt nachdenklich den Kopf und Valentin bemerkt: »Das war schon Anfang der Zwanzigerjahre, da ist sie gerade geboren, wie soll sie sich an den erinnern.«

»Und dann kam der Krieg«, fährt die alte Frau fort. »Da

war ich grad achtzehn geworden und hatte mir einen Berliner Leutnant geangelt. ›Ick komm aus Charlottenburg‹, hat der immer gesagt. – Gott, war der schön! Und noch so jung. Dem hab ich ganz schön den Kopf verdreht. Und der hatte einiges mehr zu bieten als Rühmann, hah!« Sie lacht in sich hinein. »Auf einmal, im August 39, war alles anders. Die Sommergäste waren weg, man sah überall Uniformen und in den großen Häusern waren die Kinder aus den Städten untergebracht. Eine schlimme Zeit.«

»Aber Bomben sind hier doch nicht gefallen, oder?«

»Nein, aber auf Swinemünde. Am 12. März 1945, das vergesse ich nie. Das war unsere Kreisstadt, da war auch der Markt und alles. Und die vielen Flüchtlinge, die auf die Schiffe wollten. So viele Tote! Krieg ist das Allerschlimmste, was es gibt, glaubt mir das, Kinder. Nie wieder will ich so etwas erleben. Lieber hungern und frieren, bloß nie wieder Krieg.«

Isolde streichelt die Hand der alten Frau, die vor Aufregung zittert, und blickt Valentin hilfesuchend an.

Der räuspert sich. »Bist du eigentlich immer hier in Heringsdorf geblieben?«, fragt er. »Wolltest du nie weg? Auch nicht in den Westen, als das noch ging?«

»Nein, das wäre mir im Traum nicht eingefallen. Ist doch schön hier. – Hab's immer so gehalten, wie mir mein Leutnantchen aus'm Lazarett geschrieben hat«, Trudchen hebt dabei ihren leicht verknöcherten Zeigefinger, »›Mach wat draus, meene Kleene! Sei glücklich! Du darfst nich traurich sein.‹ Das hat er mir auch zum Abschied gesagt, als sie ihn an die Ostfront geschickt haben. – Ist nun auch schon wieder so lange her … Was willst machen, ne?«

»Ja, da hast du allerdings recht.« Valentin nickt nachdrücklich. »Was war denn deine schönste Zeit?«

»Na ja, in den Fünfzigern. Da war ich noch jung und wieder frisch verliebt.« Sie kichert. »Wir haben viel gefeiert in der Zeit. Jeden Sonnabend gingen wir tanzen. Arbeiten mussten wir auch viel. Aber man hatte das Gefühl, es geht aufwärts, man wusste, wofür man arbeitet. Aber dann nachher, als Ulbricht an die Macht kam und dann erst der Honecker – na, gut, dass die nun weg sind. Ich glaube, noch ein paar Jahre länger Sozialismus, dann wären die schönen alten Häuser alle zusammengefallen und wir hätten hier lauter Plattenbauten stehen. – Dem Ulbricht hab ich mal die Bananen aus dem Zimmer geklaut. Hah, das waren Zeiten, das sag ich euch!«

Dann seufzt Isolde: »So Trudchen, davon erzählen wir demnächst mal mehr – von den Bananen und vom Ulbricht. Wir müssen nach Hause. Ich hab noch ein bisschen was zu tun vor dem Abendessen. Es wird auch gleich dunkel, die werden uns schon vermissen.«

Sie hilft der alten Frau, ihren Mantel anzuziehen und winkt Valentin zum Abschied. »Danke für die Bewirtung, bis bald mal wieder.«

Valentin steht auf. »Ich danke euch für die Gesellschaft.« Während die alte Frau umständlich ihren Schal bindet und eine Mütze aufsetzt, sagt er leise zu der Altenpflegerin: »Die alten Leute wissen so viel Interessantes zu erzählen,

aber das machen sie nur, wenn du dabei ist. Sonst sagen sie meist gar nichts und ich denke manchmal, die kriegen gar nichts mehr mit oder denen ist alles egal.«

»Ja, weil die meisten erfahren haben, dass ihnen niemand zuhört. Manche müssen das Reden erst wieder lernen. Das ist so schade!«

Isolde ist dankbar für die Sondergenehmigung, die es ihr erlaubt, auf die Strandpromenade zu fahren und ihren alten VW-Bus direkt neben der Seebrücke zu parken. Denn viele ihrer »Freunde«, wie sie die Bewohner des Pflegeheimes nennt, würden den Weg vom dreihundert Meter entfernten Parkplatz hierher nicht mehr bewältigen. Und hier, wo sie die Ostsee sehen können, sind sie alle am liebsten.

12

Sekundenlang starren die beiden sich an. Auch Joe ist zunächst sprachlos. »Ich dachte, du wärst tot.«

Die Worte stehen noch im Raum, als er den Rollstuhl zurückfährt, um die Tür freizugeben.

Luisa schüttelt nur den Kopf. Der Anblick ihres Schwagers erschüttert sie zutiefst. Sie erinnert sich: Als die beiden aus dem Krankenhaus gekommen sind, hat Myrna ihr erzählt, Joe sei von nun an querschnittsgelähmt. Das hat sie vollkommen verdrängt. Da waren so viele andere Dinge wichtig. Ihr Kind und dass Myrna nun wieder zu Hause war, um ihr zu helfen – sie hat auch gar nicht realisiert, dass Joe tatsächlich nie wieder laufen kann. Das ist so unvorstellbar. Arme Myrna!

»Ist Myrna nicht da?«

»Nein. Komm erst mal rein! – Willst du was trinken?«

»Ja, sehr gern.« Luisa bemerkt erst jetzt, dass sie schon einen ganz trockenen Hals hat. Ihr Magen knurrt auch wieder vernehmlich. »Und wenn du was zu essen da hättest ...irgendwie bin ich nicht dazu gekommen ... ich bin mit dem Fahrrad hier«, stottert sie zusammenhanglos.

»Na klar, komm mit in die Küche.«

Joe hat Luisas Hilfe abgelehnt, die sitzt jetzt am Küchentisch und sieht zu, wie er Brot, Butter und Geschirr zusammenträgt und eine Pfanne auf den Herd stellt. »Ich wollte mir ein Ei braten, willst du auch?«

Sie nickt nur, ihr läuft das Wasser im Mund zusammen. Der Mann bewegt sich erstaunlich schnell und geschickt. ›Gut, dass hier so viel Platz ist‹, denkt Luisa. ›Die Küche war schon immer der größte Raum im Haus.‹

Sie essen schweigend. Luisa ist ganz auf ihre Spiegeleier konzentriert, die Joe auf eine dicke Scheibe Vollkornbrot gelegt hat.

»Stört es dich, wenn ich rauche?« Joe hat gewartet, bis sie ihren Teller zurückgeschoben hat und sich zufrieden zurücklehnt.

»Nein, warum? Ist doch dein Haus.«

Er hält ihr die Schachtel hin, aber sie lehnt ab.

»Ich habe nicht wieder angefangen nach dem Kind.«

»Aha. Gut!«

Luisa erinnert sich an einen heftigen Streit während ihrer Schwangerschaft. Myrna hatte sie beim Rauchen erwischt und war beinahe ausgerastet. »Bist du jetzt total bescheuert? Weißt du, was du dem Kind antust? Wenn ich dich noch einmal erwische, Frollein …« Joe hatte sie besänftigt. »Das können wir doch auch friedlich klären. Lasst uns darüber reden.« Das war seine ständige Redensart, eigentlich seine Lebenseinstellung: »Lasst uns darüber reden.« Er schlug vor, dass sie alle drei mit dem Rauchen aufhören sollten. Nach kurzem Zögern stimmte Myrna zu. Sie war eine starke Raucherin. »Zu dritt schaffen wir das«, redete Joe ihr zu. »Wir können uns gegenseitig motivieren. Und du willst doch das Baby nachher auch hier haben. Da können wir nicht die Bude zuqualmen.« Er selbst hat nie viel geraucht, nur mal nach einem guten Essen oder wenn sie gefeiert haben. ›Ob sie wohl durchgehalten hat?‹ »Wo ist Myrna denn eigentlich?«

Auf ihre einfache Frage reagiert Joe seltsam. Er antwortet nicht, weicht ihrem Blick aus und zieht nervös an seiner Zigarette.

Luisa spürt, wie Angst in ihr aufsteigt. Ihr Magen krampft sich zusammen, ihr wird plötzlich ganz kalt, sie zittert.

»Joe – was ist? Ist Myrna was passiert? Ist sie …«

»Nein, nein!« Er greift schnell nach ihrer Hand. »Ihr geht es gut. Denk ich jedenfalls. Sie hat mich verlassen.«

Luisa atmet tief, dann lehnt sie sich erleichtert zurück. Für einen Moment hat sie geglaubt, ihre Welt bräche zusammen. Erst nach einer Weile erfasst sie, was ihr Schwager gesagt hat. »Sie hat dich verlassen? Das glaube ich nicht. Warum?«

»Ja, warum wohl? Sieh mich doch an.« Seine Stimme klingt traurig, resigniert.

Luisa folgt seiner rhetorischen Aufforderung. So absurd es ist, der Mann wirkt selbst im Rollstuhl noch gesund und kräftig. Er hat sogar Turnschuhe an und eine Jogginghose. Sein Oberkörper erscheint noch muskulöser als vor dem Unfall. Im Gesicht ist er etwas schmaler und blasser geworden, die dunklen Locken sind wie immer etwas zu lang, aber er wirkt sehr gepflegt. »Sie liebt dich doch. Sie haut doch nicht ab, wenn du sie brauchst. Myrna doch nicht!« Ihre Stimme zittert vor Angst. Ein Fixpunkt in ihrem Leben beginnt gerade zu verschwimmen. Wenn ihre große Schwester nicht mehr unerschütterlich dasteht, woran soll sie sich dann hochziehen und festhalten?

»Versuch doch mal, sie zu verstehen. Es war einfach alles zu viel für sie. Sie hat sich die Schuld an dem Unfall gegeben, damit konnte sie überhaupt nicht umgehen. Und dann bist du spurlos verschwunden. Robin wusste überhaupt nicht, was er machen sollte und faselte was von Depressionen und Selbstmord. Du hattest ja auch kein Handy und keine Papiere mitgenommen. Dann fing er noch an zu jammern, dass er mit dem Kind allein nicht klarkommt. – Hieß im Klartext: Myrna sollte sich auch noch um das Baby kümmern. Ich denke, das war eine Kurzschlussreaktion, ein Selbstschutz, sozusagen.«

»Genau wie bei mir«, flüstert Luisa tonlos. Sie versteht das so gut, was Joe schildert. Manchmal ist alles zu viel, dann kann man nur flüchten. Aber doch nicht Myrna! In Stresssituationen läuft sie zur Hochform auf. Sie ist ein Organisationsgenie, behält immer die Ruhe und geht alle Probleme frontal an. Sie weiß immer, was zu tun ist und reißt niemals aus.

»Ja, aber sie hat wenigstens einen Abschiedsbrief geschrieben«, reißt Joe sie aus ihren Gedanken.

»Wirklich? Kann ich den sehen? Oder ist der sehr privat?«, fügt sie etwas verlegen hinzu.

»Nein. Eigentlich ist es ja nur ein Zettel. Sie war wohl in Eile.«

Luisa nickt. Das passt wieder zu ihrer Schwester, auch im größten Stress an andere zu denken und zu hinterlassen, wo sie ist.

»Er liegt im Wohnzimmer, in der oberen Schreibtischschublade. Du kannst ihn dir holen.«

Es ist wirklich nur ein Fetzen Papier, von einem größeren Blatt abgerissen.

Ich brauche jetzt erst mal Abstand, ich muss in Ruhe nachdenken, wie es weitergeht.
Tut mir leid, Joe, aber ihr kommt auch ohne mich zurecht. *Myrna*

›Seltsam!‹ Luisa versucht sich vorzustellen, in welchem Gemütszustand ihre Schwester war, als sie das geschrieben hat. Es ist so untypisch.

»Die Polizei hat das sogar mitgenommen, zusammen mit einer Schriftprobe von Myrna. Haben die gedacht, ich hätte meine Frau umgebracht und den Brief gefälscht? Sie haben sogar mein Alibi überprüft.« Er schüttelt den Kopf. »Wie absurd ist das denn? Ich hätte sie nicht mal irgendwo verbuddeln oder in den See schmeißen können. – Entschuldige!«, fügt er schnell hinzu, als er Luisas Gesichtsausdruck bemerkt.

»Nein, nein, schon gut. Natürlich ist das absurd, aber die müssen doch alles überprüfen. Mir ist nur gerade etwas eingefallen.« Sie erzählt von ihrer Begegnung in Hamburg. »Die Frau hat gesagt, ich wäre tot – ermordet worden. Wie kommt die denn darauf?«

Er stöhnt. »Das nun auch noch. Ich wollte es dir erst später erzählen, ich dachte, für heute hast du genug gehört.« Er überlegt und Luisa wartet geduldig. »Na, ist nun auch egal, du lebst ja … Als du dich nach zwei Tagen noch nicht gemeldet hast, hat Robin dich bei der Polizei als vermisst gemeldet. Ich glaube, das tat er sogar schon am nächsten Tag, aber die Polizei hat die Anzeige nicht gleich aufgenommen. Wir fanden das alle seltsam, dass du so einfach weg warst, ohne Nachricht. Myrna hat sich auch gleich Sorgen gemacht. Die Polizei hat also nach dir gesucht.« Er überlegt einen Moment. »Ich weiß das alles nicht mehr so genau. Dann war Myrna ja auch weg, ich hatte meine eigenen Sorgen. Von der Suche nach dir habe ich nur noch durch Robin erfahren. Aber du weißt ja, wie er ist, er redet nicht so viel, schon gar nicht mit mir.«

Luisa nickt. Die beiden Männer haben sich nie so richtig verstanden, was sie und Myrna immer bedauert haben.

»Jedenfalls haben sie im Kofferraum seines Autos irgendwelche Spuren von dir gefunden.«

»Das denk ich mir«, wirft Luisa spöttisch ein. »Ich bin ja dauernd damit gefahren.«

Er blickt sie prüfend an und fährt zögernd fort: »Robin hat was von Leichengeruch gesagt. Ich habe auch gesehen, dass die Polizei das Auto abgeholt und zwei Tage später zurückgebracht hat.« Als Luisa ihn entsetzt anblickt, fügt er schnell hinzu: »Du, ich weiß das nicht so genau. Da war auch was mit Leichengeruch in einem Boot. Angeblich wurdest du ermordet und deine Leiche in die Ostsee geworfen.«

»Na toll!« Luisa schüttelt den Kopf. »Ist ja ein Wunder, dass sie Robin nicht gleich eingesperrt haben.« – ›Wenn sie es getan hätten, wäre es meine Schuld gewesen‹, denkt sie.

»Er hatte wohl ein Alibi.« Joe zuckt mit den Schultern. »Ach, da fällt mir noch was ein: Robin hat gesagt, du hättest ein paar Tage vorher einen Anruf bekommen und dich daraufhin mit jemandem getroffen. Du hast gesagt, es war eine alte Schulfreundin. Aber er wusste den Namen nicht. Und auf deinem Handy haben sie gesehen, dass der Anruf aus einem Hotel gekommen war.«

»Es war eine Schulfreundin, sie arbeitet in dem Hotel. Aber wir haben uns gar nicht getroffen. Ich wollte erst, aber dann hatte ich keine Lust mehr. Es war alles so umständlich mit dem Baby. Und ich habe mich so beschissen gefühlt.«

»Ja, sicher hast du das. Sonst wärst du nicht geflüchtet.« Verständnisvoll sieht er sie aus seinen freundlichen braunen Augen an. »Aber jetzt solltest du wohl mit Robin reden!«

»Ich weiß! Ich hab Angst. Ist er sehr sauer auf mich?«

Joe seufzt. »Du, ich habe keine Ahnung, wie er drauf ist. Mit mir spricht er nicht über seine Gemütslage.«

»Er hat sich ja auch schnell getröstet.«

»Ja …«

Luisa hofft, dass Joe noch etwas sagt, irgendetwas über die Frau, aber er schweigt und sie vermeidet es, zu fragen.

»Wo warst du denn eigentlich in der ganzen Zeit? In Hamburg? Bist du heute erst zurückgekommen?«

»Nein.« Luisa beginnt zu erzählen. Wie sie nach Hamburg gefahren ist, dass sie im Sommer hier war und dann doch wieder geflohen ist, sie wird immer ausführlicher. Hin und wieder lacht sie, dann kullern ein paar Tränen, sie redet sich alles von der Seele. Joe hat inzwischen Tee gekocht, viel Zucker reingegeben und einen Schuss Rum, so wie sie ihn mag und schon so oft in dieser Küche getrunken hat. Als sie fertig ist mit ihrer Schilderung, schweigen beide eine Weile. Luisa ist dankbar, dass Joe keine Zwischenfragen gestellt hat und dass er jetzt tut, als wäre es das Normalste auf der Welt, dass eine Frau Mann und Kind verlässt und ein halbes Jahr in Hamburg auf der Straße lebt. Mit ihm konnte sie schon immer über alles reden, auch in ihren wilden Zeiten war er immer der Verständnisvolle, hat oft zwischen ihr und Myrna vermittelt. »Hat Myrna auch gedacht, dass ich tot wäre? Ist sie deswegen abgehauen?«

»Nein, das musst du nicht denken!« Joe hat schnell geantwortet, tröstend greift er nach Luisas Hand. Dann zieht er sie wieder zurück und weicht ihrem forschenden Blick aus. »Ich weiß nicht, was sie gedacht hat. Sie war so aufgeregt an dem Tag. Und zwei Tage später, als die Polizei mit uns sprechen wollte, war sie dann selbst weg.«

Luisa schüttelt den Kopf. »Das ist alles so verwirrend. Ich kann es mir einfach nicht vorstellen, es passt einfach nicht zu Myrna.« Sie zögert einen Moment, fragt dann vorsichtig: »Hast du schon mal daran gedacht, dass es vielleicht Myrna war, die ermordet wurde? Nur so, die Möglichkeit …«

»Nein!« Er schreit sie an, dann streicht er sich verzweifelt über das Gesicht. »Entschuldige. Aber … nein. Sie lebt! Wer sollte denn Myrna ermorden? Und warum? Wie sollte ich denn weiterleben, wenn sie tot wäre?«

»Nein, ich entschuldige mich. Das war blöd von mir. Natürlich lebt sie! Da sind ja auch der Brief und dann diese ganzen Umstände – sie benötigt sicher nur eine Auszeit. Sie kommt zurück, genau wie ich.«

»Ja.« Joe nickt energisch und lächelt sogar ein wenig. »Natürlich kommt sie zurück! Wenn ich nur wüsste, wie man ihr mitteilen kann, dass du wieder da bist. Wir können ja schlecht eine Zeitungsanzeige aufgeben, oder?«

»Nein, wirklich nicht. – Du, Joe«, Luisa sieht ihren Schwager bittend an, »können wir es nicht erst mal für uns behalten, dass ich wieder hier bin? Ich bin noch nicht so weit, mit Robin zu reden. Jetzt weiß ich ja, dass es ihm gut geht. Und dem Kind«, fügt sie schnell hinzu. »Die beiden brauchen mich nicht. Also, was soll ich hier? Ich würde mir so überflüssig vorkommen. Wenn Myrna da wäre, dann wäre es etwas anderes. Aber so? Gib mir noch ein bisschen Zeit, ja?«

»Aber … das verstehe ich nicht. Willst du wieder nach Hamburg?«

»Nein, ich bleibe auf der Insel. Nur nicht hier im Dorf.« Sie überlegt blitzschnell. »Ich habe in Heringsdorf ein Zimmer, bei einem Freund. Also nicht, was du jetzt denkst – bei einem alten, sehr netten Mann. Der hat ein Gästezimmer, das braucht er jetzt im Winter nicht, da kann ich schlafen.«

»Na gut.« Er nickt zögernd. »Schade, ich hätte dich gern hierbehalten. Aber … ist schon gut.«

»Wir können uns doch trotzdem sehen. Ich bin tagsüber immer auf der Seebrücke. Da können wir uns treffen, wenn du willst.« Sie stockt erschrocken.

Er lächelt. »Kein Problem. Ich bin nicht ans Haus gefesselt. Ein ehemaliger Fußballkumpel von mir ist Taxifahrer. Der fährt mich fast umsonst. Ich muss auch immer mal hier raus. Wenn man nur sitzt und wartet, das macht einen ganz verrückt.«

Luisa nickt erleichtert. »Ja, schön. Aber da wäre noch was«, etwas verlegen sieht sie ihn an, »ich habe überhaupt kein Geld mehr. Ob du mir etwas leihen könntest? Viel brauche ich nicht.«

»Klar! Viel habe ich auch gar nicht. Ich musste hier einiges umbauen lassen und ... ach, egal!«

Er rollt ins Wohnzimmer und Luisa hört, wie er eine Schublade öffnet. »Hier – 200 €. Reicht das erst mal? Übrigens, du hast doch sicher kein Handy, hast es ja damals hier gelassen. Willst du mein altes Telefon haben? Ich hab mir inzwischen ein Smartphone angeschafft.«

»Ja, das wäre gut. Dann können wir uns verabreden. Gibst du mir deine Nummer? Und das Ladekabel brauche ich noch.«

Luisa steht auf.

Joe versucht sie zu überreden, wenigstens diese Nacht hierzubleiben. »Du kannst doch jetzt nicht mehr den weiten Weg mit dem Fahrrad fahren. Ich würde dir ja mein Auto geben, aber ich habe es nach dem Unfall nicht reparieren lassen. Wozu auch? Aber die Radwege sind nicht beleuchtet und auf der Bundesstraße ...«

»Ach was«, unterbricht Luisa ihn, »es sind doch kaum Autos unterwegs. Das schaffe ich schon. Ich habe ja ein gutes Fahrrad.« Sie grinst.

»Na dann«, besorgt sieht Joe sie an, »melde dich, wenn du zu Hause bist, okay?«

13

Luisa bemerkt jetzt doch, wie erschöpft sie ist, als sie bergauf strampelt. Die Kälte kriecht unvermeidlich durch ihre dünne Kleidung. Sie fährt auf der linken Seite der Bundesstraße und steigt ab, wenn ihr ein Auto entgegenkommt. Das musste sie erst zweimal tun und sie hat schon fast die Hälfte der Strecke geschafft.

Als sie endlich wieder bergab rollt, denkt sie an ihr Gespräch mit Joe. Gut, dass sie Myrnas Handy nicht erwähnt hat. ›Soll er ruhig glauben, seine Frau habe es mitgenommen, ebenso wie das Auto. – Er hat überhaupt nicht gefragt, womit sie nach Hamburg gefahren ist, sie hatte doch kein eigenes Auto?! Hat denn niemand bemerkt, dass Myrnas Golf gleichzeitig mit mir verschwunden ist? – Anscheinend nicht. Er stand ja auch immer hinter dem Haus, da hat wohl weder Joe noch Robin drauf geachtet. Sie sind beide davon ausgegangen, dass Myrna damit weggefahren ist. Auch, dass sie ihr Handy dabei hat.‹ Luisa denkt, dass sie sich unbedingt überlegen muss, was sie Joe sagt, wenn ihm die Frage nach dem Auto einfällt.

Aber erst einmal muss sie über etwas anderes nachdenken. Vor allem muss sie sich der Gewissheit stellen, dass ihre Schwester tot ist. Sie hat es schon gewusst, als sie mit Joe gesprochen hat. Da hat sie den Gedanken verdrängt. ›Er erträgt es nicht, wahrscheinlich will er es auf keinen

Fall wahrhaben. Vielleicht hat er ja deshalb nicht nach dem Auto gefragt. Er weiß doch, dass ich immer damit gefahren bin. – Sie müssen darüber reden. Die Polizei hat die Suche nach dem Mörder anscheinend aufgegeben. Wie sollten sie ihn auch finden, wenn sie nicht einmal das Opfer kannten. Nur, dass es eine Leiche gab, das wussten sie. – Und wer sollte das sein, wenn nicht Myrna?‹ Einen Moment funkt etwas Hoffnung in Luisa auf. ›Es kann ein ganz anderer gewesen sein, sie haben doch nichts Konkretes. Sonst hätten

sie Joe doch sicher mehrmals befragt, vielleicht ein Alibi von ihm gefordert. Und was ist mit dem Brief? Joe sagt, er ist echt, das wurde überprüft. – Nein!‹.

Keuchend tritt Luisa noch ein paarmal kräftig in die Pedale, dann steigt sie vom Rad und geht zur Seite an den Waldrand, weil ihr Scheinwerfer entgegenkommen.

›Myrna wäre niemals einfach so verschwunden, nicht für so lange Zeit. Sie hätte Joe nicht im Stich gelassen und auch nicht ihren kleinen Neffen. Selbst, wenn sie geglaubt hätte, dass ihre Schwester tot sei. Und sie hätte nicht zugelassen, dass der Mörder davonkommt. – Und das werde ich auch nicht!‹, schwört sich Luisa, während sie mit dem Handrücken über ihr Gesicht wischt, wo sich gerade ihre Tränen mit den eiskalten Regentropfen vermischen.

14

»Darf ich mich zu euch setzen?«

»Aber gerne doch, komm her!« Isolde rückt beiseite, um Platz für Valentins Stuhl zu schaffen. »Wir sind doch alle schlank, da passen viele an einen Tisch.«

»Genau, besonders wir beide.« Er streicht über seinen Bauch. »Wie die Rehlein … oder wie heißen die grauen Tiere mit dem Rüssel?«

Isolde lacht so laut, dass ihr mächtiger Busen bebt.

Valentin stellt seine Tasse auf den Tisch, dann sieht er sich in der Runde um. »Na, Mädels, kann ich euch was Gutes tun? Möchte jemand ein Stück Kuchen oder einen schönen Cappuccino mit Sahne?«

Die alten Damen kichern, schütteln aber einhellig die Köpfe.

»Ich habe sie gerade alle versorgt«, erklärt Isolde. Heute hat sie außer ihrer Freundin Trudchen noch zwei andere Frauen aus dem Pflegeheim mitgebracht.

Maja Vogelsang bleibt neben dem Tisch stehen. »Na, habt ihr Spaß? Dich hört man bis draußen auf dem Steg lachen«, erklärt sie Isolde.

Die nickt gleichmütig. »Ja, ich bin ein bisschen laut, nicht? Hab ja auch einen gewaltigen Klangkörper.« Sie lacht schon wieder. »Aber das ist gut so, dann verstehen mich meine Alten wenigstens.«

»Komm, setz dich zu uns!«, fordert Valentin die Verkäuferin auf und auch sie findet noch einen Platz an dem kleinen Tisch.

»Ist das heute schön draußen«, schwärmt sie. »Der Himmel ist ganz blau, nur im Westen sind ein paar rosa Wolkenstreifen zu sehen. Ich habe gerade einen langen Spaziergang gemacht.«

»Na, ich glaube, jetzt wird es kälter«, vermutet Valentin.

»Das wäre schön, es ist so gar nicht weihnachtlich in die-

sem Jahr«, beklagt eine der alten Frauen.

Das Gespräch plätschert dahin. Valentin ermuntert Trudchen, wieder aus der Vergangenheit zu erzählen. Er kennt niemanden sonst, der die Glanzzeit des Seebades, zumindest den letzten Teil davon, noch miterlebt hat und möchte so viel wie möglich darüber erfahren.

Und die alte Frau erinnert sich gern. »Ich heiße ja eigentlich Gertrude«, kichert sie, »nach Trude Hesterberg. Die hieß nämlich richtig auch Gertrude, so hat sie sich zuerst auch noch genannt. Sie war eine bekannte Schauspielerin und meine Mutter hat für sie geschwärmt. Na, die war vielleicht begeistert, als die Hesterberg nach Heringsdorf kam und ausgerechnet in *Lindemanns Hotel* logierte, wo meine Mutter Zimmermädchen war.«

»Das ist heute der *Pommersche Hof*«, wirft Valentin ein und Trude blickt ihn unsicher an. »Erzähl weiter! Ich glaube, Trude Hesterberg war zusammen mit Friedrich Hollaender in Heringsdorf, der hatte ein bekanntes Kabarett in Berlin. Gehörte Kurt Tucholsky nicht auch dazu, als Texter?«

»Nein, der war später da, erst in den Zwanzigerjahren. Und der hat auch nicht in *Lindemanns Hotel* gewohnt, sondern oben auf dem Kulm, im *Weißen Schloss*. Zusammen mit Rudolf Nelson.«

Valentin staunt wieder über das Gedächtnis der alten Frau.

»Meine Mutter schwärmte für die Künstler, besonders für die Sänger und Schauspieler. Meinen Bruder Richard hat sie nach Richard Tauber benannt, der war 1917 in Heringsdorf, im gleichen Jahr, als mein Bruder geboren wurde. Mein Vater dagegen verehrte die Dichter, er hat meinem Bruder, der damals noch gar nicht lesen konnte – er war ja erst sechs oder sieben –, Thomas und Heinrich Mann gezeigt und zu ihm jedes Mal gesagt: ›Sieh dir den genau an, du wirst deinen Enkeln einmal über diese Begegnung erzählen.‹« Sie kichert, als ihr einfällt: »Es muss 1923 gewesen sein, da hat mein Vater, mit meinem Bruder an der Hand, Maxim Gorki aufgelauert. Der war in Heringsdorf, weil er sich von einem Lungenleiden erholen wollte und unternahm lange Spaziergänge. Als er irgendwo zwischen Bansin und Heringsdorf plötzlich zwischen den Bäumen auftauchte und vor den beiden stand, fing Richard vor Schreck an laut zu heulen. Gorki war ein großer, hagerer Mann und trug einen langen schwarzen Mantel und einen großen Schlapphut. Mein Bruder hat sich noch Jahre später an diese Begegnung erinnert, er meinte immer, der hätte auch noch irgendetwas auf Russisch gesagt, was dem Kind noch zusätzlich furchterregend erschien.«

»So was kann ein Kind aber auch erschrecken«, stimmt Isolde zu. »Der Kleine hat ihn bestimmt für einen Geist gehalten.«

»Neulich habe ich gedacht, es spukt unter der Seebrücke«, fällt Maja ein und sie berichtet von ihrem Erlebnis.

Valentin kraust unmutig die Stirn, er hätte viel lieber Trudchen weiter zugehört.

Aber Isolde beugt sich aufmerksam vor. »Stell dir vor, das ging mir vorgestern genauso. Ich habe einen Spaziergang gemacht, nach Feierabend. Ich hatte Kopfschmerzen und wollte noch mal raus. Dann wollte ich unten zur Toilette gehen und da habe ich Schritte gehört. Hinter der Treppe – da ist doch eigentlich nichts. Ob da nachts jemand herumschleicht?«

Maja will von der blauen Tür erzählen, dass sie den Eindruck hatte, sie wäre geöffnet gewesen. Aber dann traut sie sich doch nicht, das zu sagen. Wahrscheinlich hat sie sich das nur eingebildet und die anderen werden sie für eine Spinnerin halten.

Valentin lacht. »Das ist doch nur der Wachschutz, was denkt ihr denn? An denen ist doch nichts Unheimliches. Höchstens ihr großer Köter, der hat mich auch schon mal erschreckt.«

»Nein, der Wachschutz war auf dem Steg unterwegs, die habe ich gesehen«, widerspricht Isolde.

»Wahrscheinlich waren es Kinder. Oder Jugendliche, die da heimlich rauchen. Da ist doch weiter nichts, seit das Kino geschlossen ist.«

»Nein.« Maja bleibt stur. »Die hätte man doch gehört. Das war ein Einzelner und es war unheimlich«, betont sie.

»Na schön.« Valentin lächelt nachsichtig. »Dann schleicht da wohl ein Geist umher, das ›Phantom der Seebrücke‹ oder ein Serienkiller, der hier auf seine Opfer lauert.«

»So weit hergeholt ist das gar nicht. Ist hier nicht im Sommer ein Mord geschehen? Und hat man den Täter gefasst?«

Jetzt vergeht auch Valentin das Lachen. »Nicht, dass ich wüsste. Aber trotzdem, ihr glaubt doch nicht ernsthaft, dass sich der Mörder immer noch hier auf der Seebrücke versteckt? Das macht ja nun gar keinen Sinn.«

»Nein, wahrscheinlich nicht«, gibt Maja zu.

»Wer ist denn ermordet worden?«, fragt eine der alten Damen. »Davon habe ich gar nichts gehört.«

»Nein, Frau Müller, das war auch, bevor Sie zu uns gekommen sind«, erklärt Isolde. »Ich glaube im Mai oder Anfang Juni.« Sie sieht Maja fragend an.

»Ja, und ich kannte die Frau, die ermordet wurde. Sie hieß Luisa Ludwig.« Traurig rührt sie in ihrer Tasse. Da auch die anderen schweigen, fährt Maja nach einer Weile leise fort. »Das waren zwei Schwestern, bei uns im Dorf. Mit der älteren, Myrna, war ich so ein bisschen befreundet, obwohl sie zehn Jahre jünger ist als ich. Aber sie war schon immer sehr vernünftig. Ruhig und zurückhaltend war sie. Das lag wohl auch daran, dass sie schon so früh Verantwortung für ihre kleine Schwester übernehmen musste. Als ihre Mutter starb, war Luisa noch ein Kind und Myrna hat ihr praktisch ihre Jugend geopfert. Dafür hat die Kleine sie beklaut und belogen und nur Mist gemacht. Schule geschwänzt, Lehre geschmissen, mit den Jungs umhergezogen, die hat nichts ausgelassen. Über Tote soll man ja nicht schlecht reden, aber ehrlich gesagt, mir tut nur Myrna leid.« Sie seufzt und denkt daran, was die Frauen aus dem Dorf ihr erzählt haben. Aber sie mag jetzt nicht darüber reden, dass Myrna ihren Mann verlassen hat. Das käme ihr wie ein Verrat vor.

»Ist es denn sicher, dass deine Bekannte ermordet wurde?«, fragt Valentin. »Es wurde doch keine Leiche gefunden, soweit ich weiß, oder?«

»Ich weiß selbst nicht viel darüber«, gibt Maja zu. »Im Sommer habe ich das alles gar nicht so richtig mitbekommen. Da hieß es mal, hier an der Seebrücke hätte jemand eine Frau umgebracht, aber ich habe das für ein Gerücht gehalten. Und dann haben mir meine Bekannten erzählt, Luisa wäre ermordet worden. Aber wie und warum – keine Ahnung! Auch nicht, ob der Mörder gefunden wurde.«

»Eigentlich erstaunlich«, findet Isolde, »sonst wird über jeden Mist wochenlang getratscht, und wenn hier wirklich ein Mord passiert, hört man gar nichts.«

»Das war eben im Sommer«, wirft Valentin ein, »da hat niemand Zeit zum Tratschen. Im Winter wäre das wahrscheinlich gründlich ausgewertet worden.«

»Redet ihr über den Mord an Luisa?«, wirft jemand ein und Maja dreht sich erschrocken um. Hinter ihr steht ein junger Mann. Er ist groß und schlank, Mitte zwanzig, hat kurzgeschorene dunkle Haare und wäre attraktiv, hätte er nicht diesen ständig aggressiven Blick und die herabgezogenen Mundwinkel, die ihm ein arrogantes Aussehen geben.

Maja erkennt Andy Jensen, Joes Sohn, und bekommt gleich ein schlechtes Gewissen. Wie viel mag er von dem Gespräch gehört haben? Myrna ist ja so etwas wie seine Stiefmutter, auch wenn er nicht bei ihr aufgewachsen ist.

Unaufgefordert dreht Jensen einen Stuhl um und schiebt sich mit an den Tisch. »Wahrscheinlich war das ein Ausländer«, flüstert er verschwörerisch, »Luisa war eine junge, attraktive Frau, lange blonde Haare, geschminkt, vielleicht noch im Minirock – das reizt die natürlich. Vergewaltigt, ermordet und ins Wasser geschmissen. Und die Polizei vertuscht das, weil es natürlich nicht sein kann, dass die armen Flüchtlinge so etwas machen. Könnte ja die Bevölkerung beunruhigen.« Er lehnt sich zurück und nickt wichtigtuerisch vor sich hin.

Valentin blickt ihn angewidert an. »Natürlich, anders kann es gar nicht sein! Weil hier ja auch so viele Ausländer sind. Oder?« Als Andy nur verächtlich schnauft, fügt der alte Mann etwas lauter hinzu: »Allerdings ist es wahrscheinlicher, auf der Heringsdorfer Promenade ein Wildschwein zu treffen als eine verschleierte Frau.«

Isolde mischt sich ein: » … und weil ja auch alle Ausländer potenzielle Mörder sind, außer den Polen, das sind nur Diebe. Und du bist ein ganz Schlauer. Solltest dich der Polizei als Berater zur Verfügung stellen. Ach nein, du hast ja deinen Hauptschulabschluss nicht geschafft, dann reicht das wohl doch nicht … Und einen Ex-Knacki lassen sie ja auch nicht in ihrem Verein mitmachen.«

Die drei alten Frauen sehen Isolde erstaunt an, so haben sie ihre Betreuerin noch nie erlebt. Eine kichert leise.

Andy Jensen läuft vor Wut rot an: »Was willst denn du, du fette Kuh? Du brauchst ja keine Angst haben, dich fasst bestimmt keiner an, nicht mal ein Neger. Schieb dir doch noch ein Stück Torte rein, oder hast du Angst, dass der Stuhl dann zusammenbricht? Auf deinem Arsch können drei Mann Skat spielen und noch 'nen Aschenbecher dazwischen stellen.«

Er holt tief Luft, um seine Beleidigungen fortzusetzen, aber Valentin unterbricht ihn energisch. »So, das reicht jetzt! Verschwinde, hier will sich niemand dir unterhalten!«

Der junge Mann knurrt noch eine Beleidigung, die aber niemand versteht, dann schiebt er seinen Stuhl so heftig zurück, dass er an den Nachbartisch stößt und rempelt im Weggehen Isolde an.

»Was für ein nettes Bürschchen«, stellt die ungerührt fest.

»Der hat neulich den Gustav Reimer angerempelt«, erzählt eine der alten Frauen am Tisch mit zittriger Stimme. »Der wäre beinahe gefallen, mit seinen Krücken. ›Mach Platz, du alter Sack‹, hat er gesagt«.

»Außerdem bescheißt er die alten Leute, wenn er Wechselgeld rausgibt. Er weiß genau, dass die nicht mehr so gut sehen.«

»Er betrügt immer, nicht nur die alten Leute«, ergänzt Valentin. »Ich hab das seinem Chef auch schon mal gesagt. Aber der ist wohl froh, dass er überhaupt jemanden hat, der sich bei dem Wetter an den Strand stellt und Bratwurst verkauft.«

»Aber gesessen hat er, weil er mit seinen Nazikumpels zwei vietnamesische Frauen in Wolgast beleidigt und geschlagen haben soll. Da war er der Rädelsführer. Und weil es wohl nicht das erste Mal war, hat er dann gleich zwei Jahre bekommen. Das hat mir mal einer meiner Alten erzählt. Vor dem sollte man sich in Acht nehmen!«, fügt Isolde noch hinzu.

15

Luisa hat endlich den letzten Anstieg überwunden und rollt in die Seebäder hinunter. Sie bremst etwas ab, die Straße ist hier ziemlich steil und kurvig und sie ist froh, dass ihr kein Fahrzeug entgegenkommt. Aber der Radweg führt durch den Wald, da kann man jetzt im Dunklen erst recht nicht fahren. Sie atmet auf, als sie endlich die Bahngleise überquert und in Ahlbeck ist. An der Bushaltestelle ruht sie sich einen Moment lang aus. Dann rafft sie sich noch einmal auf. Die letzten zwei Kilometer schafft sie nun auch noch. In Heringsdorf fährt sie direkt zur Polizeistation. Eine Weile beobachtet sie das Eckgebäude. In einem Fenster brennt Licht.

Ein Polizeiauto kommt die Straße hinunter und fährt hinter das Haus. Zwei Männer steigen aus und gehen hinein. Die Einfahrt bleibt offen. Schnell schiebt Luisa das Fahrrad durch die Einfahrt und stellt es zwischen zwei blau-weiße Einsatzfahrzeuge. Erleichtert huscht sie um die Ecke und geht dann etwas steifbeinig zur nur hundert Meter entfernten Promenade. Auf der Seebrücke schleicht sie nicht durch die hell erleuchtete Passage, sondern links die Treppe hinunter. Unter dem Steg geht sie zunächst zu den Toiletten, dann öffnet sie leise die Tür zur unteren Etage. Während sie sie vorsichtig hinter sich zuzieht, blickt sie hinüber zur anderen Seite des Durchganges.

Da drüben hat sie nach ihrer Rückkehr ihre erste Nacht verbracht. Sie hat sich dort nicht sicher gefühlt, hat immer mit einem Ohr gelauscht, ob nicht jemand das Rollo schließt und sie dadurch einschließt. Außerdem war es sehr kalt und ungemütlich, sie fand keine bequeme Schlafposition in dem engen Strandkorb.

Am nächsten Tag hat sie sich in der öffentlichen Toilette gewaschen und dann in der unteren Etage aufgehalten. Die Klamotten, die dort im Vorraum des Modegeschäftes ausgestellt waren, haben sie nicht interessiert, aber es war schön warm und sie hat sich eine Weile auf eine Bank gesetzt. Drei Männer gingen an ihr vorbei zu einer blauen Metalltür, die einer von ihnen aufschloss. Luisa fiel ein, dass sich hier früher das Kino befand. Als Jugendliche ist sie gern dort hineingegangen, oft mit Myrna und Joe. Die Tür musste zu dem kleinen Vorraum führen, in dem die Eintrittskarten, Popcorn, Eis und Getränke verkauft wurden. Links und rechts ging es in die beiden Kinosäle. Sie überlegte, wie lange das Kino schon geschlossen war. Vielleicht waren die Männer neue Pächter, das wäre gut! Zurzeit gab es auf der ganzen Insel nur das Kino in Zinnowitz. Luisa wartete, bis die drei wieder herauskamen. Während einer von ihnen sorgfältig die Tür abschloss, trat ein anderer, ein sehr junger Mann, an einen Tisch, auf dem Pullover ausgestellt waren. Er sagte etwas zu den anderen beiden, dann sahen sie sich alle drei die Ware an. Luisa war etwas näher herangetreten. Vielleicht würden sie ja über das Kino, oder was sie damit vorhätten, sprechen. Aber die Männer diskutierten über die Kleidung, falteten mehrere Pullover auseinander, begutachteten sie ausführlich und schließlich ging einer in den Laden, um etwas zu kaufen, die anderen beiden schlenderten weiter. Als alle drei die Treppe hinaufgegangen waren, trat Luisa schnell an den Tisch. Hatte sie doch richtig gesehen! Da, zwischen den Pullovern, lag ein Schlüsselbund. Sie sah sich kurz um, steckte es in ihre Jackentasche, gerade rechtzeitig, bevor die Verkäuferin kam, um aufzuräumen. Es dauerte ewig, schien es Luisa, bis alle Kleidungsstücke zusammengelegt und geordnet waren. Dann kamen noch zwei Kunden, die langsam herumschlenderten. Endlich war sie allein in dem Vorraum.

Das Schlüsselbund hatte sie sich inzwischen genau angesehen. Jetzt nahm sie schnell den größten Schlüssel und versuchte ihn ins Schloss zu stecken. Er passte nicht. Hastig probierte sie weiter. Endlich! Luisa atmete auf. Sie schloss auf und unwillkürlich wieder zu, als sie Schritte hörte. Dann ließ sie das Bund in ihre Tasche gleiten und ging schnell hinaus. Den Schlüssel, der ins Schloss der Kinotür passte, hielt sie dabei krampfhaft fest.

In einer Toilettenkabine löste sie ihn von dem Ring und steckte ihn in ihre Hosentasche. Das Schlüsselbund schob sie zwischen die Pullover, es lag jetzt wieder genau dort, wo die Männer es vergessen hatten. Als Luisa die Treppe hinaufging, kam ihr der junge Mann entgegengerannt. Sie trödelte ein bisschen und gleich darauf überholte er sie, als er wieder hinauflief. Sie atmete auf.

Am Nachmittag dachte sie darüber nach, ob es besser gewesen wäre, die Tür nicht wieder abzuschließen und den

Schlüssel am Bund zu lassen. Aber da waren so viele dran, es würde bestimmt nicht auffallen, dass einer fehlte. Und möglicherweise drückte doch mal jemand die Klinke hinunter, neugierige Kinder zum Beispiel.

Sie konnte den Abend kaum erwarten. Endlich schlossen die Geschäfte. Luisa bummelte durch die Passage. Auch die Läden waren inzwischen weihnachtlich geschmückt, es erklang leise Musik und alles war hell erleuchtet. Zwei Männer mit einem großen Schäferhund gingen an ihr vorbei.

Sie blieb vor einer kleinen Schneelandschaft mit Reh, Fuchs und Wildschwein stehen, betrachtete die Szene gründlich und sah aus den Augenwinkeln, wie sich die Tür hinter den Wachschützern schloss. Sie lief schnell die Treppe hinunter, dann nach links. Als sie die Glastür zum Vorraum des Modegeschäftes öffnen wollte, erschrak Luisa. Abgeschlossen! So ein Mist! Was nützte ihr der Schlüssel zum Kinosaal, wenn sie gar nicht bis an die Tür kam? Tief enttäuscht setzt sie sich auf eine Bank neben der Treppe und betrachtete den verschlossenen Eingang. Plötzlich fiel ihr Blick auf eine andere blaue Eisentür, links neben der Glastür. Sie sah genauso aus, wie die, zu der sie einen Schlüssel besaß. Das musste der Notausgang des Kinosaales sein. Aber natürlich würde ihr Schlüssel nicht passen! Sie verbot sich jegliche Hoffnung und zögerte den Versuch hinaus.

Es war alles ruhig. ›Also los, bevor noch jemand kommt!‹, sagte sie zu sich selbst. Entschlossen nahm sie den Schlüssel aus der Tasche, beinahe wäre er hinuntergefallen, sie hatte vor Aufregung feuchte Hände. Er passte! Sie öffnete die Tür, schlüpfte hinein und zog sie schnell wieder hinter sich zu.

Minutenlag stand Luisa da und hoffte, dass ihre Augen sich an die Dunkelheit gewöhnen und sie wenigstens etwas, vielleicht die Kinoleinwand oder die Umrisse der Stühle erkennen würde. Aber es blieb stockdunkel und schließlich tastete sie sich vor, bis sie die Sessel fand und sich in einen fallen ließ. Das war schon gemütlicher, als ein Strandkorb! Vor allem wärmer. Dass es etwas muffig roch, störte sie nicht. Wenn nur die Armlehnen zwischen den Sitzen nicht wären. Trotzdem fand sie schließlich eine halbwegs bequeme Stellung. Es war unheimlich still hier drin, sie hörte nur ihren eigenen Herzschlag, der allmählich ruhiger wurde. Dann spürte sie die Atmosphäre. Für einen kurzen Moment wartete sie darauf, dass Musik erklingen und Bilder auf der Leinwand erscheinen würden. Es roch noch immer ein wenig nach Popcorn. Sie erinnerte sich an den letzten Film, den sie hier gesehen hatte. Nicht mit Robin, den kannte sie da noch gar nicht. Es war ein Urlauber, ein hübscher, dunkelhaariger Typ, eine kurze Sommerliebe. Luisa hatte seine Begeisterung albern gefunden, sie selbst konnte mit James Bond überhaupt nichts anfangen. Nun ja, um Logik ging es da auch nicht unbedingt, eigentlich nur um Action, und Luisa hatte sich gelangweilt und überlegt, ob sie zwischendurch mal rausgehen und eine Zigarette rauchen könnte. Dass sie das dann schließlich auch getan hatte, störte ihren neuen Freund und es kam daraufhin zu keiner weiteren Verabredung.

Sie lächelte bei der Erinnerung, streckte die Beine aus und lehnte sich zurück.

Am nächsten Morgen tat ihr der Rücken weh, sie war etwas durchgefroren und musste erst ein paar Dehnübungen machen, bevor sie sich richtig bewegen konnte. Dann öffnete sie die schwere Eisentür, die zu ihrem Entsetzen auch noch leise knarrte, einen schmalen Spalt und lauschte lange, bis sie sicher war, dass niemand sehen konnte, wie sie aus dem Kinosaal kam. Gut, dass der Boden da draußen gefliest war, jeder Schritt war deutlich zu hören.

Im Laufe des Tages stahl sie vier Wolldecken, die vor verschiedenen Cafés auf den Stühlen lagen. Und sie kaufte sich eine große, aber billige Taschenlampe. Abends holte sie aus dem Strandkorb, in dem sie ihre erste Nacht in Heringsdorf verbracht hatte, den Stapel Sitzauflagen sowie ihre dicke Wolldecke und brachte die ganze Beute in ihr Versteck. Dann sah sie sich in dem großen Raum gründlich um.

Der Fußboden war nicht eben, sondern nach rechts, zum Eingang hin, ansteigend. Misstrauisch betrachtete sie die graue Auslegware. Wer weiß, wie viele Menschen hier schon entlanggetrampelt waren? Aber sie hatte ja die flachen Kissen und ihre Decken, auf denen sie schlafen wollte. Gründlich leuchtete sie den Raum ab, sah unter die Sitze und in alle Ecken, sie hätte weder Mäuse noch Spinnen gern als Schlafgenossen gehabt. Beruhigt schlug sie schließlich in einer Ecke hinter dem Gestühl ihr Lager auf. Hier war sie nicht gleich zu sehen, falls jemand hineinkommen würde. Es war sogar bequemer als im Auto, sie konnte sich zumindest ausstrecken. Wenn sie noch ein paar zusätzliche Decken auftreiben könnte, würde sie es hier über Winter aushalten.

Luisa weiß selbst nicht genau, weshalb sie Joe nicht erzählt hat, dass sie im ehemaligen Kino übernachtet. Vielleicht weil sie befürchtete, dass er sie dann doch überredet hätte, bei ihm im Haus zu bleiben. Aber da ist noch etwas anderes. Sie erinnert sich, dass Joe Myrna bei ihrem ersten Date in ein Kino eingeladen hat. Immer wieder sind sie gern dorthin gegangen, nach Jahren noch verliebt wie ein junges Pärchen. Luisa hat sich oft überflüssig gefühlt, sogar peinlich berührt, wenn die beiden wie die Teenager tuschelten und kicherten. Sie erinnert sich an ihre Schwester. Und dass sie sie wahrscheinlich nie wiedersehen wird. Aber Luisa ist einfach zu müde, um noch lange nachzudenken. Tränenüberströmt schläft sie ein.

16

Luisa schreckt aus einem Alptraum hoch, in dem sie Myrna gesehen hatte, aber nicht erreichen konnte. Sie hat sehr schlecht geschlafen, die düsteren Gedanken ließen sie nicht zur Ruhe kommen. Auch jetzt fallen sie wieder brutal über sie her. Am liebsten würde sie laut schreien, aber dann steht sie schnell auf, um der Angst und dem Entsetzen zu entkommen. Für einen Moment hält sie sich an der Wand fest, ihr ist schwindlig und sie hat einen fürchterlichen Muskelkater. Langsam und stöhnend zieht sie sich Jeans, Schuhe und ihre Jacke an. Die Decken schiebt sie unter einen Sessel.

Erst draußen bemerkt Luisa, dass es noch sehr früh ist. Die Geschäfte haben geschlossen, sogar der Bäcker. Sie hat sich so auf einen heißen Kaffee gefreut. In der öffentlichen Toilette putzt sie sich die Zähne und spritzt sich etwas kaltes Wasser ins Gesicht. Sie fühlt sich schwach und müde. Vor der Glastür ist es noch dunkel, ein Mann geht vorbei, die Kapuze tief ins Gesicht gezogen, sein Hund trottet lustlos hinter ihm her. Es regnet, ist wohl auch kälter geworden. Luisa füllt ihre Wasserflasche auf, dann geht sie zurück. Als sie an der Sitzbank vorbeikommt, fallen ihr die beiden Brötchen von gestern ein. Sie sind tatsächlich noch da. Nur für einen Moment setzt sie sich auf die Bank und lauscht. Alles ist still. Dann schließt sie schnell die schwere Tür auf, schlüpft hinein und schließt von innen wieder ab.

Der Strahl der Taschenlampe ist an die Wand gerichtet, die einen schwachen Lichtschein zurückwirft, gerade so, dass Luisa ihre Umgebung wahrnehmen kann und nicht völlig im Dunklen sitzt. Hier, im Bauch der Seebrücke, vor Wind und Wetter und vor allen Menschen geschützt, fühlt sie sich geborgen. Mit ihren Decken und Kissen hat sie sich ein gemütliches Nest geschaffen. Unter einem Kinositz in Reichweite sind ihre übrigen Habseligkeiten verstaut: in einer Plastiktüte ein Teller, ein Messer, ein Rest Butter und ein halbvolles Glas Marmelade. Ein Buch, das ein Urlauber auf einer Bank liegen gelassen hat, in der Reisetasche ein paar Kleidungsstücke. In einer anderen Tüte ein Handtuch, Duschgel und Shampoo. Sie geht in der Schwimmhalle der Kurklinik duschen. Das wird sie nachher auch tun. Am Vormittag fällt sie unter den vielen Patienten gar nicht auf.

Jetzt geht es ihr richtig schlecht. Sie friert und ihr tut alles weh, besonders der Kopf. Hoffentlich ist das nur der Muskelkater und nicht eine beginnende Grippe. Die Augen brennen. Sie schließt sie und lehnt sich, in einer Ecke sitzend und in mehrere Decken gehüllt, an die Wand. Die unendlich tiefe Trauer füllt sie aus. Myrna – ihre große Schwester, die einzige wirklich Vertraute, die Konstante in ihrem Leben, es ist einfach unvorstellbar, dass sie nicht mehr da ist. Aber wer soll sie ermordet haben? Warum? Sie hat doch nie jemandem etwas getan.

Luisa ist kurz davon überzeugt, dass alles nur ein Irrtum ist. ›Es kann nicht sein‹, denkt sie, ›dass Myrna tot ist. Joe glaubt es auch nicht. – Dieser Schreck, die furchtbare Angst, das war nur die Strafe für mich, weil ich wieder einmal abgehauen bin und weil ich mein Kind im Stich gelassen habe. Diesmal wollte Myrna ihr sicher nur einen Denkzettel verpassen, den ich nicht so schnell vergessen soll. – Noch heute wird sie anrufen oder hierher auf die Seebrücke kommen, mich in den Arm nehmen und sagen: So, nun ist alles wieder gut! Du hast aus deinem Fehler gelernt und wir fangen noch einmal von vorn an.‹ Hier endet ihr Tagtraum. Sie weiß, dass Myrna so etwas nie wieder zu ihr sagen wird. Sie weint wieder, diesmal so heftig, dass sie laut schluchzt. Trotzdem fühlt sie sich danach nicht erleichtert.

›Reiß dich zusammen!‹, ermahnt sie sich schließlich selbst. ›Du hast keine große Schwester mehr, die alles für dich erledigt. Jetzt musst du zum ersten Mal etwas für sie tun. Du kannst das!‹ Es sind zwei Dinge, die sie jetzt tun muss. Zum einen, sich um Joe kümmern. Inzwischen wird er nachgedacht und erkannt haben, dass es nur Myrna und nicht Luisa sein konnte, die ermordet wurde. Bisher hat er verdrängt, dass seine Frau tot ist. Vielleicht hat er auch wirklich geglaubt, dass sie ihn verlassen hat. Kennt er sie so schlecht? Luisa hat sofort gewusst, dass Myrna das niemals freiwillig getan hätte. – Aber was ist mit dem Brief? – Das wird sie herausfinden. – ›Ja, das ist das Wichtigste. Ich muss herausfinden, wer meine Schwester ermordet hat. Das bin ich ihr schuldig‹, denkt sie etwas theatralisch. ›Und deshalb muss ich auch hierbleiben. Hier auf der Seebrücke in Heringsdorf liegt die Lösung. Nicht bei uns im

Dorf.‹ Flüchtig denkt sie an ihr Kind, an Robin und die neue Frau in ihrem Haus. ›Darum werde ich mich später kümmern‹, beschließt sie, ›zuerst muss ich wissen, was Myrna passiert ist.‹

Luisa zwingt sich, an dem trockenen, harten Brötchen zu knabbern, um etwas in den Magen zu bekommen und trinkt das Leitungswasser dazu. Allmählich fühlt sie sich besser und kann ihre Gedanken ordnen. Vermutlich wäre es das Vernünftigste und auch einzig Normale, zur Polizei zu gehen. Schließlich wird sie dort für tot gehalten. Sie überlegt, was ihr passieren könnte, wenn sie sich meldet. Hat sie irgendwelche Straftaten begangen? Darf man monatelang in Hamburg im Auto schlafen? Streng genommen hat sie das Auto ihrer Schwester gestohlen, einschließlich, wenn auch versehentlich, deren Handy. Myrna kann sie nicht anzeigen – was sie sowieso nie getan hätte –, aber sie kann auch nicht mehr erklären, dass Luisa das Auto immer nutzen durfte. Auch nicht, dass sie das Konto für Luisa angelegt und ihr deshalb die Karte dazu gegeben hatte. Könnte man ihr Irreführung der Polizei vorwerfen? Nein, sie hat doch nicht gewusst, dass sie für tot gehalten wurde. ›Außerdem haben die sich bei der Suche nach meinem Mörder auch nicht gerade ein Bein ausgerissen‹, überlegt sie trotzig. ›Das ist denen doch anscheinend scheißegal.‹

Wie ginge es dann weiter? Natürlich müsste sie nach Hause zu Robin und dem Kind. Die Gesichter der Polizisten kann sie sich gut vorstellen, wenn die hören … das geht die gar nichts an! Auch sie würden darauf kommen, dass die Tote Myrna sein muss. Das bricht Joe das Herz. Sicher will er an seiner Überzeugung festhalten, dass seine Frau noch lebt, weil er den Gedanken, dass sie tot ist, nicht erträgt. Er hat es schon schwer genug. – Und würden sie noch einmal nach einem Mörder suchen? Vielleicht befragen sie alle noch einmal und dann kommt genauso viel heraus wie beim ersten Mal. Oder noch weniger – nach so langer Zeit. Wahrscheinlich geben sie ihr dann die Schuld daran, dass der Mörder nicht gefasst werden konnte. Von wegen Irreführung!

Luisa brummt der Kopf. Sie zwingt sich, die Gedanken zu Ende zu führen. Sie muss zu einem Entschluss kommen, bevor sie das nächste Mal mit Joe spricht. Alles in allem bringt es nichts, sich bei der Polizei zu melden. Nur Ärger. Außer Joe weiß niemand, dass sie wieder da ist; dass sie überhaupt noch lebt! Luisa macht sich noch einmal bewusst, wie sehr sie ihr Aussehen verändert hat. Ihr Leben lang hatte sie lange blonde Haare, jetzt sind sie kurz und pechschwarz. Sie ist viel schlanker, als in den Jahren zuvor, kleidet sich anders und Myrnas Brille verändert sie völlig. Selbst wenn sie jemand aus ihrem Heimatdorf sehen würde, würde er sie kaum erkennen. Niemand außer ihren engsten Bekannten und Verwandten … denen kann sie aus dem Weg gehen.

Der Mörder wird sich sicher fühlen, nach ihm wurde niemals gesucht. Durch Luisas Auftauchen wäre er aufgescheucht. Zumindest wird er sich vorsehen, seine Spuren, wenn es welche gibt, zu verwischen. Vielleicht wären dann auch Joe und sie selbst in Gefahr.

›Nein‹, beschließt sie, ›ich werde genau hier im Untergrund bleiben. Mit Joe möchte ich mich trotzdem treffen. Ich brauche jemanden zum Reden und er braucht mich vielleicht auch. Wir müssen uns was überlegen! Wir könnten sagen, ich sei seine Schwester … nein, das assoziiert schnell Myrnas Schwester. – Und warum wohne ich dann nicht bei ihm im Haus? – Wir kennen uns von der Reha-Kur. – Ja, das ist gut. – Und jetzt mache ich hier in Heringsdorf eben eine weitere Kur. – Zur Polizei kann ich immer noch gehen. Zu Robin auch.‹

Luisa schaltet die Taschenlampe aus, kuschelt sich zwischen ihre Decken und schließt die Augen. Jetzt, da sie einen Entschluss gefasst hat, fühlt sie sich schon etwas besser. Nachher wird sie zum Bäcker gehen und einen Kaffee trinken. Oder besser Tee. Und heute Mittag etwas Warmes essen. Aber erst einmal schlafen. ›Und vielleicht denke ich etwas völlig Falsches und Myrna lebt doch noch‹, denkt sie beim Einschlafen.

17

»Nun sieh dir das an! Ist dieser Anblick nicht das reine Glück?« Valentins blaue Augen hinter den runden Brillengläsern strahlen.

Luisa nickt stumm. Sie stehen am Kopf der Seebrücke, vor ihnen ist nur noch das Wasser. Das Meer ist heute absolut vollkommen. Dunkelblau, hoch und voll, es glänzt metallisch in der Sonne, die zwischen dicken Wolken hindurchscheint. Perfekte schneeweiße Schaumkämme krönen die gleichmäßig auflaufenden Wellen. Die Sicht ist ungewöhnlich klar, ganz deutlich sieht man die Steilküste der Nachbarinsel Wollin. Sie dreht sich um und blickt hinunter zum Strand, der glatt und weiß und leer ist. Weder Menschen noch Hunde stören das Idyll. Nur das volltönende, mächtige Rauschen des Meeres ist zu hören.

»Man kann doch gar nicht woanders leben.« Der Mann hat mehr zu sich selbst als zu seiner Begleiterin gesprochen und die schweigt auch weiterhin. Sie hat viele Fragen, aber jetzt mag sie nicht reden. Eine lange Zeit stehen sie dort und blicken über die Ostsee. Valentin hat beide Hände auf das Holzgeländer vor sich gestützt und den Blick in die Ferne gerichtet, Luisa knabbert an einem Apfel.

Später bummeln sie langsam zurück, bleiben immer wieder stehen, um auf das Meer oder die Küste zu sehen und unterhalten sich leise, mit vielen Gedankenpausen dazwischen. Auf Luisas Frage erzählt Valentin, dass er zwar aus Heringsdorf stammt, aber den größten Teil seines Lebens woanders verbracht hat. Er ist schon Ende der Fünfzigerjahre, als die Grenze noch offen war, in den Westen gegangen und erst nach dem Mauerfall zurückgekommen. Jetzt lebt er wieder in seinem Elternhaus, das er geerbt hat. »Ich glaube, man weiß seine Heimat erst wirklich zu schätzen, wenn man glaubt, sie für immer verloren zu haben.«

Er ist heute ungewöhnlich ernst und Luisa ahnt, dass sie

gerade den echten Valentin kennenlernt. Sonst ist er immer zu Scherzen aufgelegt, unterhält die Gäste mit seinen Späßen, aber das Lachen erreicht selten seine Augen. Sein Humor ist eine Maske, hinter der er sich versteckt und die er nur selten fallen lässt.

Jetzt erzählt er, dass er allein lebt, weil seine Frau schon vor vielen Jahren gestorben ist. Aber dann scheint ihm das Gespräch zu persönlich zu werden und er lenkt schnell ab, indem er auf ein großes Bernsteinschiff in einem Schaufenster hinweist. »Nach einem Sturm, wenn das Wasser wieder zurückgegangen ist, findet man zwischen Steinen, Muscheln und besonders zwischen kleinen Holzstücken oft größere Brocken Bernstein«, erzählt er.

Luisa hört nicht mehr richtig zu. Als sie die Geschäfte auf der Mittelplattform der Seebrücke gesehen hat, ist ihr etwas eingefallen. Auch Myrna hat hier einmal gearbeitet, einen Sommer hindurch hat sie Kleidung verkauft. Mit einer ehemaligen Kollegin hatte sie eine Freundschaft geschlossen, die das Arbeitsverhältnis überdauerte. Sie ist manchmal hierher gefahren, um ihre Freundin zu besuchen. Im letzten Herbst hat sie öfter von der Seebrücke und dieser Frau gesprochen. Aber wie war noch der Name? Luisa erinnert sich nicht. Sie war in dieser Zeit auch zu sehr mit ihrer Schwangerschaft beschäftigt und hat gar nicht richtig zugehört, was Myrna erzählte. Vage erinnert sie sich, dass Myrna Pläne angedeutet hat. Sie hat von einer Veränderung gesprochen, auf die sie sich freuen würde. Verdammt! Warum hat sie immer nur an sich selbst gedacht? Sie weiß so wenig von ihrer Schwester. Was hatte sie für Träume? Und vor allem: Was hatte sie vor? Hat es womöglich etwas mit ihrem Tod zu tun? Sie muss unbedingt mit Joe sprechen, der kennt sicher den Namen der Freundin und weiß, was Myrna geplant hat.

Ihre Gedanken werden unterbrochen, als sie auf Isolde treffen, die wieder mit einigen ihrer »Freunde« unterwegs ist. Heute schiebt sie einen Rollstuhl vor sich her, in dem eine alte Frau warm eingepackt ist. »Es ist so schön heute, wir wollen mal den ganzen Steg entlanggehen«, strahlt sie über das ganze runde Gesicht. Sie trägt heute einen giftgrünen Anorak, der nicht so ganz zu ihrem wadenlangen bunten Rock passt, ebenso wenig wie die derben Männerturnschuhe.

Auch Trudchen ist wieder dabei. Sie lächelt Valentin und Luisa verschmitzt an. »Na, Wagner, hast du eine neue Freundin? Ist die nicht ein bisschen jung für dich?«

Valentin hat gar nicht zugehört. Erschrocken blickt er auf seine Uhr. »Ich muss, hab gleich eine Führung. Bis später!« Schon ist er weg.

»Ich wusste gar nicht, dass Valentin Wagner mit Nachnamen heißt«, wundert sich Luisa.

Isolde schüttelt den Kopf. »Heißt er auch nicht, er heißt Bessin. Trudchen bringt manchmal schon einiges durcheinander«, sagt sie leise und lächelt die schwerhörige alte Frau an.

18

Maja Vogelsang hat in ihrer Wohnung nur ein kleines Adventsgesteck, das sie fertig im Blumenladen gekauft hat. Im Keller steht ein großer Karton voller Weihnachtsdekoration, den hat sie in diesem Jahr gar nicht heraufgeholt. Sie ist sowieso nur abends zu Hause, da lohnt es die Mühe nicht, die Wohnung zu schmücken. »Als meine Enkeltöchter noch klein waren, habe ich das immer mit den beiden zusammen gemacht«, erzählt sie einer Kollegin. »Die haben sich immer gemerkt, wo jedes Stück im Vorjahr gestanden hat, genau da musste es wieder hin. Ich habe eine Menge Keramikfiguren und Schnitzereien, sogar eine große Pyramide aus dem Erzgebirge und ein Räuchermännchen. Wenn alles fertig war, habe ich den Kindern Kakao gekocht und wir haben Stollen gegessen und uns Märchenfilme angesehen.« Sie seufzt. »Schade, dass sie so schnell groß werden. Jetzt sind sie beide in der Pubertät und haben was anderes im Kopf, als ihre Oma zu besuchen. Aber es sind ganz liebe Mädchen. Guck mal, das ist Laura und das ist Lilly. Sind sie nicht hübsch, meine beiden Lieblinge?«

Die Verkäuferin wirft einen flüchtigen Blick auf das Bild und nickt. »Na klar, ich kenne sie doch. Du hast sie mir im Sommer vorgestellt, weißt du das nicht mehr?«

»Ach ja, richtig! Na, dann, frohes Schaffen. Ich mache noch einen kleinen Spaziergang. Es ist so schönes Wetter heute«, verabschiedet sie sich, als Kunden in den Laden kommen.

Langsam bummelt sie durch die Passage, bleibt immer mal stehen, um ein paar Worte mit Bekannten zu wechseln, oder winkt einer Verkäuferin in einem der Geschäfte zu. Sie blickt hinauf zu den vielen beleuchteten Sternen, die dort hängen und den hübsch dekorierten Tannengirlanden.

Auch auf dem Steg, im Freien, stehen geschmückte Weihnachtsbäume. Neben einem sieht sie Valentin mit einer

jüngeren Frau am Brückengeländer lehnen. ›Ist das nicht … na klar!‹ Maja bleibt stehen. Das ist die Frau, die sie für Myrna gehalten hat. Aber wie ist sie nur darauf gekommen, die sieht wirklich ganz anders aus. ›Das war wohl mein schlechtes Gewissen‹, denkt sie kurz und verdrängt diese absurde Anwandlung sofort wieder.

Langsam geht sie näher heran. Sie ist neugierig und überlegt, unter welchem Vorwand sie Valentin ansprechen könnte, damit er sie mit der Frau bekannt macht. Vielleicht ist es ja seine Tochter. Hat Valentin überhaupt Kinder? Er spricht eigentlich nie über sein Privatleben. Am besten ist es, ganz spontan zu grüßen: ›Hallo Valentin! Machst du auch einen Spaziergang? Schönes Wetter heute!‹ – Aber dann geht sie doch schweigend vorbei. Die beiden bemerken sie nicht einmal. Valentin sagt leise etwas, das Maja nicht versteht. Er hat einen ungewohnt ernsten Gesichtsausdruck und die Frau lehnt über dem hölzernen Geländer und blickt hinunter ins Wasser. Ihr Gesicht kann Maja nicht erkennen.

19

Am Nachmittag bummelt Luisa am Strand entlang in Richtung Bansin. Sie geht dicht am Wasser, dort wo der Sand nass und fest ist. Das Meer hat den Strand mit einem schmalen Streifen kleiner Steine und Muscheln bereichert, manche so perfekt, dass Luisa kaum widerstehen kann, sie aufzuheben und mitzunehmen. Aber sie lässt die Hände in den Taschen. Ihr Blick ist auf den Boden gerichtet und ihre Gedanken beschäftigen sich mit Valentin. Ein interessanter Mensch ist das, denkt sie, widersprüchlich und geheimnisvoll. So extrovertiert er sich auch gibt – er redet viel und schnell und oft laut, ist immer lustig, knüpft schnell Kontakte und duzt prinzipiell alle Leute – er spricht nie über sein Privatleben. Heute hat sie schon verhältnismäßig viel über ihn erfahren, aber auch nur, weil sie direkt gefragt hat und er nicht ausweichen konnte, ohne unhöflich zu sein. Er lebt allein in seinem Elternhaus. Und er war viele Jahre, Jahrzehnte sogar, irgendwo im Westen. Aber warum, wenn er seine Heimat doch so liebt? Hatte das politische Gründe? Was war eigentlich sein Beruf bevor er Rentner wurde? Hat er Kinder? Offensichtlich mag er nicht über sein Leben sprechen. ›Es geht mich ja auch gar nichts an‹, denkt Luisa etwas beschämt. ›Ich bin doch gerade deshalb so gern mit ihm zusammen, weil er Privatsphäre respektiert. Ich käme schon bei den einfachsten Fragen in Verlegenheit: Wo ich wohne, ob ich Kinder habe – ich könnte doch nur mit Lügen antworten.‹

Als sie hochblickt, sieht sie die Bansiner Seebrücke nur weniger Meter vor sich. Jetzt ist sie wieder da angekommen, wo Myrna zuletzt gearbeitet hat. Wahrscheinlich sollte sie hier mit der Suche nach Myrnas Mörder beginnen.

Sie stapft mühsam durch den losen Sand zur Promenade. Zum Hinsetzen ist es zu kalt, sie lehnt sich eine Weile an das Seebrückengeländer und überlegt, was sie tun kann.

Eine zierliche blonde Frau schiebt ihr Fahrrad von der Bergstraße hinab zur Promenade. Als sie auf dem Radweg ist und gerade aufsteigen will, erkennt Luisa sie. »Hallo!«, ruft sie laut und läuft auf die Frau zu.

Die bleibt stehen, ein Fuß auf der Pedale und sieht Luisa fragend an.

»Entschuldigung, sie erkennen mich sicher nicht. Ich bin Myrna Jensens … Nachbarin.« Das war ein spontaner Entschluss und ist nicht einmal gelogen. Sie versucht, sich an den Namen der Frau zu erinnern, schüttelt dann aber lachend den Kopf. »Ich habe vergessen, wie Sie heißen. Aber ich weiß, dass sie Myrnas Kollegin sind … oder waren.« Sie schluckt und spricht schnell weiter, während die Blondine sie immer noch misstrauisch ansieht. »Wir haben einmal zusammen gegrillt, bei Jensens zu Hause. Erinnern Sie sich noch daran? Das ist etwa eineinhalb Jahre her.«

»Ja, das stimmt. Myrna hatte mich zu ihrem Geburtstag eingeladen. Ihr Mann hat gegrillt und es waren viele Nachbarn dabei. Das war ein schöner Abend.« Sie lächelt. »An Sie kann ich mich leider nicht erinnern.«

»Das macht doch nichts! Wissen Sie«, Luisa lächelt verlegen, »Sie müssen sicher nach Hause und ich will Sie auch gar nicht lange aufhalten, aber könnte ich mal kurz mit Ihnen reden? Vielleicht kann ich Sie zu einem Glühwein einladen?« Sie weist zu einer Bude schräg gegenüber.

Die Frau sieht auf die Uhr und nickt dann zögernd. »Na gut. Mein Mann wartet zwar mit dem Kaffee zu Hause auf mich, aber zehn Minuten hätte ich schon übrig. Wo ist Myrna denn eigentlich?«, fragt sie, noch bevor Luisa die Getränke bestellen kann.

»Das weiß ich eben auch nicht, das ist ja das Problem. Ich war lange Zeit nicht zu Hause, ich habe außerhalb gearbeitet und bin erst in der vorigen Woche zurückgekommen. Und da erfahre ich im Dorf, Myrna hätte ihren Mann verlassen. Ich wusste zwar von dem Unfall, aber nicht, dass es so schlimm ist. Wissen Sie, ich war mit Myrna gut befreundet und ich kann mir das einfach nicht vorstellen. Es passt nicht zu ihr, dass sie Joe im Stich lässt, gerade als der sie am meisten braucht. Verstehen Sie das?«

»Nein, ich hätte ihr das auch nicht zugetraut. Aber ich kannte sie auch nicht so gut.«

»Schade! Ich hatte gehofft, Sie wüssten etwas mehr darüber. Auf der Arbeit, wenn man so den ganzen Tag zusammen ist, redet man ja auch über vieles.«

»Myrna ist nicht der Typ, der viel Privates erzählt. Aber ich hatte eigentlich immer den Eindruck, dass ihre Ehe gut läuft und dass sie ihren Mann liebt. Na ja, so ein schrecklicher Unfall, der verändert natürlich vieles. Stimmt es denn, dass ihr Mann gelähmt ist?«

Luisa nickt. »Ja. – Aber ich wüsste zu gern, ob sich schon vor dem Unfall etwas geändert hat. Ich erinnere mich dunkel, dass sie mal von Plänen gesprochen hat, irgendetwas Berufliches. Wissen Sie etwas darüber? Hatte Sie vor, sich einen anderen Job zu suchen? Hat sie sich in dem Hotel hier nicht wohl gefühlt oder gab es vielleicht Ärger?«

Die Frau schüttelt zögernd den Kopf. »Nein, Myrna war sehr beliebt, sie hat ihre Arbeit auch gut gemacht. Aber jetzt, wo sie es erwähnen – sie hat wirklich davon gesprochen, dass sie bei uns aufhören will. Ja, jetzt fällt es mir wieder ein! Sie wollte sich selbstständig machen. Irgendwas mit Mode ... Bademode glaube ich. Stimmt! Sie hat noch so aus Spaß gesagt, wir sollen unsere Gäste alle zu ihr schicken, wenn die Badesachen benötigen. Dafür würden wir dann auch Rabatt bei ihr bekommen. Komisch, das hatte ich ganz vergessen. Aber das hat doch auch nichts damit zu tun, dass sie jetzt weg ist, oder?«

»Nein, wahrscheinlich nicht. Hat sie denn gesagt, wo sie ihr Geschäft aufmachen will?«

»Soviel ich weiß, in Heringsdorf auf der Seebrücke. Kriegt man da so einfach einen Laden?«

»Keine Ahnung!« Luisa zuckt hilflos mit den Schultern.

»Aber sie hatte da eine Freundin ...« Der Glühwein scheint das Gedächtnis der Frau zu aktivieren. »Sie hat doch auch einmal auf der Seebrücke gearbeitet und aus dieser Zeit hatte sie dort noch eine Freundin, mir der wollte sie sich zusammentun. Die hat sich dort auch um alles gekümmert, Myrna wollte hier erst kündigen, wenn sie den Vertrag für den Laden unterschrieben haben.«

»Können Sie sich zufällig an den Namen der Freundin erinnern? Oder wo sie genau arbeitet? In welchem Laden?«

»Nein. Das tut mir wirklich leid. Ich glaube, das hat Myrna auch gar nicht gesagt. Sie tat ja auch immer so ein bisschen geheimnisvoll. Da gab es wohl noch andere, die den Laden wollten.« Sie trinkt den letzten Schluck Glühwein und sieht auf die Uhr. »Jetzt muss ich aber wirklich ... Wenn Sie Myrna sehen, könnten Sie sie bitten, mich mal anzurufen? Ich wüsste doch zu gern, was aus ihren Plänen geworden ist. Ich wünsche ihr jedenfalls alles Gute!«

20

Es dunkelt bereits, als Luisa wieder an der Heringsdorfer Seebrücke ist. Am Bratwurststand stehen noch ein paar Kunden. ›Da muss der ›schöne Andy‹ heute ja mal ein bisschen länger arbeiten‹, denkt sie ironisch und will schnell vorbeigehen.

In dem Moment hört sie ein klägliches Miauen und eine getigerte Katze fliegt ihr förmlich entgegen. Sie bückt sich und reißt das Tier an sich, bevor der Mann ein zweites Mal zutreten kann. »Bist du nicht ganz dicht?«, schreit sie ihn wütend an und hat ganz vergessen, dass sie von ihm nicht gesehen werden wollte.

»Das Mistvieh belästigt meine Kunden mit ihrer Bettelei, das nächste Mal schmeiße ich sie in die Ostsee.« Als er die Missbilligung der Leute bemerkt, fügt er schnell hinzu: »Das war ein Scherz! Aber ich mag nun mal keine Katzen, die stinken.«

Luisa würde ihm sehr gern ihre Meinung sagen, aber sie befürchtet, dass er sie dann doch noch erkennt. Obwohl Joes Sohn sie nicht allzu oft gesehen hat, denn er hat sich mit Myrna überhaupt nicht verstanden und ist selten ins Dorf gekommen. Eigentlich nur, wenn er etwas wollte, seinen Vater anpumpen, zum Beispiel. Sie bezweifelt, dass er Joe jetzt, wo der seine Hilfe sicher gebrauchen könnte, besucht. Andy war schon immer ein selbstsüchtiger, verwöhnter Bengel. Allerdings hat Joe sich auch nie besonders um ihn gekümmert, obwohl Andy sein einziger Sohn ist.

Sie behält die Katze im Arm, die sich zutraulich an sie schmiegt. Das Tier ist federleicht, völlig abgemagert. Sie streichelt sie und murmelt etwas Beruhigendes. Dann geht sie zum Fischimbiss an der Seebrücke. Mit der Verkäuferin hat sie sich schon ein paarmal unterhalten, sie mag die Fischbrötchen, die es hier gibt. »Was macht ihr eigentlich mit dem Fisch, der abends übrig bleibt?«, fragt sie jetzt.

»Willst du was für die Katze haben? Ich packe dir gern was ein, aber füttere sie bitte nicht hier, ja!«

Luisa kauft sich auch noch ein Matjesbrötchen und einen Becher Kaffee, dann geht sie zu einer Bank auf der Promenade. Die Katze hat sie inzwischen auf den Boden gesetzt, die riecht den Fisch und folgt ihr so dicht, dass sie beinahe über sie gestolpert wäre.

Während sie sich an die Bank lehnt und an ihrem Kaffee nippt, sieht sie dem Tier beim Fressen zu. »Du bist ja total ausgehungert«, murmelt sie. Innerhalb kürzester Zeit hat der kleine Tiger mit dem weißen Pfötchen alles verschlungen, was die Fischverkäuferin eingewickelt hat und das war nicht wenig. Luisa gibt ihm den Matjeshering und schließlich frisst er auch noch das Brötchen hinterher. Sie knüllt den Pappbecher zusammen und wirft ihn in einen Papierkorb. Dann streichelt sie die Katze noch einmal. »So, nun such dir mal einen schönen Schlafplatz.«

Als sie zehn Minuten später die Tür zum Kinosaal aufschließt, erschrickt Luisa. Die Katze schmiegt sich an ihr Bein. Sie hat gar nicht bemerkt, dass sie mit hineingekommen ist. Bevor sie es verhindern kann, ist das Tier an ihr vorbei in den dunklen Raum gehuscht. ›Scheiße! Was mach ich denn jetzt? Wenn die hier irgendwo hinmacht, stinkt das und wie soll ich es im Dunklen sauber machen?‹ Aber das ist jetzt nicht zu ändern. Langsam zieht Luisa die schwere Tür hinter sich zu, erschrickt wie jedes Mal, wenn sie die Tür bewegt, über das Knarren und schließt hinter sich zu.

Als sie auf ihren Decken sitzt, ruft sie leise: »Katze! Kätzchen, komm her. Mulle, mulle!« Sie freut sich, als das Tier unter einem Sitz hervorkommt und sich leise schnurrend an sie schmiegt. »Dann bleib eben hier, bin ich nicht mehr ganz so allein.« Sie streichelt es und krault ihm den Bauch, der prall gefüllt ist. »Ach, sieh an, du bist ein Kater. Ich werde dich Kaiser Wilhelm nennen, nach den Kaiserbädern. Ist dir egal, stimmt's? Na komm, Kaiserchen, dann wollen wir schlafen. Ich glaube, so gut ist es dir schon lange nicht mehr gegangen.«

Zufrieden, dass sie wenigstens einem Lebewesen etwas Gutes tun konnte, schläft Luisa ein, den Kater dicht an sich geschmiegt.

21

Joe schiebt seinen Teller beiseite und sieht Luisa nachdenklich an. »Darf ich mal ehrlich sein?«

»Ja, bitte!« Das klingt ein bisschen trotzig, sie weiß genau, dass nach dieser Einleitung nichts Gutes kommt. Aber einer der Charakterzüge, die sie an ihrem Schwager besonders schätzt, ist seine Offenheit. Er macht keine Winkelzüge, keine oberflächlichen Komplimente, keine Zugeständnisse aus Bequemlichkeit. Und er spricht sofort und direkt aus, was er denkt.

»Du reißt doch schon wieder aus. Du weißt ganz genau, dass du mit Robin sprechen musst. Ob ihr wieder zusammenkommt, was mit dem Kind ist – das wird sich alles zeigen. Vielleicht brauchst du eine Therapie, vielleicht kann Robin dir nicht verzeihen und du hast beide verloren. Aber es wird nicht besser, wenn du dich hier verkriechst und vor der Welt versteckst. Du flüchtest mal wieder vor der Wirklichkeit in irgendwelche Fantastereien.«

Luisa schluckt und blinzelt die Tränen weg, während sie den Kopf zur Seite dreht und aus dem Fenster des Restaurants auf die Straße blickt. Hat Joe recht? Ja, sicher, sie will nicht über Robin und das Kind nachdenken. Sie möchte schon in ihr altes Leben zurück, aber sie hat noch nicht die Kraft, um die Hindernisse beiseite zu räumen.

»Was machst du hier eigentlich? Was suchst du?« Als sie nicht antwortet, beugt Joe sich über den Tisch und fasst nach ihrer Hand. Seine Stimme klingt so warm und fürsorglich wie immer. »Komm nach Hause, Kleines! Zieh erst mal in dein altes Zimmer. Dann hast du ein bisschen Abstand zu deiner Familie, bist aber trotzdem da. Zeig dich im Dorf, sprich mit Robin, steh zu dem, was du getan hast. Es ist nun mal passiert, wahrscheinlich kannst du gar nichts dafür. Aber bringe es wieder in Ordnung! Ich helfe dir doch. Ich stehe hinter dir, egal, was passiert. Und vielleicht kommt Myrna dann auch wieder.«

Jetzt laufen ihr die Tränen doch über die Wangen, sie schluchzt leise, als sie heftig antwortet: »Nein, Joe, sie kommt nicht wieder! Das weißt du auch! Sie ist ermordet worden. Hier in Heringsdorf an der Seebrücke. Und ich will herausfinden, warum. Und wer es war. Sonst habe ich mein Leben lang keine Ruhe. Verstehst du das nicht?«

Er lehnt sich zurück, sein Gesicht ist verschlossen. »Nein, das verstehe ich nicht. Myrna ist nicht tot, ich weiß genau, dass sie lebt. So etwas spürt man doch. Sie kommt wieder!«

Luisa ist verzweifelt. Der Mann tut ihr so unendlich leid, sie will seine Hoffnung nicht zerstören. Aber sie braucht seine Hilfe.

Beide schweigen, während der Kellner die Teller abräumt. »Bringen Sie uns bitte noch zwei Kaffee!« Joe bestellt, ohne Luisa zu fragen, sie kennen sich so lange, dass er weiß, was sie möchte.

Erst als sie ihre Tasse halb leer getrunken hat, blickt Luisa ihrem Gegenüber wieder in die Augen. »Gib mir noch ein bisschen Zeit, Joe«, bittet sie leise. »Ich kann jetzt nicht nach Hause. Nicht vor Weihnachten. Dieses ganze sentimentale Getue – Kerzen und Weihnachtslieder, Familie und Friede auf Erden – das ertrage ich gerade nicht. Im Januar komme ich nach Hause, ich verspreche es!«

»Na schön!« Er schüttelt zweifelnd den Kopf. »Dann tu, was du nicht lassen kannst! Brauchst du etwas? Warte!«, er zieht sein Portemonnaie aus der Tasche.

»Nein!«, wehrt Luisa ab. »Ich hab noch Geld, ich komme gut zurecht.«

»Na dann.« Joe hebt die Hand, er will den Kellner um die Rechnung bitten, aber Luisa hält ihn zurück. »Lass uns noch ein bisschen reden.«

Sie erzählt ihm, dass sie sich tagsüber immer auf der Seebrücke aufhält, dass niemand dort weiß, wer sie ist und sie sich als Kurgast ausgibt. »Also wenn wir zusammen dort sind, sagen wir einfach, wir kennen uns von einer anderen Kur, okay? Ich nenne mich übrigens Lisa.«

Er grinst freudlos. »Okay, Lisa. Dann ist es ja nicht so schlimm, wenn ich mich mal verspreche. Lisa, Luisa – das klingt fast gleich.«

»Genau!« Sie zögert ein wenig, entschließt sich dann aber doch zur Offenheit. »Joe, ich versuche herauszufinden, was Myrna in der letzten Zeit bewegt hat. Früher wusste ich alles von ihr, aber im vergangenen Jahr sind wir uns so fremd geworden. Ich habe es gar nicht bemerkt, weil ich so sehr auf mich selbst fixiert war. Aber was hat Myrna beschäftigt? Ich meine, vor dem Unfall. Wusstest du, dass sie sich mit einem Laden selbstständig machen wollte?«

Er zuckt mit den Schultern. »Natürlich wusste ich davon! Aber das war doch nichts Konkretes. Eher ein Traum. Sie hätte gern ein Geschäft auf der Seebrücke gehabt und hatte auch genaue Vorstellungen, wie es aussehen und was sie verkaufen wollte. Aber sie hatte noch nichts unternommen, um diesen Traum zu verwirklichen.«

»Das weiß ich nicht. Aber sie hat darüber gesprochen, eine Kollegin von ihr hat es mir erzählt. Und sie hat sich öfter mit einer Freundin auf der Seebrücke getroffen. Die soll hier arbeiten und die wollte sich wohl um den Laden kümmern. Weißt du, wer das ist? Oder wo genau die arbeitet?«

»Nein, wirklich nicht.«

Er sieht sie abweisend an, Luisa spürt, dass ihm das Thema unangenehm ist. Wusste er überhaupt von Myrnas Plänen? Hat sie es ihm vielleicht gar nicht erzählt, weil er dagegen war? Aber warum? Er ist kein Macho, er hat seiner Frau alle Freiheiten gelassen und sie unterstützt. Gut, er neigte schon immer zur Eifersucht, aber das zeigte doch nur, wie sehr er seine Frau geliebt hat.

»Also, so eine enge Freundin kann das nicht sein, sonst würde ich sie kennen. Wahrscheinlich nur eine ehemalige Kollegin, die sie manchmal hier besucht hat. Die hat ihr sicher auch den Floh mit dem eigenen Laden in den Kopf gesetzt.«

»Ja, mag sein. Ich würde mich trotzdem gern mit ihr unterhalten.«

»Tut mir leid, Luisa, da kann ich dir nicht helfen.« Joe wird ungeduldig. »Ich muss dann auch los. Mein Taxifahrer hat um halb zwei eine Fahrt hierher nach Heringsdorf, da nimmt er mich gleich mit zurück.«

Beim Abschied beugt Luisa sich zu ihm hinunter und küsst ihn auf die Wange. »Sei nicht böse, Joe«, murmelt sie.

»Na ja, schon gut.« Er lächelt etwas gequält. »Du hattest schon immer deinen Kopf für dich. Also stoß dir mal wieder die Hörner ab! Und ruf mich an, wenn du was brauchst!«

»Mach ich. Ich rufe dich auch so an. Kommst du mal wieder her?«

»Na klar! Wir sehen uns. Myrnas Brille steht dir übrigens gut«, fügt er noch hinzu, dann rollt er zum Taxistand.

Als Joe weg ist, fällt Luisa ein, dass sie ihn nach Andy fragen wollte. Seltsam, dass er seinen Sohn nie erwähnt. Als Joe sie zum Mittag einlud, hat Luisa vorgeschlagen, einfach eine Bratwurst zu essen, aber er hat aufs Restaurant bestanden. Ob die beiden sich überhaupt getroffen haben? Vielleicht reden sie auch gar nicht miteinander. Luisa kann sich gut vorstellen, dass Andy seinem Vater aus dem Weg geht, weil der vielleicht Hilfe braucht, was unter Umständen mit Arbeit verbunden wäre. Und Joe ist natürlich viel zu stolz, um darüber zu reden. Oder hat Joe von den Betrügereien seines Sprösslings erfahren? Das würde ihm mit Sicherheit nicht gefallen. Es ist wohl besser, wenn sie sich da heraushält. Andy ist zwar ein richtiges Ekelpaket, aber trotzdem Joes Sohn.

22

Maja kommt vom Steg in die Passage und streift ihre Kapuze ab. Heute hat sich die neue Jacke bewährt. Es ist kalt geworden, in den Regen mischen sich immer mehr Schneeflocken, die der Westwind vor sich hertreibt. Morgen ist der erste Advent, pünktlich sieht man das erste Weiß auf den Rasenflächen. Aber es wird sich nicht halten.

Der Steg der Seebrücke ist auf ganzer Länge in der Mitte von einer Glaswand geteilt, sodass man recht gut vor Sturm und Regen geschützt ist. Deshalb halten sich die wenigen Spaziergänger, die sich heute überhaupt ins Freie wagen, hier auf.

Maja Vogelsang liebt dieses Wetter eigentlich. Sie hat das Gefühl, dass der Sturm ihre Lungen freibläst, in denen noch die Reste von dreißig Jahren Rauchen stecken. Tief hat sie die herbe Seeluft eingeatmet. Das einzige Problem an dem Wetter ist, dass es ihre altmodische Dauerwelle zerstört. Sie betrachtet ihr Spiegelbild in einer Schaufensterscheibe und zupft dabei an ihren Haaren, da hört sie Isolde. Schnell geht sie in die Richtung, aus der das laute Lachen ertönt. Als sie an den Tisch kommt, hat die junge Frau sich noch nicht wieder beruhigt, im Gegenteil. Sie wischt sich mit dem Handrücken die Lachtränen aus dem Gesicht. Die beiden Frauen neben ihr kichern und sogar Valentin grinst.

Maja holt sich eine Tasse Kaffee und ein Stück Kuchen, dann setzt sie sich dazu und erfährt endlich den Grund der allgemeinen Belustigung, die das ganze Café angesteckt hat: Isolde ist hastig aufgestanden, weil sie einen Bekannten begrüßen wollte. Dabei ist der Stuhl an ihrem ausladenden Hintern hängengeblieben und sie hat damit beinahe den Nachbartisch umgestoßen. Maja denkt, dass ihr diese Situation eher peinlich gewesen wäre, aber Isolde lacht nun mal gern und am liebsten über sich selbst. Sie hat sich mit ihrem Aussehen, insbesondere mit ihrer Figur abgefunden und macht das Beste daraus. »Eigentlich bin ich eine zierliche, empfindsame Person mit Größe 36«, hat sie schon mehrmals erklärt, »ich habe mich nur gegen die Kälte der Welt in einen Fettpanzer verkrochen.«

›Jedenfalls wäre es noch viel kälter in der Welt, wenn es keine Isolde gäbe‹, denkt Valentin. Er ist wohl der Einzige hier, der ihre Geschichte kennt, denn sie spricht zwar gern und viel, aber nicht über sich selbst. Niemand würde vermuten, dass diese fröhliche, selbstbewusste Frau jahrelang unter Depressionen gelitten hat.

Sie ist in Hannover aufgewachsen, als Tochter eines erfolgreichen und attraktiven Ehepaares, für die sie eine einzige Enttäuschung war. Der Ehrgeiz der Eltern machte aus einem etwas langsamen, aber fröhlichen Kind einen verzweifelten Teenager. Ihr Aussehen und ihre Schüchternheit bewahrten das Mädchen vor schlechtem Umgang, nach dem sie sich sehnte, sie wäre gern drogensüchtig oder schwanger geworden, wusste aber nicht, wie sie das anstellen sollte. Mit vierzehn unternahm sie den ersten Selbstmordversuch, den ihre Umwelt nicht einmal als solchen erkannte, mit sechzehn hätte sie es fast geschafft. Ihr erster Gedanke, als sie im Krankenhaus erwachte, war der, dass sie nun wohl doch an den Prüfungen zum Realschulabschluss teilnehmen und garantiert durchfallen würde.

Als sie wieder nach Hause entlassen wurde, hatte die Familie Zuwachs bekommen. Ihre Großmutter väterlicherseits war ins Haus mit eingezogen. Isolde erinnerte sich nur dunkel an die alte Frau, sie hatte sie seit fast zehn Jahren nicht mehr gesehen. Ihr Vater hatte nie eine sehr enge Bindung zu seinen Eltern gehabt und als diese nach Australien auswanderten, brach der Kontakt beinahe völlig ab. Nun war ihr Mann gestorben und die Frau beschloss, ihre letzten Lebensjahre zu Hause in Deutschland zu verbringen. Zu ihrem Sohn und dessen unsympathischer Frau zu ziehen, hatte sie eigentlich nicht vorgehabt. Sie hatte sich eine eigene Wohnung gemietet. Allerdings brach sie sich kurz nach ihrer Rückkehr ein Bein und war nun auf Hilfe angewiesen.

»Natürlich wirst du bei uns wohnen«, hatte ihr Sohn bestimmt. »Unser Haus ist groß genug, es war von Anfang an Blödsinn, dass du dir eine eigene Wohnung nimmst. Nun siehst du, was du davon hast.«

»Ich werde mich nach einem Pflegeheim umsehen.«

»Was soll das? Die Leute werden denken, ich will dich nicht bei mir haben. Willst du meinen Ruf ruinieren?«

Die Kommunalwahlen standen kurz bevor, er kandidierte wieder für den Stadtrat, aber er war nicht so beliebt, wie er es gern hätte. So eine Geschichte, dass er die eigene Mutter in ein Heim abschieben würde, könnte die entscheidenden Stimmen kosten.

Er bemühte sich um Freundlichkeit. »Wir haben uns doch so lange nicht gesehen. Isolde kennst du kaum. Komm erst einmal zu uns und wenn du willst, kannst du ja später immer noch in ein Heim ziehen. Außerdem ist es gar nicht so einfach, einen Platz in einem guten Pflegeheim zu bekommen«, spielte er einen Trumpf aus.

Widerwillig stimmte die alte Frau zu und zog mürrisch und schlecht gelaunt in das Haus ihres Sohnes.

Isolde hatte genug mit sich selbst zu tun und nahm eher nebenbei zur Kenntnis, dass ihre Großmutter nun vorübergehend im Haus wohnen würde. Am Nachmittag nach ihrem Krankenhausaufenthalt lag sie auf ihrem Bett und überlegte, wie es nun weitergehen sollte. Sie müsste so schnell wie möglich wieder in die Schule gehen, um überhaupt noch eine Chance auf den Abschluss zu haben.

Es klopfte an der Tür und noch bevor Isolde etwas sagen konnte, stand Oma Elfi im Zimmer. Die beiden musterten sich eine Weile schweigend.

›Armes Kind‹, dachte die Alte und Isolde wusste, von wem sie ihr Aussehen geerbt hatte.

»Kannst du dich noch an mich erinnern?«

»Mmh!« Das Mädchen blickte seine Großmutter abweisend an. »Du hast mir mal ein paar gescheuert, weil ich deiner Katze am Schwanz gezogen habe.«

»Tatsächlich? Kann sein. Warum hast du das auch gemacht.«

»Ich wollte bloß mit ihr spielen.«

»Na gut. Und was hast du jetzt wieder angestellt?«

Ohne Aufforderung setzte sich die große kräftige Frau auf einen Stuhl und lehnte ihre Krücke an Isoldes Schreibtisch. »Ich kann nicht so lange stehen, hab mir das Bein gebrochen«, erklärte sie. »Deshalb bin ich auch hier. Aber ich zieh bald wieder aus.«

Ihre Enkelin erwiderte nichts, aber die Alte ahnte wohl, dass sie dachte: ›Das würde ich auch gern!‹

»Bei dir läuft es auch nicht so richtig, was?«, fuhr sie fort.

»Erzähl doch mal, was ist denn schiefgegangen?«

Nicht gleich, aber im Laufe der nächsten Wochen erzählte Isolde der alten Frau über ihre Probleme und fand zum ersten Mal in ihrem Leben eine verständnisvolle Zuhörerin. Oma Elfi wurde für das Mädchen die erste echte Freundin. Weil sie viel Lebenserfahrung besaß, aber auch weil sie sich in Aussehen und Charakter sehr ähnelten, verstand die Großmutter die Lage ihrer Enkelin und konnte ihr wirklich raten.

Ihrem Sohn und seiner Frau machte sie deutlich klar, was sie an ihrem Kind verbrochen hatten. »Das, was ihr in eurem Egoismus und eurer Blasiertheit angerichtet habt, könnt ihr nie wieder gut machen. Ihr habt Glück, dass sie trotzdem noch so ein vernünftiges, normales Mädchen ist. Lasst sie jetzt endlich ihren Weg gehen, sie weiß besser als ihr, was für sie richtig ist!«

Die alte Frau starb nur wenig später ganz plötzlich. Ihr Wunsch, die letzten Lebensjahre in Gesellschaft Gleichaltriger zu verbringen, ging nicht mehr in Erfüllung.

Aber ihrer Enkeltochter hatte sie ein wenig Selbstbewusstsein gegeben und einige gute Ratschläge. Vor allem die Kraft, um diese anzunehmen und ihren eigenen Weg zu gehen. Isolde ging von der Schule ab und begann eine Lehre als Altenpflegerin, weit weg von ihrem Elternhaus.

Das ist nun schon über zehn Jahre her. Von den alten Leuten und den Behinderten, die sie mit Hingabe betreut, fühlt Isolde sich geliebt und anerkannt. Nur manchmal ist sie ein wenig traurig, wenn sie an ihre verlorene Jugend denkt oder an ihre Oma Elfi, mit der sie so gern noch ein paar Jahre verbracht hätte.

»Was sagst denn du dazu, Valentin?«, reißt Maja ihn aus seinen Gedanken.

»Entschuldige, ich habe gerade nicht zugehört.«

»Willi«, sie deutet auf den verhutzelten alten Mann neben sich, »behauptet, in den Zwanzigerjahren hätte es hier auf Usedom ›fruchtbare Luft‹ gegeben.«

»Das stimmt auch«, kichert der Alte. »Das ist durch Geburtenstatistiken in Berlin belegt. Aber ob das heute noch so ist, weiß ich natürlich nicht.«

»Wohl eher nicht«, grinst Valentin. »Soweit ich mich erinnere, hat die Luft wenig Einfluss auf die menschliche Fortpflanzung. Stickige Kneipenluft tut es auch.«

»Das denk ich aber auch«, triumphiert Maja. »So ein Blödsinn!«

»Allerdings«, fuhr der Lokalhistoriker fort, »in den Zwanzigerjahren war es bei den Beamten in Berlin durchaus üblich, die Gattin nach Ahlbeck in die Sommerfrische zu schicken. Vermutlich hatten die Probleme mit dem Nachwuchs, im Gegensatz zu den Bauern- und Fischerfamilien, die meist sehr kinderreich waren. Nun kam es dem Zweck der Reise natürlich sehr entgegen, dass der Beamte arbeiten musste. Die Dame wurde also beim Fischer einquartiert und der Herr Gemahl kam sie am Wochenende besuchen. Der letzte D-Zug, der am Sonntagabend von Swinemünde nach Berlin fuhr, war der ›Strohwitwerexpress‹. Tatsächlich verzeichnete das Berliner Amt für Statistik im Frühjahr einen erstaunlichen Geburtenzuwachs. Das schob man allen Ernstes auf die ›fruchtbare Luft‹ in Ahlbeck.«

Isolde lacht wieder schallend und so ansteckend, dass auch die alten Leute mit einfallen, obwohl sie zum Teil gar nicht verstanden haben, worum es ging.

Etwas abseits sitzen eine mindestens achtzigjährige Frau und ein etwa gleichaltriger Mann und unterhalten sich eifrig. Die Altenpflegerin deutet zu ihnen hinüber. »Stellt euch mal vor«, erzählt sie, »die beiden stammen aus zwei Nachbardörfern bei Stettin, das ist heute polnisch. Sie sind sogar in die gleiche Schule gegangen, nur eine Klasse auseinander. Nach der Flucht 1945 haben sie sich siebzig Jahre lang nicht gesehen. Und nun treffen sie sich bei uns im Heim wieder. Ist das nicht toll?«

»Ja, wirklich«, staunt Maja. »Haben sie sich denn erkannt?«

»Nein, haben sie eben nicht. Sie haben wohl auch nie so richtig miteinander gesprochen. Aber beide haben mir oft von ihrer Heimat erzählt. Geschichten aus ihrer Kindheit, aus dem Dorf und von der Schule. Und sie haben beide den Namen eines Lehrers erwähnt. Dadurch bin ich darauf gekommen. Ich habe dann noch mal nach dem Namen des Dorfes gefragt, in dem sie zur Schule gegangen sind und siehe da – es war bei beiden das gleiche. Das war so schön, wie die beiden sich wiedergefunden haben!« Sie strahlt über das ganze runde Gesicht.

»Die haben ihre Geschichten bestimmt schon hundertmal allen möglichen Leuten erzählt«, vermutet Valentin, »aber du bist die Einzige, die richtig zuhört. Und dadurch hast du den Zusammenhang erkannt.«

»Ja, mag sein. Aber ich finde das auch total interessant, was die alten Leute so erzählen. Ich weiß auch viel über die Geschichte von Heringsdorf, über die letzten achtzig Jahre jedenfalls. Du glaubst nicht, an was die sich alles erinnern. Man muss eben nur zuhören, wie du sagst, dann erfährt man so einiges. Die meisten wissen nicht mehr, was sie vor einer Stunde zu Mittag gegessen haben, aber was vor fünfzig Jahren passiert ist, das wissen sie noch ganz genau.«

Maja hilft Isolde, die alten Leute in den VW-Bus zu bringen. Sie benutzen eine Fußbank zum Einsteigen, die Isolde festhält. Als endlich alle sitzen, heben die beiden Frauen den Rollstuhl hinten hinein. »Na dann, bis bald mal wieder«, verabschiedet sich Maja. »Oder soll ich mitkommen und dir helfen, die im Heim alle wieder rauszuholen?«

»Nein, brauchst du nicht, da hilft uns ein Kollege. Danke, mach's gut! Bis demnächst in diesem Theater.«

Sie hupt einmal kurz und rollt langsam auf die Strandpromenade.

Es ist inzwischen dunkel geworden. Maja beschließt, noch schnell die Toilette aufzusuchen, bevor sie nach Hause geht. Als sie die Treppe hinabgeht, hört sie von unten ganz deutlich Schritte auf den Fliesen. Es ist aber nicht das Klappern von Absätzen, überhaupt nicht so, als würde jemand ganz normal festen Schrittes gehen, sondern eher ein Schleichen, das verstummt, als die Frau auf der Treppe stehen bleibt und lauscht.

»Das ist doch …«, murmelt Maja und geht ganz hinunter. Sie sieht sich um, es ist niemand hier. Einen Moment schwankt sie, blickt nach rechts zur Glastür hinüber, die nach draußen führt und dann zu der blauen Eisentür an der linken Wand. Ihre Neugier ist größer als die Furcht. Schnell geht sie die paar Schritte und drückt die Türklinke hinunter. Wie erwartet ist die Tür verschlossen. Sie rüttelt trotzdem noch einmal daran, dann geht sie enttäuscht zurück.

Im ehemaligen Kino sitzt Luisa in ihrer Ecke, drückt den Kater an sich und hält den Atem an. Auch sie hat leise Schritte gehört und gedacht, dass dort jemand herumschleichen würde. Noch mehr hat sie allerdings das Rütteln an der Türklinke erschreckt. Sie wagt es kaum, sich zu bewegen und es fällt ihr heute schwer, einzuschlafen.

23

Die Einkaufspassage über dem Wasser ist beinahe menschenleer. Nur ein Pärchen bummelt langsam an den Auslagen vorbei, eine junge Mutter probiert ihrem Kind verschiedene Mützen auf und ein älterer Herr dreht an einem Bücherständer. Einige Verkäuferinnen stehen auf dem Gang und unterhalten sich leise. Niemand beachtet Luisa, die sich durch die Schaufensterscheibe des heute geschlossenen Ladens die Bilder ansieht. Sie wirft einen Blick in die Buchhandlung, dann tritt sie an einen Kleiderständer heran, wo sie jede Jacke genau betrachtet. »Ich sehe mich nur um«, erklärt sie einer Verkäuferin, die ihre Hilfe anbietet. So trödelt sie durch mehrere Boutiquen, hält sich lange im Bernsteinladen auf, dann geht sie langsam wieder zurück und mustert noch einmal alle Verkäuferinnen.

Wenn sie nur wüsste, in welchem dieser Geschäfte Myrna gearbeitet hat. Sie weiß, dass sie ihre Schwester hier ein paarmal besucht hat. Aber das ist nun schon eineinhalb Jahre her und die Läden sehen doch alle ziemlich ähnlich aus. Sie kann sich auch beim besten Willen nicht mehr an Myrnas damalige Kollegin erinnern. Oder waren es mehrere? Vermutlich war es keine ganz junge Frau, wenn Myrna sich so eng mit ihr befreundet hat. Ein sehr vager Anhaltspunkt, aber irgendwo muss Luisa ansetzen. Sie spricht also die Frau an, die ihrer Meinung nach die Älteste hier ist.

Außerdem steht diese auch gerade ganz allein neben ihrer Verkaufstheke und blickt gelangweilt hinaus auf die spiegelglatte Ostsee. »Entschuldigung, darf ich Sie etwas fragen? Kennen Sie zufällig eine Myrna Jensen? Sie hat mal hier gearbeitet, im vorletzten Sommer.«

Die Frau mustert Luisa eine Weile nachdenklich, bevor sie antwortet. Sie ist elegant gekleidet mit Bleistiftrock und heller Bluse, die sorgfältig frisierten Haare sind vermutlich schwarz gefärbt und stellen einen aparten Kontrast her zu den strahlend blauen Augen. »Ja, in dem Geschäft gegenüber hat mal eine Myrna gearbeitet. An den Nachnamen kann ich mich nicht erinnern, aber den Namen Myrna hört man ja nicht so oft.«

»Nein, ich glaube nicht. Also sie war … sie ist ein bisschen kleiner als ich, schlank und hat kurze blonde Haare. Mitte vierzig.«

Die Frau blickt jetzt aufmerksam, ein wenig misstrauisch. »Kann sein, so genau weiß ich das nicht mehr. Warum, was ist denn mit ihr?«

»Kannten Sie sie näher?«, übergeht Luisa die Frage mit einer Gegenfrage.

»Nein, wir waren eben Kolleginnen und haben ab und zu mal ein paar Worte gewechselt. Aber sie war ja, wenn ich mich recht erinnere, nur über Sommer hier. Da ist nicht viel Zeit zum Reden.«

»Nein, natürlich nicht! Dann wissen Sie wohl auch nicht, mit wem Myrna etwas mehr gesprochen hat, vielleicht sogar befreundet war?«

Die Verkäuferin zuckt mit den Schultern. »Wie gesagt, in der Saison hat jeder zu tun, dann sind auch noch viel mehr Kolleginnen hier. Außerdem ist es schon eine Weile her.« Das klang ziemlich abweisend und die Frau zieht sich jetzt auch hinter ihren Ladentisch zurück.

»Soviel ich weiß«, hakt Luisa trotzdem noch einmal nach, »wollte sie zusammen mit einer Freundin, wahrscheinlich einer ehemaligen Kollegin, hier selbst einen Laden pachten. Wissen Sie vielleicht etwas darüber?«

»Nein, das weiß ich nicht. Ich kümmere mich auch nicht um die Angelegenheiten anderer Leute.«

Das war eine deutliche Abfuhr. Luisa holt tief Luft und überlegt schnell, wie sie an die Frau herankommt. Sie muss jetzt dranbleiben. Wenn Myrna ermordet wurde, dann liegt der Grund dafür hier auf der Seebrücke. Es gibt sonst keine Geheimnisse im Leben ihrer Schwester. Auch der Plan, hier einen Laden zu pachten, ist eigentlich nichts Geheimnisvolles. Sie hat doch auch darüber gesprochen. Luisa muss nur die richtigen Fragen stellen und die Leute finden, die die Antworten kennen. Und die vor allem darüber reden wollen.

Diese Verkäuferin will es jedenfalls nicht. Sie blickt Luisa jetzt beinahe feindselig an.

Aber die gibt ihrem Reflex, einfach aufzugeben, wie immer, wenn es etwas schwieriger wird, diesmal nicht nach. »Tut mir leid, wenn ich Ihnen auf die Nerven gehe«, gibt sie sich zerknirscht, »aber es ist wirklich sehr wichtig für mich.« Sie blickt sich kurz um, es sind immer noch keine Kunden im Laden, trotzdem spricht sie jetzt leiser weiter.

»Ich bin Myrnas Schwägerin«, behauptet sie und wundert sich selbst über diesen spontanen Einfall. »Joe Jensen ist mein Bruder. Ihm geht es sehr schlecht und ich möchte ihm so gern helfen. Er sitzt im Rollstuhl. Im Frühjahr hatten Myrna und er einen Autounfall. Myrna ist gefahren und hat sich große Vorwürfe gemacht. Kurz danach ist sie spurlos verschwunden. Joe befürchtet, dass sie sich das Leben genommen hat. Ich glaube das nicht, aber ich muss herausfinden, was passiert ist, damit Joe endlich zur Ruhe kommt. Er selbst kann ja nicht viel tun. – Bitte, wenn Sie irgendetwas wissen, sagen Sie es mir!« Sie sieht die Frau flehend an, die weicht dem Blick unsicher aus. Eine Weile schweigen beide.

»Das tut mir wirklich sehr leid mit ihrem Bruder. Ich fand ihn immer sehr sympathisch. Er war so vital, so männlich – ist er wahrscheinlich immer noch«, fügt sie schnell hinzu.

Luisa lässt sich ihre Verwunderung nicht anmerken. Vorhin tat die Frau doch so, als würde sie Myrna kaum kennen, jetzt erinnert sie sich sogar an deren Ehemann. Auch von dem Unfall wusste sie anscheinend schon.

»Na ja, im Moment ist er nur noch ein Häufchen Elend. Aber ich weiß einfach nicht, wie ich ihm helfen kann. Das Beste wäre natürlich, wenn wir Myrna finden würden. Ich denke nämlich, dass sie ihn einfach verlassen hat. Vielleicht ist da was mit einem anderen Mann …«, improvisiert sie.

»Davon weiß ich wirklich nichts. Ich habe sie nie mit einem anderen als ihrem Ehemann gesehen.«

»Vielleicht weiß ja ihre ehemalige Kollegin mehr, mit der war sie doch befreundet.«

»Das mag sein, aber die ist nicht mehr hier. Sie hat im Sommer jemanden kennengelernt und ist mit dem weggezogen. Ich weiß aber nicht, wohin. Übrigens haben wir vor Kurzem über sie gesprochen. Sie besitzt nämlich noch eine Eigentumswohnung hier in Heringsdorf, die sie im Sommer an Urlauber vermietet. Eine Kollegin kümmert sich darum und bekommt ein bisschen Provision dafür. Wir haben darüber diskutiert, ob sie die Wohnung nicht lieber verkaufen sollte. Die Immobilienpreise sind ja gerade utopisch gestiegen, das kann sicher nicht ewig so bleiben. Sie selbst … wie heißt sie noch gleich, mir fällt ihr Name einfach nicht ein … sie selbst war schon ewig nicht mehr hier.«

»Schade! Die hätte mir bestimmt sagen können, was es mit dem Laden auf sich hatte, den die beiden pachten wollten.«

»Ja, das hätte sie wohl.« Die Frau seufzt und blickt Luisa prüfend an. »Also gut, ich sage es Ihnen. Aber Sie dürfen da wirklich nicht drüber reden, ich will keinen Ärger. Der Maler, der den Bilderladen da vorne hat, war total in Myrna verliebt. Er hat andauernd ihre Nähe gesucht, ihr Kaffee gebracht und manchmal Kuchen, obwohl sie den gar nicht mochte. Sogar Bilder hat er ihr geschenkt. Wir haben uns alle darüber lustig gemacht, allerdings nur heimlich. Es wollte niemand Ärger mit seiner Frau bekommen. Das ist doch die Chefin vom Ordnungsamt. Wenn man sich mit der anlegt, kann sie einem das Leben richtig schwer machen. Das ist so eine Hyäne! Er war auch richtig geknickt, als Myrna dann im Herbst hier aufgehört hat.«

Luisa kennt den kleinen Laden, tut aber vorerst überrascht. Dort sind auf Staffeleien Ölgemälde ausgestellt, auch an den Wänden hängen die Malereien. Meist sind es kleine Bilder, auf manchen sieht man nur Wasser und Himmel, manchmal Dünen oder ein paar stilisierte Möwen. Den Strand und die Ostsee bei jedem Wetter und zu jeder Jahreszeit: Blau und Grün in allen Schattierungen,

sonniger Himmel oder dicke Wolken über dem Meer, einmal hohe Wellen mit weißen Schaumkronen, dann wieder freundlich gekräuseltes Wasser. Nichts weiter, keine Menschen, keine Tiere, keine Gebäude. ›Kein Wunder, dass der Laden meistens leer ist‹, denkt Luisa. Im August hatte sie den Künstler allein dort sitzen sehen, hinter seiner Kasse hatte er sogar die Augen geschlossen. ›Sehr geschäftstüchtig wirkte er nicht gerade, eher, als hätte er überhaupt keine Lust mehr‹, überlegte sie sich damals.

»Ja, Myrna hatte nur einen Saisonvertag, im Hotel hat sie dann eine Jahresstellung bekommen«, fährt die Verkäuferin fort und reißt Luisa aus ihren Gedanken. Dann schweigt sie einen Moment und beobachtet eine potenzielle Kundin, die sich aber nur kurz umsieht und weitergeht, noch bevor sie sie ansprechen kann. »Myrna ist dann aber im Herbst und im Winter oft hier gewesen und hat ihre ehemalige Kollegin besucht. Natürlich gab es Gerüchte, dass sie etwas mit dem Maler hätte, aber das glaube ich nicht. Sie haben sich einfach nur unterhalten. Er war immer total aufgedreht, wenn sie hier war, sie hat sich vielleicht geschmeichelt gefühlt, aber auch über ihn lustig gemacht.«

Luisa nickt nur hin und wieder, Fragen muss sie keine mehr stellen.

Die Frau hat ihre anfängliche Zurückhaltung aufgegeben, sie erzählt jetzt eifrig. »Jedenfalls hat er Myrna erzählt, dass er den Laden am liebsten aufgeben würde. Er ist eben kein Händler und redet auch gar nicht so gern mit den Leuten. Er würde lieber zu Hause oder irgendwo in der Natur malen und die Bilder anderweitig verticken. Das war dann wohl die Idee von Myrnas Kollegin, dass sie beide den Raum übernehmen könnten. Hier gibt es nämlich kaum Wechsel bei den Pächtern, wenn mal was frei wird, muss man schnell zugreifen. Myrna sollte ihn also überreden, ihnen den Laden zu überlassen. Soweit ich weiß, war schon alles klar. Der Künstler hat selbst überall erzählt, dass er demnächst mehr Zeit zum Malen haben würde, weil er nicht mehr hier sitzen und verkaufen müsste. Myrna und ihre Freundin haben auch schon mit den Kollegen beraten, wie sie den Laden einrichten und was sie verkaufen würden. Soweit ich weiß, hatten sie sogar schon Kontakt zu Großhändlern aufgenommen.« Sie unterbricht sich und sieht Luisa traurig an. »Ja – und dann …«

Luisa nickt. »Der Unfall.«

Wieder schweigen die beiden Frauen. Luisa hätte nun doch noch einige Fragen, aber jetzt kommen Kunden herein. Schnell bedankt sie sich. »Darf ich mal wieder vorbeikommen? Vielleicht morgen? Ich könnte Ihnen einen Kaffee mitbringen, wenn Sie mögen.«

»Ja, gern!« Die Verkäuferin lächelt freundlich. Wahrscheinlich ist sie auch froh, an so einem langweiligen Wintertag ein bisschen Unterhaltung zu haben.

Mit sich selbst zufrieden, bummelt Luisa auf dem Steg weiter hinaus, um das Restaurant am Seebrückenkopf herum und langsam wieder zurück. Diesmal geht sie nicht zwischen den Läden hindurch, sondern außen daran vorbei. Durch die Scheibe winkt sie ihrer neuen Bekannten zu. Luisa bleibt vor dem Laden mit den Bildern stehen. Schade, dass der Maler gerade nicht da ist. Sie hätte ihn sich gern einmal genauer angesehen. Bisher hat sie ihn kaum beachtet. Sie hatte eigentlich immer den Eindruck, dass er schon ziemlich alt sei, mindestens sechzig Jahre. Aber sie kann sich auch täuschen. Was man wohl mit so einem Laden verdient? Reich wird man sicher nicht damit, die Pacht wird ganz schön happig sein. Und sicher ist es kein Grund, einen Konkurrenten zu ermorden, oder? Das erscheint Luisa doch sehr weit hergeholt. Trotzdem nimmt sie sich vor, ihre neue Bekannte nach anderen Bewerbern für das Geschäft zu fragen. So etwas scheint sich hier ja herumzusprechen. Überhaupt seltsam, dass der Maler nun doch noch geöffnet hat. Ob er darauf wartet, dass Myrna wiederkommt? Vielleicht sollte sie doch einmal mit ihm reden.

24

»Weißt du, was das Schlimmste ist? Diese vielen Dinge, die ich nie wieder tun kann.« Joe sieht hinunter zum Strand. Der ist heute besonders breit, das Wasser ist spiegelglatt und hat sich weit zurückgezogen. »Ich werde nie wieder am Strand spazieren gehen oder in der Ostsee baden. Ich kann mit diesem Ding ja nicht einmal am Strand entlangfahren.«

Luisa schluckt. Ihr fällt keine Antwort ein, die nicht oberflächlich und falsch wäre. Es gibt keinen echten Trost. Joe hat ihr erzählt, dass es ein Wunder wäre, wenn er jemals wieder laufen könnte. Und an Wunder glauben sie beide nicht.

Langsam schiebt sie den Rollstuhl weiter. ›Es war wohl doch keine so gute Idee, auf die Seebrücke zu gehen, das macht Joe nur traurig‹, denkt Luisa. »Ich habe mich übrigens mit einer Verkäuferin da auf der Mittelplattform unterhalten«, erzählt sie, wie nebenbei. Noch ist sie unschlüssig, wie viel sie ihrem Schwager erzählen kann, ohne ihn zu verletzen. Sie hat das Gefühl, dass er nichts oder jedenfalls nicht viel über Myrnas Pläne wusste. Warum? Hat er nicht zugehört, hat es ihn nicht interessiert, hat er sie nicht ernst genommen, ihr Vorhaben für Spinnerei gehalten und jetzt tut es ihm leid? Oder hat Myrna ihm gar nicht erzählt, was sie und ihre Freundin vorhatten? Warum? Wollte sie nicht über den Maler reden, mit dem sie ja wohl zumindest geflirtet hat? Wie weit ging Joes Eifersucht? Hat er Myrna Szenen gemacht? Luisa weiß es nicht. Seine Frau hat ihm nie einen Grund gegeben, jedenfalls erinnert Luisa sich nicht an eine solche Situation. Ihr wird immer bewusster, wie wenig sie doch über Myrna weiß. Die hatte doch auch ein eigenes Leben, neben ihrem Dasein als Ehefrau und der ständigen Sorge um die kleine Schwester. Wie gern würde sie jetzt mit ihr reden, ihr endlich einmal zuhören. Aber natürlich hätte Myrna sie niemals um Rat gefragt, warum auch, sie bekam ja nicht mal ihr eigenes Leben auf die Reihe. Ständig hat sie alles falsch gemacht und ist vor jeder Schwierigkeit ausgerissen. Die Probleme hat Myrna für sie gelöst. Und diesen Part will Joe jetzt anscheinend übernehmen. Trotz seiner Behinderung fühlt er sich wohl für Luisa verantwortlich, auch er behandelt sie nicht wie eine Erwachsene, traut ihr nicht zu, selbstständig und vernünftig zu handeln. Na gut, sehr erwachsen ist es nicht, Mann und Kind zu verlassen und in einem ehemaligen Kinosaal zu schlafen. Davon allerdings weiß er gar nichts, er glaubt ja, sie wohnt in einem Zimmer bei einem Bekannten. Sie muss aufpassen, dass sie sich nicht verspricht.

Joe verhält sich genauso, wie Myrna es getan hätte. Zumindest hat er es versucht. »Lass jetzt diesen Blödsinn und komm nach Hause! Wir bringen das mit Robin und dem Kind in Ordnung. Du solltest endlich deine Verantwortung als Mutter übernehmen!« Das war so ziemlich das Erste, was er heute Morgen gesagt hat. Vermutlich hat er recht. Vermutlich macht sie wieder alles falsch. Aber Joe irrt sich, wenn er glaubt, dass sie wieder den leichtesten Weg geht und vor ihren Pflichten und den Konsequenzen ihres Verhaltens flieht. Manchmal, wenn sie abends in den dunklen, kalten Kinosaal schleicht, denkt sie schon daran, nach Hause zu gehen. Ein paar unangenehme Momente wenn sie Robin erklären muss, warum sie ihn und den Kleinen verlassen hat; wenn das Kind sie nicht kennt und nicht mag; vielleicht noch die Blicke und das Getuschel der Nachbarn; was ist das schon gegen diese Einsamkeit, die langen Tage und Nächte, in denen sie nichts tun kann, als nachzudenken.

Nein, sie macht es sich nicht leicht. Aber diesmal gibt sie nicht auf! Das ist sie ihrer Schwester schuldig. Wenn Myrna noch lebt, egal wo, dann will Luisa sie finden.

»Und … was hat sie dir erzählt?« Joes Stimme klingt kühl, ein bisschen bitter, so, als wolle er die Antwort gar nicht hören.

»Was? Wer?« Luisa wird aus ihren Gedanken gerissen. »Ach so, die Verkäuferin. Na ja, nicht viel. Dass Myrna und ihre Freundin einen Laden mieten wollten, aber Genaueres wusste sie auch nicht. Und die ehemalige Kollegin ist weggezogen. Mit der kann man also auch nicht reden. Übrigens«, fällt ihr ein, »ich habe der Frau erzählt, dass ich deine Schwester bin. Nur, dass du Bescheid weißt, falls du mal mit ihr sprichst.«

»Warum sollte ich mit ihr sprechen, wenn sie sowieso nichts weiß? Aber du immer mit deinen Lügengeschichten.« Er schüttelt missmutig den Kopf. »Und dabei bist du eine so schlechte Lügnerin.«

»Warum bin ich eine schlechte Lügnerin? Wie kommst du jetzt darauf?«

Er wendet ihr das Gesicht zu und sieht sie eindringlich an. »Luisa, was hat die Frau dir erzählt? Da war doch noch mehr, was verheimlichst du mir? Hatte Myrna ein Verhältnis? Ist sie fremdgegangen? Bitte, sag mir die Wahrheit!«

»Nein!« Luisa ist entsetzt. »Wie kommst du denn nur darauf? Wie kannst du so etwas denken?«

Sie stehen am Kopf der Seebrücke neben dem Schiffsanleger. Die Frau lehnt sich mit dem Rücken an das Geländer und sieht ihrem Schwager gerade in die Augen. Der wendet den Blick ab.

»Na ja, es ist doch normal, dass ich darüber nachdenke. Warum meldet sie sich denn nicht? Vielleicht lebt sie ja mit einem anderen Mann zusammen und will nicht, dass ich das weiß. Ich könnte es ihr nicht einmal übel nehmen. Was soll sie denn für den Rest ihres Lebens mit einem Krüppel anfangen.«

»Joe, bitte! Du kennst Myrna genauso gut wie ich. Meinst du wirklich, sie würde so etwas tun? Ich hätte das vielleicht gemacht, ich wäre einfach abgehauen und allen Problemen aus dem Weg gegangen. Aber Myrna doch nicht! Selbst wenn sie sich entschlossen hätte, dich zu verlassen, dann hätte sie es dir gesagt. Das weiß ich hundertprozentig. Und du doch auch.« Sie erschrickt, als ihr die Konsequenz ihrer Behauptung klar wird.

Aber Joe will nicht verstehen. Er schüttelt zweifelnd den Kopf. »Aber wo soll sie denn sein? Wann kommt sie endlich zurück?«

Luisa erkennt, dass er einfach nicht die Kraft aufbringt, die Wahrheit zu akzeptieren. Er klammert sich verzweifelt an seine Hoffnung, dass Myrna nur eine Auszeit braucht. Und solange er nicht weiß, was wirklich passiert ist, wird er keine Ruhe finden.

»Kannst du denn nicht herausfinden, wo ihre Freundin, also diese ehemalige Kollegin jetzt ist? Die weiß bestimmt mehr als wir. Mit irgendjemandem muss Myrna doch gesprochen haben. Vielleicht ist Myrna sogar bei ihr?« Er sieht sie hoffnungsvoll an und Luisa nickt mutlos.

»Ich werde versuchen, sie zu finden. Ich frage mal die Verkäuferinnen, bestimmt hat sie erzählt, wo sie hin wollte.« Das wird sie wirklich tun. Gleich morgen!

Auf dem Rückweg sieht sie zum Strand hinunter auf die grell gestrichene blau-gelbe Bude, aus der Andy seine Bratwürste und Pommes verkauft. Sie glaubt, das Fett bis hier herauf zu riechen.

Joes Gesicht hat sich noch mehr verfinstert.

Luisa registriert den kurzen, bösen Blick hinunter. »Trinken wir noch einen Kaffee zusammen?«, fragt sie. »Oder musst du nach Hause?«

Er sieht auf die Uhr. »Mein Kumpel kommt wieder gegen halb zwei, ich habe also noch genügend Zeit, um dich zum Essen einzuladen. Wollen wir wieder ins Brauhaus? Oder lass uns im Alex Kutterscholle essen, die ist richtig lecker.«

»Joe, du musst wirklich nicht …«

»Ach komm, leiste einem alten Krüppel noch ein wenig Gesellschaft! Ich kriege ja kaum noch Besuch zu Hause. Und ich habe auch keine Lust, für mich allein zu kochen, und vor allem, allein zu essen.«

»Na dann, wenn ich dir damit einen Gefallen tue …« Sie weiß genau, dass sie schon wieder dünner geworden ist und dass Joe es bemerkt, aber nichts dazu gesagt hat. ›Er wird Myrna immer ähnlicher‹, denkt sie wehmütig.

Es ist noch etwas zu früh zum Essen und Luisa schiebt ihren Schwager durch die Friedenstraße, die Geschäftsstraße von Heringsdorf. Vor fast allen Läden sind Stufen, der Ort ist nicht gerade behindertenfreundlich, stellen sie fest. Aber das macht Joe nichts aus, er will ohnehin nur ein wenig gucken, etwas Abwechslung zu seinem Dorf haben. Nur vor dem Buchladen bleiben sie stehen. »Ich habe im Moment gar nichts mehr zu lesen«, fällt ihm ein. »Ob du mir ein oder zwei Bücher kaufen könntest? Am liebsten etwas Historisches oder einen dieser Regionalkrimis.«

Während er nach seinem Geld sucht, kommt die Buchhändlerin aus dem Laden. Sie kennt Joe und begrüßt ihn freundlich. »Kann ich helfen?«

Joe erklärt ihr, was er möchte.

»Ich habe da gerade einen Krimi gelesen, in dem Fritz Reuter der Ermittler ist«, schlägt sie vor. »Da haben Sie beides in einem, Historisches und Krimi.«

Sie holt das Buch und noch einige andere. Während Joe darin blättert, blickt Luisa sich unruhig um. Sie befürchtet immer noch, dass sie jemand erkennt, aus ihrem Dorf zum Beispiel. Vor allem, wenn man sie mit Joe zusammen sieht.

»Guten Tag, Frau Gorki«, grüßt eine junge, sehr stark geschminkte Frau, als sie an den dreien vorbeigeht. Joe senkt seinen Kopf noch etwas tiefer, damit man sein Lachen nicht sieht, auch die Buchhändlerin dreht sich nach einem kurzen Nicken schnell weg.

»Sie heißen doch nicht wirklich Gorki, oder?«, fragt Luisa erstaunt.

»Nein, die Buchhandlung heißt ›Maxim Gorki‹. Aber von dem hat die Dame vermutlich noch nie etwas gehört.«

»Großer Gott!«, murmelt Luisa und schüttelt den Kopf.

Joe hat sich mehrere Bücher gekauft und freut sich auf einen gemütlichen Leseabend. Aber jetzt studiert er erst einmal die Speisekarte. Wie erwartet, entscheidet er sich für Fisch, Luisa zieht ein Schnitzel vor. Es ist eine Riesenportion, sie schafft kaum die Hälfte und lässt sich den Rest einpacken. Auf Joes erstaunten Blick erzählt sie von der Katze und hätte sich fast versprochen, als sie berichtet, wie das Tier ihr gefolgt ist. »Die Bekanntschaft habe ich übrigens Andy zu verdanken«, sagt sie dann schnell, um ihn abzulenken, obwohl sie über den doch eigentlich gar nicht sprechen wollte.

Aber Joe macht gar kein Geheimnis aus dem Verhältnis zu seinem Sohn, er redet nur nicht gern über ihn. Das kann Luisa durchaus nachvollziehen, sie hört ihm die Enttäuschung an. Die beiden hatten nie eine enge Beziehung.

Für Andys Mutter war Joe eigentlich nur ein Fehltritt, sie strebte eine Karriere an als Model oder Schauspielerin, so genau wusste sie das nicht, nur dass sie ihr gutes Aussehen irgendwie nutzen wollte. Daraus wurde nichts, da sie keinerlei Talent besaß und ihr Ehrgeiz auch nicht besonders ausgeprägt war. Der reichte jedoch aus, um sich einen wohlhabenden Unternehmer zu angeln. Mit dem ging sie nach München und eroberte sich dort mit viel Geschick einen Platz in der obersten Gesellschaftsschicht. Andy, dem sie ohnehin die Schuld gab am Scheitern ihrer Showbusinesskarriere, blieb vorerst bei ihren Eltern in Ahlbeck. Einmal holte sie ihn nach Bayern, aber das ging gar nicht. Er war von den Großeltern mehr ver- als erzogen worden, fühlte sich als Fremdkörper zwischen diesen Leuten und blamierte seine Mutter durch sein zum Teil absichtlich schlechtes Benehmen. Alle Beteiligten waren froh, als er wieder auf die Insel zurückkehrte.

Auf Andy hatte dieser Abstecher in die Münchener Schickeria allerdings einen nachhaltigen Eindruck hinterlassen. Er war damals erst zwölf Jahre alt, aber er hatte einen Eindruck gewonnen, wie es ist, viel Geld zu besitzen. Nicht etwa der Luxus hatte ihm imponiert, die teuren Autos, die utopischen Summen, die sein Stiefvater für Restaurantbesuche zahlte, sondern das Auftreten dieser Leute. Wie absolut selbstverständlich sie für sich selbst nur das Beste beanspruchten und wie herablassend sie sich allen anderen gegenüber verhielten – das beobachtete er fasziniert, genau so wollte er werden. Nicht zu denen gehören, sondern möglichst noch reicher, noch mächtiger sein. Und dann seiner Mutter und seinem Stiefvater gegenüber treten und sie genauso von oben herab behandeln, wie sie es mit ihm getan hatten.

Joe hatte von diesem Traum geahnt, als der Junge ihm damals von seinem Besuch in München berichtet hatte. Erst jetzt, als er Luisa davon erzählt, kommt ihm der Verdacht, dass Andy immer noch daran hängt. »Irgendwann, als wir über seine Mutter und deren Mann gesprochen haben, hat Andy mal gesagt: ›Denen werde ich es schon noch zeigen!‹ Aber das ist schon ewig her«, überlegt er. »Da war er noch ein Kind. Meinst du, er hat das noch nicht vergessen? Oder warum ist er so … ja, ich weiß auch nicht.«

»… wütend«, hilft Luisa aus. ›Böse‹, schluckt sie hinunter. »Hat er nicht mal eine Kochlehre begonnen?«, fällt ihr ein.

»Er hat die Lehre sogar abgeschlossen. Aber für einen richtig guten Job in dieser Branche hat seine Geduld dann doch nicht gereicht. Weißt du, Koch ist ein toller Beruf, wenn einer Spaß daran hat, kreativ ist, aber vor allem, wenn er eine Stelle findet, wo er das ausleben kann. Jungkoch in einem großen Hotel ist einfach nur Schufterei. Schwere Arbeit, Überstunden ohne Ende, kein Wochenende, kein Feiertag und wenig Geld. Oft genug noch einen hysterischen Küchenchef, der nur herumbrüllt. Da muss man erst einmal durch. Das hat Andy nicht geschafft. Er wollte sich selbstständig machen, will er vielleicht immer noch. Na ja, nun steht er erst mal in seiner Würstchenbude. Dass ihn das nicht glücklich macht, lässt sich denken.«

»Warum redet ihr eigentlich nicht miteinander? Also, ich meine, Freunde macht er sich wohl kaum bei seinem Benehmen, aber du bist sein Vater. Und du verstehst ihn doch. Vielleicht bist du der Einzige, der ihn versteht. Hat er eigentlich eine Freundin? Ich hab ihn noch nie mit einem Mädchen gesehen.«

Joe rührt in seiner Kaffeetasse, blickt auf die Uhr, dann aus dem Fenster, legt dann den Kaffeelöffel auf die Untertasse und lehnt sich zurück. »Also gut. Ich wollte es dir eigentlich nicht erzählen. Ich weiß, du konntest Andy noch nie leiden. Ebenso wie Myrna. Und wahrscheinlich habt ihr recht, er ist wirklich ein mieser Typ. Traurig, wenn man das von seinem eigenen Sohn sagen muss. Er hat da Ideen für ein Restaurant, irgendwas Ausgefallenes, er hält sich anscheinend für einen großartigen Koch und meint, der Erfolg ist ihm sicher, wenn er nur das nötige Startkapital bekommt. Die Bank hat ihm natürlich was gehustet, deshalb ist er zu mir gekommen. Ich sehe das aber genauso, wie die. Seine Ideen sind bei Weitem nicht so großartig, wie er meint, vor allem nicht so neu und ihm fehlt die nötige Erfahrung. Von Geschäftsführung hat er überhaupt keine Ahnung. So blauäugig, wie der daran geht, würde er garantiert in wenigen Monaten auf die Schnauze fallen. Außerdem hatten wir gar nicht so viel Geld, wie er haben wollte. Na ja, Myrna hat ihm das genauso gesagt. Mir hat er übel genommen, dass ich überhaupt mit meiner Frau darüber gesprochen habe. Er dachte wohl, ich mache das hinter ihrem Rücken.« Er schüttelt den Kopf. »Selbst wenn ich das gewollt hätte – was ich nicht habe«, fügt er schnell hinzu, »du weißt ja, wer bei uns die ganzen Finanzen in der Hand hatte.«

»Ja klar«, nickt Luisa, »Myrna konnte schon immer gut mit Geld umgehen.«

»Ja.« Joe sieht wieder aus dem Fenster zum Taxistand hinüber, als hoffe er, dass sein Kumpel kommt. Dann entschließt er sich aber doch zum Weiterreden. »Ein paar Tage, bevor du zurückgekommen bist, war Andy bei mir.« Er lacht bitter auf. »Ich habe mich sogar gefreut im ersten Moment. Ich dachte doch tatsächlich, er wollte mir Hilfe anbieten, ich Trottel. Er fing dann auch mit dieser Mitleidstour an, dass ich doch allein gar nicht zurechtkäme und wie gemein es von Myrna sei, mich im Stich zu lassen. Kurz und gut, es lief darauf hinaus, dass ich in dem Haus nicht bleiben kann. Ich sollte es verkaufen.«

Luisa sieht ihren Schwager entsetzt an. »Das hat der dir gesagt? Das ist doch eine Unverschämtheit! Wie kommt der dazu?«

»Na ja, er hat das schon begründet. Ich könnte auf dem Grundstück und im Haus nichts mehr machen, ich komme ja nicht mal die Treppe hoch. Autofahren kann ich auch nicht, Taxi wäre auf Dauer ja wohl doch zu teuer. ›Myrna kommt nicht wieder, finde dich damit ab‹, hat er mir eiskalt ins Gesicht gesagt.«

»Woher will der das wissen?«, braust Luisa auf.

»Das habe ich ihn auch gefragt. Er meinte dann, warum sollte sie zurückkommen, um einen Krüppel zu pflegen.

Ich soll das Haus verkaufen und in ein Pflegeheim gehen. Da würde er mich dann auch immer mal besuchen.«

Sein Versuch, zu grinsen, treibt Luisa die Tränen in die Augen. Schnell wendet sie sich ab. Mitleid ist wirklich das Letzte, was Joe jetzt braucht. Sie schluckt. »Allerdings hätte er dann auch nichts davon«, wendet sie ein. »Das Pflegeheim ist nämlich nicht ganz billig, da wäre das Geld irgendwann weg.«

»Ich weiß nicht, ob er soweit überhaupt gedacht hat. Erst einmal sollte ich natürlich sein Restaurant finanzieren. Er war oder ist ja auch überzeugt, das Geld wäre dort gut angelegt.«

Sie schweigen beide. Joe trinkt seinen Kaffee aus, der schon inzwischen kalt geworden ist. Luisa muss das Gehörte erst einmal verarbeiten.

»Na, der wird begeistert sein, wenn er erfährt, dass ich noch lebe«, fällt ihr dann ein. »Vielleicht solltest du es ihm erzählen. Wir können ja behaupten, dass mir das Haus noch zur Hälfte gehört.« In Wahrheit hat sich Luisa ihren Anteil am Elternhaus von Myrna auszahlen lassen, um das neue Haus auf dem Grundstück zu bauen. Aber das muss Andy ja nicht wissen.

Joe scheint direkt erschrocken. »Nein, bitte! Gib dich erst mal nicht zu erkennen, vor allem nicht Andy gegenüber. Das Beste ist überhaupt, wenn du endlich nach Hause kommst.«

»Dein Taxi …«, unterbricht Luisa ihn und geht nicht weiter auf seine Bemerkung ein.

25

Da ist er wieder! Oder sie? Maja Vogelsang bleibt stehen und sieht der dürren Gestalt nach, die sich am Eingang der Seebrücke vorbei in Richtung Sportplatz bewegt. Die offensichtlich billigen Jeans flattern um die dünnen Beine, die Hände stecken tief in den Taschen des schwarzen Anoraks. Eine Kapuze verbirgt die Haare und einen Teil des Gesichtes. Maja hat diesen Menschen schon öfter hier gesehen, ist aber noch immer nicht dahintergekommen, ob es sich um einen Mann oder eine Frau handelt. Einmal konnte sie die Schuhe sehen, die manchmal bezeichnend sind, aber nicht diese einfachen Turnschuhe. Sie beobachtet jetzt die weitausgreifenden Schritte und beschließt, dass es ein Mann sein muss. Bisher hat sie ihn immer nur am Abend gesehen, oder am späten Nachmittag, jedenfalls wenn es dunkel wurde. Die Geschäfte scheinen ihn wenig zu interessieren, in den Passagen hält er sich kaum auf, geht nur manchmal schnell hindurch. Aber er steht oft am Anfang des Steges und sieht zum Strand hinunter, oder er läuft am Strand unter der Seebrücke und zwischen den Dünen umher. Manchmal bleibt er stehen und sieht sich um, als suche er etwas.

Maja ist die Person unheimlich. War er es, den sie schon zweimal auf ihrem Weg zur Toilette unter der Seebrücke gehört hat? Was schleicht er hier herum? Isolde hat auch von einer mysteriösen Gestalt erzählt, die sie da unten gehört oder gesehen hat. Sie müsste sie noch einmal fragen. Vielleicht hat auch jemand anderes die Person beobachtet und kennt sie, oder weiß wenigstens, ob es wirklich ein Mann oder doch eine Frau ist.

In ihrer Fantasie ist es ein Mann mit finsterer Miene und stechendem Blick, der sich hier versteckt hält, weil er von der Polizei gesucht wird. Ein Mörder vielleicht, der Ausschau nach einem weiteren potenziellen Opfer hält. Unsinn! Maja schüttelt über sich selbst den Kopf. Sie sollte nicht so

viele Krimis sehen. Wahrscheinlich nur ein harmloser Spaziergänger, der sich, ebenso wie sie selbst, gern an der Seebrücke aufhält. Die meisten Heringsdorfer Gäste und sogar die Einheimischen zieht es hierher, besonders jetzt, in der Vorweihnachtszeit. Vor dem beleuchteten Rentierschlitten stehen fast ständig Leute, die sich fotografieren lassen oder Selfies machen. Aber andererseits ist doch Luisa hier an der Seebrücke ermordet worden und soweit sie weiß, wurde der Mörder nie gefasst. Vielleicht hatte sie den Mann und seinen Unterschlupf zufällig entdeckt und wurde deshalb umgebracht? Was, wenn er sich tatsächlich noch hier versteckt? Im ehemaligen Kino zum Beispiel. Gut, sie hat neulich festgestellt, dass die Eisentür abgeschlossen war. Aber es gibt noch eine Tür, fällt ihr ein, der frühere Eingang lag an der anderen Seite, da wo heute die Boutique ist. Vielleicht ist die offen. Oder der Verbrecher hat einen Schlüssel …

Kurz entschlossen geht sie in die Passage und dann die Treppe hinunter. Vor dem Laden, wo die Ware ausgestellt ist, sieht sie sich kurz um. Niemand achtet auf sie.

Es sind keine Kunden da und die Verkäuferin ist mit ihrem Smartphone beschäftigt und dreht ihr den Rücken zu. Gut. Schnell tritt sie an die Tür und drückt die Klinke hinunter. Abgeschlossen, schade!

»Was suchen Sie denn da?« Die Stimme des Hausmeisters schallt in dem gefliesten Raum.

»Ich – ich wollte nur«, stottert Maja, »na, ich bin eben neugierig. Früher war ich oft hier im Kino und ich wollte mal sehen, was da jetzt drin ist.«

»Was soll da drin sein? Genau dasselbe wie vorher. Wir geben ja die Hoffnung nicht auf, dass noch mal einer kommt und das Kino wieder aufmacht.«

»Tatsächlich? Die Sessel und die Leinwand, das ist alles noch da?«

Er nickt und sie zögert einen Moment. Der Mann sieht freundlich aus. »Sagen Sie mal, kann es sein, dass sich jemand da drin versteckt? Ich dachte letztens, ich hätte gesehen, wie sich die Tür bewegt.«

»Da haben Sie wohl Gespenster gesehen.« Er lacht und zeigt ihr sein Schlüsselbund. »Hier, da ist der einzige Schlüssel dran, den es hier gibt. Der andere ist in Hamburg beim Chef. Und ich habe meine Schlüssel immer bei mir.«

»Und die Tür wird nie geöffnet?«

»Hin und wieder lüfte ich mal, die Bestuhlung soll ja nicht schimmeln. Aber der Strom ist abgestellt, das ist stockdunkel da drin.«

»Aha, na, dann habe ich mich wohl geirrt.« Maja nickt dem Mann freundlich zu und geht.

Im Vorraum bleibt sie stehen und betrachtet das Bild der alten Seebrücke, das dort aushängt. Über die Schulter beobachtet sie, wie der Hausmeister den Kinosaal öffnet, hineingeht, gleich wieder herauskommt und die Tür sorgfältig abschließt. Trotzdem scheint es ihr weiterhin außerordentlich naheliegend, dass sich darin ein Mörder versteckt, besonders, weil der Strom abgestellt ist.

Maja geht wieder hinaus und außen um die Seebrücke herum. Schade, Isoldes Auto steht nicht da. Sie hätte sich gern mit ihr über das alte Kino und ihre Vermutungen unterhalten. Durch die Glasscheibe sieht sie Valentin auf seinem Stammplatz sitzen. Er ist heute allein, aber seine Miene wirkt so verschlossen, beinahe abweisend, dass sie zögert, zu ihm zu gehen. Seltsam, obwohl sie schon so oft mit ihm gesprochen hat und er immer freundlich ist, verspürt sie eine gewisse Scheu ihm gegenüber. Er redet viel und gern, er macht Scherze und lacht, aber das alles wirkt routiniert, nicht wirklich echt. Es bleibt immer eine ungewisse, aber spürbare Distanz zwischen ihm und seinen Gesprächspartnern. Oder empfindet nur sie das so? Isolde gegenüber wirkt er offener, sie scheint er besonders zu mögen. Am natürlichsten ist Valentin, wenn er über seine Leidenschaft, die Geschichte des Seebades Heringsdorf spricht. Dann gibt er seine Zurückhaltung auf. Maja überlegt kurz, ob sie lieber nach Hause gehen sollte. Es liegt noch ein langer Nachmittag vor ihr, aber zum Fernsehen hat sie tagsüber gar keine Lust. ›Was soll's‹, denkt sie sich, und geht in das Café.

»Fühlst du dich auch manchmal so einsam?«, fragt sie den Mann aus diesen Gedanken heraus, als sie seiner freundlichen Einladung gefolgt ist und neben ihm am Cafétisch sitzt.

»Besonders jetzt im Winter habe ich zu Hause das Gefühl, mir fällt die Decke auf den Kopf. Ich kann einfach nicht lange allein sein.« Valentin reibt seine große Nase und sieht sie nachdenklich an. »Eigentlich habe ich kein Problem damit. Ich sage mir, ich bin mit mir allein in bester Gesellschaft. Ich mag mich. Ich bin intelligent, gebildet, humorvoll und niemals streitsüchtig. Was will man mehr?« Er lacht. »Im Ernst, Maja, du musst dich selbst mögen, dann kommst du auch allein ganz gut zurecht. Aber es ist natürlich besser, sich mit anderen zu unterhalten«, fügt er hinzu, als sie ihn zweifelnd ansieht. »Deswegen bin ich ja auch meistens hier.«

Sie nickt. »Übrigens«, fällt ihr ein, »ich habe mir da unten gerade die Bilder der alten Seebrücke angesehen. Die sah ja wirklich toll aus. Es heißt, sie war die schönste Seebrücke Deutschlands. Das habe ich mal von einem Reiseleiter gehört. Sagst du das deinen Gästen auch?«

»Ich hab es nicht so mit den Superlativen«, antwortet er beinahe unfreundlich. »Wer will das schon beurteilen. Ich halte mich lieber an Zahlen und Fakten.« Er steht auf. »Ich hole mir noch eine Tasse Kaffee. Soll ich dir was mitbringen?«

»Nein, danke, lass mal!« Nachdenklich beobachtet sie, wie er sich anstellt und dann seinen Kaffee bezahlt. Das war jetzt schon das zweite Mal, dass er auf eine Frage nach der alten Seebrücke so schnell das Thema gewechselt hat. Seltsam, sonst spricht er so gern über das alte Heringsdorf. Beinahe zu jedem Haus kann er eine Geschichte erzählen, über die Erbauer, die ehemaligen Besitzer oder deren Gäste. Aber ausgerechnet über das Wahrzeichen des Seebades mag er nicht reden. Auch in seiner umfangreichen Sammlung historischer Ansichten gibt es kein Bild dieses wunderschönen hölzernen Gebäudes mit der durch

Schnitzereien reich verzierten Fassade und den spitzen Türmchen. Was für ein Geheimnis verbirgt Valentin? Majas Neugier ist geweckt, aber sie wird ihn mit Sicherheit nicht fragen, das traut sie sich dann doch nicht.

26

Luisa wollte gerade in das Café treten und entdeckt Valentin, wie er in der Schlange vor der Kasse wartet. Soll sie ihn überraschen und sich an seinen Stammplatz setzen, fragt sie sich in dem Moment, als sie dort Maja gesehen hat. Schnell hat sie sich umgedreht. Bisher ist es ihr gelungen, der älteren Frau aus dem Weg zu gehen. Sie glaubt zwar nicht, dass sie von ihr erkannt wurde, befürchtet aber, dass Maja Vogelsang sie beobachtet und über ihre Identität nachdenkt. Das hat sie schon im August gespürt, als sie die Verkäuferin zuerst gesehen hat und auch im Herbst hat sie noch einmal die forschenden Blicke bemerkt. Natürlich hat sie ihr Aussehen völlig verändert, aber die ehemalige Nachbarin könnte sie an der Stimme, dem Gang oder irgendeiner Bewegung erkennen. Es wäre keine Katastrophe, sie hat sich mit Maja immer gut verstanden und könnte sie einfach um Stillschweigen bitten, aber es muss ja nicht sein. Je weniger Menschen wissen, dass sie noch lebt, umso besser ist es im Moment.

Sie geht hinaus auf den Steg und bleibt an das Geländer gelehnt stehen. Sie betrachtet die Pfähle im Wasser, auf denen Möwen und Kormorane sitzen. Das ist alles, was von der einstmals schönsten Seebrücke übrig geblieben ist. Genau wie Maja gerade, denkt auch Luisa an die alten Fotografien im Untergeschoss, die die historische Gesellschaft dort ausstellt. Jeden Abend, bevor sie ihren Unterschlupf betritt, steht sie davor. Von dort kann sie am besten feststellen, ob niemand da ist, der sie beim Öffnen der blauen Eisentür beobachtet. Dadurch hat sie sich die Bilder schon häufig angesehen und auch die Texte dazu mehrmals gelesen. Ihr Blick schweift weiter über die Ostsee. Der Regen hat gerade eine Pause eingelegt, zwischen den dicken Wolken blitzt einmal kurz die Sonne hervor und spiegelt sich im glatten Wasser.

Hinter der Bansiner Seebrücke beginnt die Steilküste. Dort war sie mit Myrna und Joe, später auch mit Robin,

oft am Strand. Es ist ein ruhiger Abschnitt unterhalb des ausgedehnten Buchenwaldes, dort stehen keine Strandkörbe, man hat viel Platz. Mit dem Auto kann man an diesen Strand nicht heranfahren und die meisten Leute sind zu faul, so weit zu laufen. Myrna und Luisa mochten es, sich ungestört von Gaffern oder lärmenden Kindern zu sonnen. Joe hat manchmal gemault, er hätte lieber an einem belebten Strandabschnitt Volleyball gespielt, hat sich aber den Frauen gefügt. Luisa hatte ihn in Verdacht, dass es ihm hier sogar besser gefiel, weil keine fremden Männer da waren, die seine schöne Frau im Bikini sehen könnten.

Sehnsüchtig denkt Luisa an die heißen, trägen Sommertage. An den Wochenenden sind sie schon morgens, gleich nach dem Frühstück nach Bansin gefahren. Dort haben sie das Auto geparkt und sind dann am Strand entlanggegangen, bis sie ein schönes, einsames Plätzchen fanden. Sie sieht sich noch mit Myrna vorauslaufen, mit den Füßen durch das flache Wasser, lachend, sich gegenseitig und Joe, der das ganze Gepäck schleppte, nass spritzend. Sie schlugen ihr Lager dicht an der Steilküste auf, dort, wo der Abhang zur Mittagszeit Schatten spendet. Hinter ihrem Windschutz konnten sich auch die Frauen oben ohne sonnen, ohne von den Spaziergängern gesehen zu werden. Es hätte wohl ohnehin niemanden gestört, ein paar hundert Meter weiter, am Zeltplatz, begann der offizielle FKK-Strand. Luisa erinnert sich wehmütig an die friedlich dahinplätschernden Gespräche, an den Sand überall – in den Haaren, zwischen den Zehen und im Mund, wenn man die mitgebrachten Brote aß und sie mit lauwarmen Getränken hinunterspülte. Der Geruch nach Sommer: Salzwasser und Sonnenöl. Die kreischende Myrna, wie Joe sie einfach packte und über den ganzen Strand hinweg ins Wasser trug. Was für ein schönes Paar die beiden waren – sie schlank und zierlich, im roten Bikini, mit ausgeblichenem blondem Haar, und der große kräftige Mann, braungebrannt, muskulös, voller Glück und Lebensfreude und immer noch so verliebt in seine Frau. Er war so vital, trieb ständig Sport: Schwimmen, Surfen, Laufen, Fußball, Volleyball, Kraftsport, in jedem Winter fuhr er zum Skilaufen nach Tschechien. Und nun hat er alles, was sein Leben ausmachte, verloren. Eigentlich erstaunlich, denkt Luisa, dass er noch so ruhig und freundlich, ja, überhaupt so normal ist. Er muss doch in ein tiefes Loch gefallen und völlig verbittert sein. Wenn wenigstens Myrna noch bei ihm wäre. Vielleicht ist die Hoffnung, dass sie wiederkommt, das Einzige, was ihn noch am Leben hält.

Luisa seufzt. Sie wendet den Blick nach links. Der Kirchturm ragt schlank wie ein Minarett über der Silhouette des Ortes. Darunter das wunderschöne *Seeschloss*, originalgetreu restauriert mit seinen Säulen und dem Türmchen. Wer vor hundert Jahren dort logierte, war reich oder berühmt, oder beides. Auch jetzt sind es nicht die Ärmsten, die dort eine Ferienwohnung mieten.

Luisa sieht hinunter zum Strand. Da ist die dünne Frau ja wieder, mit dem schwarzen Anorak, dessen Kapuze sie immer so tief ins Gesicht zieht. Oder ist das ein Mann? Nein. Ihrem Gefühl nach ist es eine Frau, die jetzt unter dem Steg verschwindet. Einmal hätte sie Luisa beinahe erwischt, als die ihr Nachtlager aufsuchen wollte. Sie war so leise die Treppe hinuntergekommen, dass Luisa sie erst im letzten Moment bemerkte und sich gerade noch von der Eisentür entfernen und in einem Winkel verstecken konnte. Warum schlich die hier dauernd herum? Es sah aus, als würde sie etwas suchen, ihr Blick war ständig zu Boden gerichtet.

Langsam geht Luisa weiter. Der Regen hat wieder eingesetzt und sie zieht ihre Kapuze über den Kopf. Als sie in die Passage der Mittelplattform tritt, nimmt sie sie ab und schüttelt sich ein wenig. Hier drinnen ist es schön warm. Sie sieht die Verkäuferin, mit der sie über Myrna gesprochen hat und ihr fällt ein, dass sie ihr einen Kaffee versprochen hat.

»Tut mir leid, dass ich keinen Kaffee mitgebracht habe«, entschuldigt sie sich. »Aber bei dem Regen …«

»Das macht doch nichts!« Die Frau lächelt freundlich. »Wir können uns hier auch Getränke aufbrühen, ich habe gerade einen Tee getrunken.«

Sie unterhalten sich eine Weile über das Wetter, die Gäste, Luisa sieht sich die Waren an und denkt laut darüber nach, sich eine warme Mütze zu kaufen. »Aber es ist ja nicht kalt, ich warte lieber noch«, erklärt sie dann. »Vielleicht gibt es in diesem Jahr gar keinen Winter.«

Während sie noch überlegt, wie sie das Gespräch auf Myrna bringen kann, kommt die Verkäuferin selbst auf das Thema. »Ich habe Sie mit ihrem Bruder gesehen, in der Friedenstraße. Sie haben Bücher gekauft.«

»Ja, das war wirklich nett von der Inhaberin, dass sie rausgekommen ist und uns geholfen hat. Es ist alles sehr schwer, wenn man im Rollstuhl sitzt.« Sie seufzt, etwas übertrieben, aber die Frau blickt sie mitleidig an. »Wenn er wenigstens wüsste, was mit Myrna passiert ist«, fährt Luisa fort. »Das ist seine größte Sorge: dass sie sich was angetan hat.«

Die Verkäuferin überlegt einen Moment, aber dann atmet sie einmal tief und beugt sich über den Ladentisch. »Bitte«, sagt sie beinahe flehend, »Sie dürfen nicht darüber reden, sonst kommt mein Mann in Teufels Küche! Ich spreche sonst nie mit jemandem über das, was er mir von seinem Dienst erzählt, wirklich nicht. Sagen sie es nur ihrem Bruder, damit er sich keine Sorgen mehr macht. Aber er muss es auch unbedingt für sich behalten.«

Luisa ist verwirrt. Wovon redet die Frau? Was hat Myrna mit ihrem Mann zu tun? Von was für einem Dienst spricht sie? Ist er vielleicht beim Wachschutz hier auf der Brücke und hat etwas gesehen?

Als die Verkäuferin weiterspricht, genauer gesagt, flüstert, erfährt sie, dass deren Mann Polizist ist. Anscheinend hat sie vorausgesetzt, dass Luisa das wüsste. Vielleicht hat sie es schon einmal erwähnt und Luisa hat es einfach überhört. Nein, das ist unwahrscheinlich. Die Frau ist nur sehr aufgeregt. Sie weiß ganz genau, dass sie nicht darüber reden darf und sie ist sicher keine Klatschtante. Aber sie hat so ein Mitleid mit Joe, vielleicht auch mit dessen Schwester, als die Luisa sich ausgibt, dass sie ihre eiserne Regel bricht. Sie erzählt, dass die Polizei überzeugt ist, dass Myrna sich in Hamburg aufhält. Ihr Auto wurde dort gesehen und sie hat Geld von ihrem Konto abgehoben. Auch das Handy wurde einmal kurz geortet, aber dann war es abgeschaltet.

»Aber warum sollen sie sie auch suchen, sie hat doch nichts verbrochen. Sie kann sich aufhalten, wo sie will, das ist ihre Privatsache. Es gibt auch keine offizielle Vermisstenanzeige. Nur durch Luisas mysteriöses Verschwinden hat die Polizei erfahren, dass auch Myrna weg ist.«

»Was spricht denn dagegen, dass die beiden zusammen in Hamburg sind?«

»Luisa war doch glücklich verheiratet und vor allem hatte sie ein neugeborenes Kind. Da haut man doch nicht einfach ab. Oder trauen Sie Luisa das zu? Sie müssen sie doch gekannt haben.«

»Na ja, nicht so gut. Ich weiß nur, dass sie ständig mit Myrna zusammenhing. Hat man denn nicht versucht, Myrna zum Verschwinden ihrer Schwester zu befragen? Die könnte doch etwas darüber wissen. Vielleicht hat ihre Flucht sogar mit dem Mord zu tun.«

»Ja, da haben Sie recht«, die Frau zuckt unsicher mit den Schultern, »aber so genau weiß ich das auch nicht. Ich glaube, mein Mann hat gesagt, sie hätten sie noch nicht gefunden. Aber das ist auch schon eine Weile her. Vielleicht haben sie ja inzwischen mit ihr gesprochen.«

Zwei Kunden sind in den Laden gekommen. Es dauert eine Weile, bis die Verkäuferin sie beraten hat, sie probieren verschiedene Jacken an, kaufen dann aber doch nichts. Luisa sieht hinaus auf den Strand und denkt über das Gehörte nach. Da hat sie wirklich Glück gehabt, an diese Frau zu geraten, die anscheinend bestens informiert ist.

»Joe hat mir erzählt, dass Luisa ermordet wurde«, lenkt sie das Gespräch vorsichtig, als die beiden wieder allein im Laden sind. »Ich verstehe nur nicht, weshalb die Polizei da so sicher ist. Es wurde doch weder die Leiche noch der Mörder gefunden, oder?«

»Nein, aber sie hat nichts mitgenommen. Kein Geld, keine Papiere, keine Kleidung. Und ihr Handy wurde hier am Strand gefunden.«

»Ach?« Luisa ist überrascht. Hat sie ihr Handy nicht zu Hause im Schlafzimmer liegengelassen?

»Ja, deswegen haben sie Boote untersucht und festgestellt, dass ein Boot nachts auf dem Wasser war. Darin waren irgendwelche Spuren und Leichengeruch. Die haben Hunde, die so etwas riechen. Autospuren wurden auch gefunden, aber im Strandsand bringt das natürlich nicht viel.«

»Nein. – Wird denn überhaupt noch nach dem Mörder gesucht?«

»Das weiß ich nicht. Mein Mann hat schon lange nicht mehr darüber gesprochen. Aber er hat ja auch nicht so direkt damit zu tun, er ist hier in der Dienststelle in Heringsdorf. Da kümmern sich ja wohl die Anklamer Kripo drum.«

»Ja klar. Aber wenn sie etwas finden, werden sie bestimmt Luisas Mann Robin benachrichtigen. Dann erfahre ich es ja.« Sie lächelt die Verkäuferin freundlich an. »Ich komme dann her und erzähle es Ihnen. Und machen sie sich keine Sorgen, ich rede mit niemandem über das, was sie mir gesagt haben. Das war wirklich nett von Ih-nen! Jetzt kann ich Joe bestimmt davon überzeugen, dass Myrna in Hamburg ist und es ihr gut geht. Vielleicht meldet sie sich ja bald mal bei ihm.«

Auf dem Rückweg über die Brücke überlegt Luisa, wie ihr Handy an den Heringsdorfer Strand gekommen sein kann. Wenn sie es nicht im Haus gelassen hat, dann im Auto. Ja, das ist eigentlich das Wahrscheinlichste. Sie erinnert sich dunkel, dass sie es mitnehmen wollte und kurz danach gesucht hat. Also lag es sicher nicht auf dem Nachttisch oder der Flurgarderobe, den üblichen Stellen. Aber egal, warum es hier am Strand gefunden wurde, das ist ein weiteres Indiz, oder sogar der Beweis, dass die Leiche, die hier in die Ostsee gebracht wurde, nur Myrna sein konnte.

Durch die Glastür der Eingangspassage sieht sie Isolde, die ihr fröhlich schwatzend mit zwei alten Frauen entgegenkommt. Schnell geht sie nach rechts und verlässt die Seebrücke. Sie muss jetzt allein sein, die tiefe schwarze Trauer wegatmen und nachdenken.

27

Nachdem sie gestern Abend lange nicht einschlafen konnte, hat Luisa sich heute erst spät aus ihrem Unterschlupf geschlichen. Sie ist froh, den kleinen getigerten Kater bei sich zu haben. Der schleicht jeden Abend unter der Seebrücke herum, bis Luisa kommt und dann kriegt er sein Futter, das sie immer besorgt, und schlüpft danach mit ihr durch die blaue Eisentür in ihr gemeinsames Nachtquartier. Morgens verschwindet er, wer weiß wohin. Es baut Luisa auf, sein seidiges Fell zu streicheln und sein leises Schnurren dicht an ihrem Ohr zu hören. Sie fühlt sich dann nicht ganz so einsam.

Weder Tannengrün noch Rentierschlitten, nicht einmal die leise Musik lassen Weihnachtsgefühle aufkommen. Die Luft ist frühlingshaft warm, zwölf Grad Celsius hat Luisa auf der Anzeigetafel gelesen. Die Gläser von Myrnas Brille, die Luisa jetzt ständig trägt, färben sich in der Sonne dunkel. Ihren Kaffee hat sie sich heute in einem Pappbecher geben lassen und trinkt ihn draußen. Dazu knabbert sie an einem trockenen Brötchen. Langsam schlendert sie auf der Promenade entlang in Richtung Ahlbeck. Hin und wieder bleibt sie vor einem der Häuser stehen und betrachtet die Fassaden. Valentins Erzählungen haben ihr Interesse an den Villen aus der Gründerzeit des Seebades geweckt.

Auf der Jugendstiluhr vor der Ahlbecker Seebrücke sieht sie, dass es erst kurz nach zwölf Uhr ist. Sie hat noch keine

Lust, zurückzugehen. Auf dem Holzsteg bummelt sie um das Restaurant herum. Sie lächelt, als sie an den Loriot-Film »Pappa ante portas« denkt, dessen Schlussteil hier, an der Rückseite des historischen Gebäudes spielte.

Plötzlich winkt ihr eine Radfahrerin zu. Sie erkennt die Frau erst, als sie näher herankommt. Es ist Myrnas ehemalige Kollegin aus dem Hotel, mit der sie sich in Bansin unterhalten hat. »Hallo, gibt es etwas Neues über Myrna?« Sie steigt von ihrem Fahrrad und gibt Luisa die Hand. »Wis-

sen Sie denn nun, wo sie ist?«

»Nein, leider. Keine Spur.« Ein paar Schrecksekunden vergehen, dann fällt ihr wieder ein, dass sie sich bei dieser Frau als Myrnas Nachbarin ausgegeben hat, was ja nicht einmal gelogen war.

»Der arme Mann …« Die Frau schiebt ihr Rad neben Luisa her, als sie beide langsam weitergehen. »Ich musste oft an die beiden denken, nachdem Sie mir erzählt haben, dass Myrna weg ist. Ich habe es ja schon gesagt, ich hatte den Eindruck, dass die beiden eine sehr glückliche Ehe geführt haben. Aber ich glaube, Joe war auch manchmal sehr eifersüchtig.«

›Und ich glaube: Du bist eine Klatschtante‹, denkt Luisa, aber lächelt freundlich. »Das ist mir eigentlich nie aufgefallen. Hat Myrna das gesagt?«

»Nein, sie hat immer nur gut über ihren Mann gesprochen. Aber ich habe mich an ein Gespräch erinnert. Er hat sie nämlich öfter abgeholt von der Arbeit. Manchmal sind sie dann noch in das Eiscafé gegangen. Und einmal habe ich zufällig am Nebentisch gesessen, da habe ich einen Streit mitbekommen. Ich weiß das noch, weil es so ungewöhnlich war, dass die beiden sich überhaupt gestritten haben. Da ging es um ihre Selbstständigkeit, glaube ich. Myrna hat gesagt, sie will nicht mehr für andere putzen, sie will diesen Laden unbedingt. Und er war wohl irgendwie dagegen, hat was gesagt von ›unter allen Umständen‹ und dann noch so was wie eine Warnung. ›Der Frau bist du nicht gewachsen‹, und die wäre gefährlich – na ja, es klang schon ziemlich beängstigend.«

»Von welcher Frau hat er denn gesprochen?«, fragt Luisa verblüfft.

Verlegen zuckt ihre Begleitung mit den Schultern. »Das weiß ich nicht. Ich habe schon so viel überlegt, aber mehr fällt mir nicht ein. Das muss kurz vor ihrem Unfall gewesen sein, glaube ich. Ich wollte Myrna nämlich noch daraufhin ansprechen, aber dazu bin ich nicht mehr gekommen.«

Sie gehen eine Weile schweigend nebeneinander her.

Dann steigt die Frau wieder auf ihr Fahrrad. »Ich muss dann auch … Ich war nur in Polen Zigaretten holen. Mein Mann wartet schon. Sagen Sie mir bitte Bescheid, wenn Myrna wieder da ist? Sie können mich ja im *Seeschloss* anrufen.«

»Mach ich!« Luisa winkt ihr freundlich nach. Dann fällt ihr ein, sie könnte die Frau nicht einmal anrufen, wenn sie es wollte, sie kennt deren Namen gar nicht. Na egal. Ob das stimmt, was sie erzählt hat? Oder wollte sie sich nur wichtigmachen? Einen Sinn ergibt es jedenfalls nicht. Vielleicht steckt ja eine Erpressung dahinter? Myrna könnte von dem Maler etwas erfahren haben, mit dem sie dessen Frau erpressen konnte. Hätte sie das getan? Vielleicht, wenn sie unbedingt diesen Laden haben wollte …

28

Vor dem Büro der Adler-Reederei, direkt neben Isoldes altem VW-Bus steht ein blau-weißes Polizeiauto. Maja erschrickt. Sie denkt sofort an die Fußbank, die Isolde immer benutzt, um den alten Leuten das Einsteigen zu erleichtern. Wie leicht die mal umkippen kann! Aber dann stünde wohl nicht die Polizei, sondern schlimmstenfalls ein Krankenwagen dort. Oder ist Isolde mal wieder irgendwo gegengefahren? Das passiert ihr öfter. ›Oh Gott, hoffentlich ist niemandem etwas passiert!‹, denkt Maja. Sie geht schneller. Dann sieht sie zu ihrer Erleichterung die uniformierten Männer in dem kleinen Eckladen, in dem die Fahrkarten für die Küstenschifffahrten verkauft werden.

Isolde sitzt mit ihren Schützlingen und Valentin im Cafe. Maja holt sich erst einen Cappuccino, bevor sie sich dazusetzt. »Was ist denn passiert? Ich dachte schon, du hättest einen Unfall, weil die Polizei genau neben deinem Auto steht.«

»Ja. Nur gut, dass ich letzte Woche zum TÜV war, ich hatte schon einen Monat überzogen.«

»Die haben aber bestimmt andere Sorgen«, wirft Valentin ein. »Bei der Adler-Schifffahrt wurde eingebrochen.«

»Das dachte ich mir schon.« Maja schüttelt den Kopf. »Ich denke, hier auf der Seebrücke gibt es einen Wachschutz, der regelmäßige Kontrollgänge macht.«

»Ja, aber ›regelmäßig‹ wird wohl das Problem sein. Die Einbrecher warten einfach, bis die vorbei sind und ein Stück weg, vielleicht hinten auf der Brücke und dann brechen sie die Tür auf oder was weiß ich. Geht doch schnell, die haben ja inzwischen Übung.«

»Stimmt«, fällt Maja ein, »erst vergangene Woche wurde doch in der Boutique da oben eingebrochen. Aber da haben sie Klamotten geklaut. Was ist denn in so einem Büro zu holen? Die werden doch kein Bargeld da drin haben,

oder? Zumal die Schiffe zurzeit ja gar nicht fahren.«

Darauf weiß niemand eine Antwort. Das Gespräch plätschert dahin. Ein alter Mann aus Isoldes Grüppchen schimpft auf die Polizei, die seiner Meinung nach nicht hart genug durchgreift. »Wenn sie den auch erwischen, den lassen sie ja doch gleich wieder laufen und nächste Woche bricht der wieder woanders ein.«

»Ja, das ist in letzter Zeit schon ein paarmal passiert. Und immer hier in der Nähe der Seebrücke.« Maja überlegt. Sie denkt an die dürre Gestalt mit dem schwarzen Anorak. »Habt ihr den auch schon mal gesehen? Er hat ständig die Kapuze ins Gesicht gezogen, sodass man ihn nicht erkennen kann.«

»Ich glaube, ich weiß, wen du meinst«, bestätigt Isolde. »Aber ich habe diese Gestalt für eine Frau gehalten. Bist du sicher, dass es ein Mann ist?«

Maja zuckt mit den Schultern. »Sicher bin ich mir nicht. Aber dem Gang nach …«

»Heute kann man Männer und Frauen gar nicht mehr unterscheiden«, mischt sich der missgelaunte alte Mann wieder ein. »Sehen alle gleich aus. Kleidung und Schuhe und Haare – gibt gar keinen Unterschied mehr. Die Weiber fluchen und rauchen und saufen, na, ich will keine von denen haben.«

»… würdest du auch nicht kriegen!« Isolde lacht. »Die Trauben sind doch wohl zu sauer, Gustav. Aber auf eine Art hast du recht. Ich fand die Mode früher auch schöner. Vor allem in den Fünfzigerjahren hatten die Frauen so schöne Kleider an, stimmt's, Trudchen?«

Die 95-Jährige blickt kurz auf und antwortet: »Da haben wir ja auch noch auf den Tischen getanzt. Mit Hans Albers im *Café Asgard* in Bansin – Wernher von Braun war auch dabei … ach nee, war das früher?«

»War es, Trude!«, antwortet Valentin und lästert weiter. »Das ist eben bei eurer Gleichberechtigung rausgekommen. Nun wollt ihr die Zeit am liebsten zurückdrehen.«

»So ein Quatsch!« Maja lässt sich provozieren. »Man kann doch wohl gleichberechtigt sein und sich trotzdem schick anziehen.«

»War doch nur ein Scherz«, lacht Valentin. »Ich wollte nur mal sehen, wie ihr darauf reagiert.« Er erzählt, dass ihm, als er in den Neunzigern zurück nach Heringsdorf kam, ein Unterschied zwischen den Frauen im Westen und denen im Osten aufgefallen ist. »Ich weiß nicht, ob das immer noch so ist. Ich hatte den Eindruck, die ostdeutschen Frauen nehmen sich selbst nicht so wichtig wie die im Westen. Deshalb sind sie nicht so zickig, so rechthaberisch und aggressiv. Sie sind ganz natürlich und selbstverständlich emanzipiert, während ihre Geschlechtsgenossinnen im Westen immer noch so tun, als müssten sie darum kämpfen. – Na ja, nicht alle«, schränkt er ein, »aber gerade die jungen. Die sind ständig auf der Lauer, ob man irgendetwas Falsches sagt, worüber sie sich aufregen können.«

»Ich glaube, es gibt da gar keinen Unterschied mehr«, vermutet Isolde.

Auch die Alten mischen sich jetzt ein. Während sie weiter über Emanzipation und Ost-West-Unterschiede diskutieren, denkt niemand mehr an die Einbrüche und Maja hat vergessen, dass sie mit Isolde über die Gestalt im schwarzen Anorak – ob nun Mann oder doch Frau – reden wollte.

»Habt ihr schon gehört, dass es heute Nacht wieder gebrannt hat?«, fragt die Verkäuferin des Cafés und bleibt mit einem Lappen in der Hand am Nebentisch stehen.

Für einen Moment bricht das Gespräch ab, dann reden alle durcheinander.

»Wo denn? Wieder am Strand?«, will Maja wissen. »Dort wurde vor ein paar Tagen ein Glühweinstand angekokelt. Zum Glück fing es an zu regnen und es ist kein großer Schaden entstanden.«

»Nein, hier auf der Seebrücke.« Die dicke blonde Frau legt eine Kunstpause ein, offensichtlich genießt sie die Aufmerksamkeit. Sie wartet, bis alle still sind und sie gespannt ansehen, dann erzählt sie umständlich weiter. Das Feuer wurde ganz oben auf der Seebrücke, neben dem Restaurant am Brückenkopf gelegt. »Da steht doch dieses alte Holzboot, wisst ihr«, alle nicken, »da haben sie trockenes Holz und benzingetränkte Lumpen oder so was reingesteckt und angezündet. Es hat lichterloh gebrannt, sogar die Feuerwehr war hier. Aber zum Glück war der Wachschutz in der Nähe, die haben den Brand gleich gelöscht Aber stellt euch mal vor …«

»Vielleicht waren das die Einbrecher und sie haben mit dem Feuer den Wachschutz abgelenkt«, vermutet Isolde.

Maja zweifelt. »Aber es hat ja jetzt schon ein paarmal gebrannt, das muss schon so ein Pyromane sein, der sich hier herumtreibt.«

»So hat es damals auch angefangen«, erinnert sich Trudchen. »Zuerst ist der Schiffsanleger da oben abgebrannt und später die ganze Seebrücke.« Sie überlegt einen Moment. »Aber an dem ersten Brand hatten die Russen Schuld, die Soldaten. Sie wollten sich nur ein Feuerchen machen, um sich aufzuwärmen. Aber dann war es genauso wie jetzt«, fällt ihr ein. Sie richtet sich auf und sieht Valentin erschrocken an. »Das stimmt doch, oder? Erinnerst du dich? Eine Strandkorbhalle ist abgebrannt und noch irgendwas. Und dann die Seebrücke. – Mein Gott«, murmelt sie, »die werden doch nicht … die schöne Seebrücke …«

29

Vor dem Eingang der Rehaklinik, unweit der Seebrücke, steht ein Grüppchen Raucher. Sie tragen Jogginganzüge, ein Mann sogar nur einen Bademantel, seine nackten Füße stecken in Badelatschen. Luisa grüßt freundlich, als sie vorbeigeht. Ohne einen Blick zum Empfangsbereich zu werfen, geht sie durch das Foyer. Ihr Herz klopft, sie bemüht sich, nicht zu schnell, aber zielsicher zu wirken. Nur nicht auffallen. Sie hat ihr Aussehen den Patienten angepasst, trägt einen blauen Jogginganzug und ein Handtuch unter dem Arm. Darin hat sie frische Wäsche und Shampoo eingewickelt. Joe hat ihr ein paar Sachen, auch das, was sie gerade trägt, von Myrna mitgebracht. Er wäscht auch ihre Kleidung. Ob sein Freund, der Taxifahrer, sich nicht schon mal gewundert hat, was sein Fahrgast ständig in den Plastiktüten mit sich herumträgt?

Luisa geht immer absichtlich früh zum Duschen hinüber in die Kurklinik, sie möchte nicht von Valentin oder Isolde im Jogginganzug gesehen werden. Vor allem könnte sie dann nicht, zehn Minuten später, in ihrer gewöhnlichen Kleidung, Jeans und Winterjacke, auf der Seebrücke herumlaufen. Das ist immer der schwierigste Teil des Unternehmens. Sie muss sich ungesehen wieder in ihre Unterkunft schleichen, sich umziehen und dann wieder herauskommen.

Inzwischen haben aber die Geschäfte schon geöffnet und es laufen doch ein paar Menschen hier umher. ›Um die Weihnachtszeit, wenn noch mehr Leute hier sind, muss ich mir was einfallen lassen‹, denkt sie. ›Notfalls könnte ich mich in einer Toilettenkabine umziehen, ich brauche dann nur ein Versteck für meine Sachen. Aber da wird sich schon etwas finden.‹

Heute ist es ihr wieder gelungen, ungesehen aus dem Kinosaal zu schlüpfen. Jetzt bummelt sie durch die Passage, um sich in dem Café ihr Frühstück, ein trockenes Brötchen und einen Becher schwarzen Kaffee, zu holen. Ganz plötzlich geht ihr die üppige Licht- und Tannendekoration und vor allem die leise, allgegenwärtige Weihnachtsmusik auf die Nerven. Gereizt tritt sie hinaus auf den Vorplatz der Seebrücke. Auch hier das gleiche Bild: künstliche und echte Tannenzweige, Weihnachtsbäume, glitzernde Kugeln und Sterne. Die Musik klingt von der Eisbahn herüber. Luisa trinkt den letzten Schluck Kaffee, knüllt den Becher zusammen und steckt ihn in einen Abfallbehälter. Sie muss hier weg! Zunächst denkt sie an einen Strandspaziergang, aber irgendwie hat sie dazu heute keine Lust. Es gibt ja nur zwei Möglichkeiten: westlich nach Bansin oder östlich nach Ahlbeck. Da war es in Hamburg doch abwechslungsreicher. Schade, dass sie kein Auto hat! Sonst könnte sie nach Greifswald oder Stralsund fahren und ein bisschen durch die Stadt bummeln. Langsam geht sie von der Seebrücke weg in den Ort hinein. Aber auch in den Städten, fällt ihr ein, kann man dem Weihnachtskitsch nicht entkommen. Vielleicht sollte sie einen Waldspaziergang machen.

Sie bummelt durch den Goethepark und sieht hinüber zum Bahnhof. Der zieht sie magisch an. Einfach in einen Zug setzen und wegfahren. Aber wohin? Egal, ihre Sorgen und Probleme kommen sowieso mit. Vor denen kann sie nicht fliehen. Sie braucht nur mal eine andere Umgebung, um Abstand zu gewinnen, das Gedankenkarussell einmal anzuhalten.

Ohne lange darüber nachzudenken, ist sie in die blauweiße Bahn gestiegen, die gerade einfuhr. Erst jetzt, als die Schaffnerin langsam auf sie zukommt, überlegt Luisa, wo sie eigentlich hinfahren will.

Greifswald? Sie liebt die Stadt mit ihren drei großen alten Kirchen. Immer, wenn sie mit Myrna dort zum Einkaufen war, sind sie in die Marienkirche gegangen, die »dicke Marie«, die so behäbig dasteht und auch im Inneren Ruhe und Behaglichkeit ausstrahlt. Und dann der Marktplatz mit den schönen alten Giebelhäusern – dort ist heute sicher Weihnachtsmarkt. … Nein, keine Stadt! Und schon gar kein Ort, der sie so sehr an Myrna erinnert!

»Koserow« sagt sie der Schaffnerin kurzentschlossen. Das ist auch sehr viel billiger, fällt ihr ein, als sie ihren Fahrschein bezahlt.

Heringsdorf hat einen Kopfbahnhof, die Strecke führt nicht durch den Ort. Deshalb fährt der Zug zunächst zurück, in östlicher Richtung und dann von Ahlbeck aus in einem Bogen durch Wald und Wiesen an Heringsdorf vorbei nach Bansin. Der große Schmollensee mit seiner Kormorankolonie, wieder Wald, Wiesen, dann Ückeritz. ›Hier hätte ich auch aussteigen können‹, denkt Luisa. Ückeritz hat keine Strandpromenade, sondern Steilküste und in Strandnähe einen großen Campingplatz. ›Bestimmt ist es dort jetzt schön ruhig. Außerdem hätte ich die zehn Kilometer nach Heringsdorf zu Fuß zurück gehen können, dann wäre ich schön ausgepowert und könnte endlich mal wieder richtig schlafen. Na gut, ein andermal.‹

In Koserow geht sie vom Bahnhof aus durch den ganzen Ort bis zur Seebrücke. Hier herrscht tatsächlich Winterruhe. Keine Tannengirlanden, keine Lichterketten und vor allem keine Weihnachtsmusik. Der Strand ist hier schmaler als in Heringsdorf. Pfahlreihen im Wasser, die Buhnen, verhindern, dass er völlig weggespült wird. Luisa will bis an die Spitze der Seebrücke gehen, kommt aber nicht weit, sie ist in der Mitte gesperrt. Na, dann nicht! Sie sieht zu den Fischerhütten hinüber, wo die Gäste im Sommer Schlange stehen, nach Fischbrötchen und frischem Räucherfisch. Jetzt ist alles ruhig. Kein Rauch über den Öfen, die Geschäfte und Restaurants sind geschlossen, kein Mensch weit und breit, es herrscht absolute Stille.

Sie geht an der Steilküste entlang hinauf zum Streckelberg. Ganz von allein kehren ihre Gedanken zurück zu ihrer Schwester. Diese Ungewissheit ist das Allerschlimmste. Hätte man die Leiche gefunden, wäre es ganz furchtbar gewesen, ein Schock – sie hätte geweint und geschrien, wäre völlig verzweifelt. Aber dann hätte sie beginnen können, zu trauern. Das Leben wäre weitergegangen, Luisa hätte sich wieder auf sich selbst besonnen. Oder ist das nur eine Ausrede? Hat Joe recht und sie flieht nur wieder vor ihrer Verantwortung? Nein, diesmal nicht! Sie ist viel stärker geworden. Sie kann ihr Leben in Ordnung bringen, aber erst muss sie wissen, was mit Myrna passiert ist. Und das zieht sie jetzt durch.

Sie muss nachdenken. Systematisch, logisch. Das kann sie. In jedem Zeugnis stand: »Luisas logisches Denkvermögen ist gut entwickelt.« Nicht abschweifen. Angenommen: Myrna lebt. Sie hat die gleichen Erbanlagen wie ihre Schwester. Auch sie neigt dazu, bei Überforderung, scheinbar unlösbaren Problemen die Flucht zu ergreifen. Ihr Verantwortungsgefühl hat sie bisher immer daran gehindert. Aber jetzt wurde es einfach zu viel. Außerdem war Luisa weg. Hat sie geglaubt, Luisa wäre tot? Das könnte der Auslöser gewesen sein. Was macht sie? Wo geht sie hin? Ein anderer Mann? Hat sie den schon vor dem Unfall gekannt? Wenn, dann hätte es mit der Heringsdorfer Seebrücke zu tun. Dort war sie häufig im letzten Jahr. Oder hat sie ihn nach dem Unfall kennengelernt? Als Joe noch im Krankenhaus war, hatte Myrna sich ein Zimmer in der Stadt genommen, in einer kleinen Pension. Sie wollte in seiner Nähe sein, ihn so oft wie möglich besuchen. Er hat sie gebraucht. Keine Situation, um eine neue Liebe zu finden. Auch nicht danach, als sie gemeinsam zur Kur waren. Außerdem wird Luisa nichts über die Zeit erfahren, es sei denn, sie fragt Joe. Aber so weit wird sie nicht gehen.

Warum ist sie sich so sicher, dass ihre Schwester nicht mehr lebt? Erstens: Sie würde sich melden. Selbst wenn sie glauben würde, dass Luisa tot sei, sie würde sich nicht einfach damit abfinden, ohne die Leiche zu sehen und zu wissen, wer der Mörder ist. Aber sie muss gewusst haben, dass Luisa mal wieder einfach abgehauen ist. Sie kannte doch ihre Schwester und vor allem muss sie bemerkt haben, dass das Auto weg war. Zweitens: Sie hätte Joe nicht allein gelassen, niemals, schon gar nicht in dem Zustand. Sie hat ihn geliebt. Sie hätte auch Luisas Kind nicht im Stich gelassen, wenn Robin sie um Hilfe gebeten hat. Und drittens: Wie ist Luisas Handy an den Strand gekommen?

Luisa tritt dicht an den Abhang und blickt hinunter. Hier ist sie fast sechzig Meter über dem Wasser. Unten am Strand sind ein paar Spaziergänger unterwegs, ein großer schwarzer Hund jagt mit lautem Gebell den Möwen hinterher. Über der Ostsee liegt ein leichter Nebelschleier. Der Wald riecht nach Herbst, würzig und ein wenig nach Pilzen. Langsam geht sie bergab zurück.

Aber wer hat ihre Schwester ermordet? Und wie soll sie den Mörder finden, wenn selbst die Polizei die Suche aufgegeben hat? Gut, die haben die Zusammenhänge nicht gekannt. Es ist ihre, Luisas Schuld, dass alles darauf hinweist, dass Myrna in Hamburg untergetaucht ist. Luisas Mörder können sie natürlich nicht finden, weil es den gar nicht gibt.

Die Spuren haben also nicht gereicht, um einen Mörder zu überführen. Es geht nur über ein Motiv. Das muss sie jetzt finden!

Hängt es mit dieser Ladengeschichte zusammen? Viel weiß sie immer noch nicht darüber. Wo soll da ein Mordmotiv sein? Oder gab es wirklich einen anderen Mann? Sie muss unbedingt mit Myrnas Freundin, ihrer ehemalige Kollegin reden.

Auf dem Rückweg geht Luisa an den kleinen Fachwerkhäuschen, den Salzhütten, in denen die Fischer früher die Heringe in Fässer geschichtet und eingesalzen haben, vorbei. Sie hat keine Lust, noch einmal durch den langgestreckten Ort bis zum Bahnhof zu laufen. Stattdessen geht sie in entgegengesetzter Richtung auf dem Deich entlang. Der schützt diesen Landstrich auch heute noch vor der Ostsee, denn hier ist die Insel nur etwas über dreihundert Meter breit. Als sie an der Gedenkstätte für den Maler Otto Niemeyer-Holstein vorbeigeht, sieht sie auf der linken Seite das Achterwasser, die südliche Begrenzung der Insel. Rechts, hinter dem schmalen Waldstreifen, sind der Strand und die Ostsee.

Der Bahnhof ist gleich am Anfang des Seebades Zempin. Luisa lässt sich erschöpft auf eine Bank fallen. Dann stellt sie fest, dass die Bahn gerade weg sein muss, die nächste kommt erst in einer knappen Stunde. Nach einer Weile wird es ihr zu kalt, sie rafft sich auf und bummelt noch etwas durch den Ort. Auch hier, genauso wie in Koserow, erinnern sie die kleinen Häuser mit ihren Rohrdächern und Vorgärten mehr an ein Dorf, als an ein Seebad. Aber das liegt sicher auch an den menschenleeren Straßen und wird schon zum Jahreswechsel und ganz bestimmt im Sommer anders aussehen.

30

Die Chefin des Ordnungsamtes ist auf der Seebrücke nicht gern gesehen, ebenso wenig wie im ganzen Ort. Sie erweckt den Eindruck, ständig auf der Suche nach Verstößen gegen irgendeine Verordnung zu sein, auf die sie sich dann wie ein Geier stürzt. Mit ihrer unangenehmen, keifenden Stimme moniert sie jedes Schild, das nur zehn Zentimeter zu weit auf dem Gehweg steht, jeden Blumenkübel, der ihrer Meinung nach nicht zur Ansicht passt oder Fluchtwege verstellt. Fluchtwege sind ihr Lieblingsthema und mancher Ladeninhaber hat genau den gleichen Gedanken, wenn er sie kommen sieht.

Auch Isoldes Kleinbus ist ihr ein Dorn im Auge. Sie hatte auch versucht, die Genehmigung, ihn direkt an der Seebrücke zu parken, vehement verweigert, mit der Begründung, wer, wenn nicht die Alten, hätte genügend Zeit, vom Parkplatz hierher zu laufen. Isolde hat dann aber den Antrag direkt an den Gemeinderat gestellt und dort genügend Befürworter gefunden, sodass sie jetzt mit Sondergenehmigung auf die Strandpromenade fahren und dort auch parken darf.

Heute hat sie sich Andy vorgenommen. Der hatte einen Abfallkorb so ungeschickt aufgestellt, dass er umgekippt ist. Ein Windstoß hat Pappteller und -becher über den ganzen Strand verteilt. Andy hat sich nicht weiter darum gekümmert, aus Erfahrung weiß er, noch ein wenig mehr Wind und das Wasser wird die Schweinerei bald beseitigen.

Vor Wind und Wasser kam dann allerdings das Ordnungsamt in Form der höchst empörten Chefin. Ein kurzer, aber heftiger Wortwechsel brachte Andy Jensen dann zusätzlich noch eine Anzeige wegen Beamtenbeleidigung ein.

Sein Tag ist gelaufen, er ist noch missmutiger als sonst, zumal der Tagesumsatz vermutlich nicht mal die Ordnungsstrafe decken wird. Und das Zeug einsammeln soll er auch noch – sich dabei zum Gespött der Zuschauer auf der Seebrücke machen. Noch mehrmals denkt er ›blöde Kuh‹, spricht es aber nicht noch einmal aus, das wird zu teuer.

Sie hingegen ist mit sich selbst zufrieden. So einen Streit liebt sie geradezu, auch wenn sie noch so wütend wird. Das erfrischt sie, das ist ihr Lebenselixier und stärkt ihr ohnehin gut entwickeltes Selbstbewusstsein.

Jetzt bummelt die dünne Frau mit den extrem kurz geschnittenen, roten Haaren auf der Strandpromenade entlang, ständig auf der Suche nach Ordnungswidrigkeiten, in Gedanken aber bei ihrem Ehemann. Der Maler ist genau das Gegenteil von ihr. Sie ist hart, laut, streitbar und rücksichtslos. Er hingegen still, introvertiert, er will nichts mehr, als in Ruhe an seinen romantischen Naturbildern zu arbeiten. Seine Art, Aggressionen abzubauen, ist es, ein stürmisches Meer und dicke dunkle Wolken zu malen.

Sie kneift die Augen ein wenig zusammen, als sie zur Mittelplattform der Seebrücke blickt. Er hat ihr versprochen, heute den Laden zu öffnen. Die Gäste, die jetzt im Ort sind, kaufen seine Bilder häufiger, als die Sommerurlauber. Es sind die älteren Leute, die sich eher für Kunst interessieren und sich die Zeit nehmen, seine Bilder zu betrachten.

Maja Vogelsang hat ihren Vormittagsspaziergang schon fast beendet. Sie ist ein Stück auf der Strandpromenade entlanggegangen in Richtung Ahlbeck, dann am Strand entlang zurück. Es ist mild, ab und zu kommt die Sonne hinter der dünnen Wolkenschicht hervor. Nichts deutet auf den Regen hin, der für heute angesagt ist. Das überrascht sie nicht, die Wetterprognose im Fernsehen trifft ebenso selten zu, wie das Horoskop in der Zeitung. Auch das liest sie sich durch, glaubt daran, wenn es ihr gefällt, und vergisst es gleich wieder. Jetzt geht sie noch auf die Seebrücke bis ganz nach hinten zum Schiffsanleger. Einmal hin und zurück, das ist ein Kilometer, dann hat sie sich für heute ihr Mittagessen verdient. Sie muss ein bisschen auf ihre Figur achten, besonders jetzt im Winter, wenn sie oft aus Langeweile isst.

In dem kleinen Eckladen des Malers brennt heute Licht. Sie wundert sich. Der war doch schon seit ein paar Wochen geschlossen. Schade, sie hat gehofft, dass er das Geschäft räumt. Aber vielleicht war er nur krank. Jetzt sitzt er jedenfalls wieder vor seiner Staffelei. Ob sie auf dem Rückweg einmal hineingeht und ihn anspricht? Eigentlich ist er immer freundlich und sie muss ja nicht direkt fragen, ob er vorhat, den Laden aufzugeben. Sie beschließt, nachher durch die Passage in seine Ausstellung zu gehen, die Bilder zu betrachten und abzuwarten, ob sich ein Gespräch mit ihm ergibt.

Zehn Minuten später will sie die Ladentür öffnen, da sieht sie die rothaarige, schlanke Frau neben dem Mann stehen. Schnell geht sie weiter. Nicht nur, weil sie die Frau mit ihrem feindseligen Blick nicht mag, sie hatte plötzlich das Gefühl, in die Privatsphäre des Ehepaares einzudringen. Die beiden wirkten so intim, in ein sehr privates Gespräch vertieft, wie sie da einander zugewandt so nahe zusammenstehen.

Langsam trödelt Maja noch einmal durch die Passage. Sie betrachtet ausführlich die Bücher, die auf einem drehbaren Ständer ausgestellt sind. Dann unterhält sie sich mit der Verkäuferin, die ihr die teure Jacke verkauft hat. »Ich habe es nicht bereut«, versichert sie. »Die ist so angenehm leicht und schützt trotzdem vor Wind und Regen.«

»Warten Sie mal ab, bis es richtig kalt wird. Dann bewährt sie sich erst richtig«, bekommt sie zur Antwort.

Sie reden noch ein bisschen über das Wetter, dann fragt Maja wie nebenbei nach dem Maler. »Seit wann ist er denn wieder hier? Ich dachte schon, der macht den Laden gar nicht mehr auf.«

»Das dachten wir alle. Aber nun hat sich seine Frau wohl doch durchgesetzt – die alte Hexe.« Die letzten Worte hat sie nur geflüstert, mit einem Blick in die Richtung der Bilderausstellung.

»Ach so?« Maja ist erstaunt. »Was hat sie denn davon? Kann er nicht genauso gut zu Hause malen? Dann sparen sie doch die Pacht für den Laden.«

»Wir wundern uns alle darüber, so selten, wie dort jemand ein Bild kauft. Aber es muss sich ja irgendwie rechnen.«

»Trotzdem würde ich an seiner Stelle eine Verkäuferin einstellen, das würde sich bestimmt lohnen«, wirft ihre Kollegin ein, die hinzugetreten ist. »Er ist nun mal kein Händler. Und dann könnte er in Ruhe malen. Ich glaube, manche potenziellen Kunden trauen sich gar nicht, ihn anzusprechen, weil er immer so vertieft ist.«

»Das klingt logisch«, stimmt Maja zu. »Vielleicht ist er noch gar nicht darauf gekommen. Man sollte es ihm mal sagen. Oder ihr.«

Die junge Verkäuferin lacht. »Das würde ich aber lieber lassen. Die Alte ist so was von eifersüchtig, die lässt doch keine andere Frau an ihn heran. Vielleicht muss er deshalb ja auch den ganzen Tag allein hier im Laden sitzen, da kann er nicht weg und sie hat ihn unter Kontrolle.«

»Ach Gott, der Arme!« Maja schüttelt mitleidig den Kopf. »Steht er denn so unter dem Pantoffel?«

»Die hat Haare auf den Zähnen«, behauptet die ältere Verkäuferin. »Das haben wir alle hier schon erlebt. Die hat ihren Mann manchmal zusammengeschissen, dass es durch die ganze Passage zu hören war. Nur weil er sich freundlich mit irgendeiner Frau unterhalten hat.«

»Und das lässt er sich gefallen?«

»Tja«, die junge Verkäuferin zuckt schnippisch mit den Schultern. »Selbst schuld, wenn er so ein Weichei ist.«

Kunden betreten den Laden und Maja geht noch einmal außen herum, sie hofft, dass die Ordnungsamtsleiterin inzwischen verschwunden ist. Sie wird ja wohl noch etwas anderes zu tun haben, als hier ewig bei ihrem Mann herumzustehen.

Als Maja sich dem Laden nähert, sieht sie, dass die Tür einen Spalt geöffnet ist. Sie bleibt vor dem Schaufenster der Nachbarboutique stehen und bemerkt, wie die Rothaarige auf den Maler einredet. So freundlich, wie sie es noch nie von dieser Frau gehört hat. Die Stimme klingt beinahe unterwürfig. Leider kann sie nicht verstehen, worum es geht. Sie zuckt erschrocken zusammen, als er plötzlich losschreit.

»Verschwinde endlich und lass mich in Ruhe! Nimm das Zeug mit, ich will hier nicht essen. Ich mache sowieso gleich Schluss und gehe nach Hause!«

Maja geht schnell wieder zurück. Sie befürchtet, dass jeden Moment einer der beiden aus dem Laden tritt und sie beim Lauschen ertappt. Beschwingt läuft sie einmal um die Plattform herum und zurück in Richtung Strandpromenade. ›Das klang doch ganz so, als hätten sich die Machtverhältnisse in dieser Ehe verschoben. Dann wird er sich vielleicht auch durchsetzen und den Laden abgeben‹, denkt sie. Da muss sie unbedingt dranbleiben. Sie denkt darüber nach, was die Verkäuferin über die Eifersucht der rothaarigen Frau erzählt hat. – Na klar! Der hatte doch ein Verhältnis mit Myrna Jensen! Sie hat die beiden einmal engumschlungen am Strand gesehen. Gar nicht so lange, bevor Myrna verschwunden ist. Vielleicht hat sie sich wegen ihm von Joe getrennt. Dann konnte sie natürlich nicht hierbleiben. Die Leute würden ja mit Fingern auf sie zeigen, weil sie den armen, gelähmten Mann verlassen hat. Und die Ehefrau des Malers würde den beiden die Hölle heiß machen.

31

Es ist still in Heringsdorf. Auf der ganzen Insel vermutlich, die Einheimischen sind fast unter sich. Sie reden auch nicht so sehr viel, denn das müssen sie im Sommer mit den Urlaubern. Jetzt genießen sie die Ruhe vor dem Sturm. Zum Jahreswechsel sind die Hotels beinahe ausgebucht, dann sind hier fast so viele Gäste wie im August. Schön, so soll es sein! Aber jetzt – leere Straßen, leerer Strand, Stille – auch schön.

Luisa ist nervös. Sie hat sich heute wieder mit Joe getroffen, hat ihm geholfen, Lebensmittel einzukaufen. Das ist auch nicht so einfach vom Rollstuhl aus. Die Gänge im Einkaufsmarkt sind eng, oft zugestellt, an die oberen Regale kommt man gar nicht heran, muss ständig um Hilfe bitten. Sie haben sich dort getroffen, danach waren sie auf der Promenade unterwegs. Ein weiter Weg, die Lebensmittelmärkte liegen ziemlich weit außerhalb des Seebades. Obwohl Luisa kaum an etwas anderes denken kann, als an ihre Schwester, kommt es ihr vor, als würde sie bei Joe immer wieder eine offene Wunde berühren, wenn sie das Thema anspricht. Selbst wenn er glaubt, dass seine Frau noch lebt, ist ihr Verschwinden schlimm genug für ihn. Heute wirkte er besonders bedrückt. Joe hat ihr erzählt, dass Myrna erst zwei Tage nach ihrer eigenen Flucht verschwunden ist. Hat denn niemand bemerkt, dass ihr Auto schon weg war, bevor Myrna verschwand? Gut, es stand immer ziemlich versteckt hinten im Hof, aber warum ist niemand auf die Idee gekommen, dass sie damit weggefahren ist? Das ist doch wohl näherliegend als ein Mord. Joe sagt, Myrna hätte sich um ihre kleine Schwester Sorgen gemacht. Natürlich hat sie bemerkt, dass das Auto auch weg war. Sie wusste doch, dass Luisa es immer benutzt hat. Wollte sie Luisa nicht verraten?

Joe ist nach Hause gefahren, Luisa bummelt durch den Rosenpark vor dem *Maritim-Hotel*, um den Kunstpavillon herum und stellt sich auf eine kleine Anhöhe zwischen Radweg und Dünen. Es ist windstill, die Ostsee spiegelglatt und der Strand breit und beinahe menschenleer. Nur vereinzelte Spaziergänger sind unterwegs, meist mit Hunden. Alles wirkt so still und friedlich. Es ist noch Nachmittag, aber schon wird es dunkel, die Umrisse der Seebrücke sind mit Lichterketten nachgezeichnet, der Hafen von Swinemünde ist bunt beleuchtet, auch ein großes Schiff, das hinter der Mole liegt, dazwischen blinkt der Leuchtturm. Alles spiegelt sich in den Scheiben des Seesteges. Auch die Geschäfte sind leer, Luisa geht durch die Passage und hört deutlich die leise Weihnachtsmusik, die man sonst nur als Hintergrundgeräusch wahrnimmt. Auf der Mittelplattform sind schon einige Geschäfte geschlossen. Es lohnt sich jetzt nicht, einige bummeln noch Überstunden vom Sommer ab, andere haben Urlaub genommen, bevor der Weihnachtsstress beginnt. Die meisten der anwesenden

Verkäuferinnen stehen auf dem Gang zwischen ihren Läden und unterhalten sich.

Luisas Bekannte ordnet Pullover und legt sie ordentlich zusammen. »Ich habe noch einmal mit meinem Mann gesprochen«, erzählt sie, als Luisa herantritt und streicht ein Shirt glatt. »Sie wissen schon, wegen Luisa, Myrnas Schwester. Er meint, die suchen schon noch nach dem Mörder. Aber nun ist auch Myrna nicht zu finden, die soll ja in Hamburg sein. Wie Sie schon sagten, war sie Luisas Vertraute, von ihrer Aussage erhoffen sie sich einiges. Sie vermuten, dass Luisa ihren Mörder kannte, dass es vielleicht ihr Liebhaber war.«

»Was?« Luisa ist verblüfft. »Wie kommen die denn auf so etwas? Sie hatte doch gerade das Kind gekriegt.«

»Ja, das weiß ich auch nicht. Robin hat erzählt, dass Luisa einen Anruf bekommen hat, einen Tag bevor sie ermordet wurde. Sie hat zu ihm gesagt, das wäre eine alte Schulfreundin oder so was und sie wollte sich mit der angeblich treffen. Er konnte sich auch an den Namen erinnern, weil er die wohl auch kennt. Die wusste allerdings von gar nichts. Also mit wem wollte sie sich treffen? Warum hat sie ihren Mann belogen?«

Luisa wendet sich ab, um ein Lächeln zu verbergen. Das erscheint ihr jetzt alles so lange her, so kindisch und belanglos. Nein, die Schulfreundin, die Robin kennt, hat nicht angerufen, mit der hätte sie sich auch gar nicht treffen wollen. Es war eine ehemalige Kollegin aus Luisas wilder Zeit, die Robin genau deshalb nicht mochte. Er war immer der Meinung, sie hätte Luisa angestiftet, hätte sie mitgeschleppt in die vielen Kneipen und Klubs. Als Andrea anrief – eigentlich nur, um ihr zur Geburt des Sohnes zu gratulieren –, hatte Luisa sofort an diese unbeschwerte Zeit gedacht und spontan ein Treffen vorgeschlagen. Es schien so verlockend, einmal kurz auszubrechen. Aber es hatte keine konkrete Verabredung gegeben. Luisa weiß gar nicht mehr, was sie Robin erzählt hat, sie wollte eigentlich nur vorsichtig sondieren, was er davon halten würde, wenn

sie mal wieder allein wegging.

›Er hat das ganz positiv aufgenommen‹, erinnert sie sich, ›hat mir sogar zugeredet, den Kontakt zu alten Freundinnen wieder aufzunehmen. – So, nun glaubt er also, dass ich einen Geliebten hatte. Oder glaubt das nur die Polizei? Anscheinend greifen die nach jedem Strohhalm. Aber Myrnas Mörder kann sich natürlich völlig sicher fühlen. Es sei denn, ich selbst komme ihm zu nahe!‹

Während Luisa ganz allein auf dem Steg über der Ostsee entlanggeht, verspürt sie für einen Moment Angst. Aber dann sieht sie ihr Spiegelbild in der Scheibe und beruhigt sich schnell wieder. Außer Joe weiß niemand, wer sie ist; dass sie überhaupt noch lebt. Und es wird sie auch niemand erkennen. Dennoch hat sie, wie schon mehrmals in letzter Zeit, das Gefühl, beobachtet zu werden. Sie dreht sich immer mal wieder um, während sie die Treppe zum dunklen Strand hinuntergeht.

Da ist diese Gestalt mit dem schwarzen Anorak wieder! Was schleicht der hier umher? Jetzt bleibt er unter der Seebrücke stehen und sieht sich um, als suche er etwas. Als er Luisa sieht, geht er schnell in entgegengesetzter Richtung weg.

Heute zögert Luisa besonders lange, bevor sie die Eisentür aufschließt. Sie tut so, als würde sie die historischen Bilder betrachten, sieht dann noch einmal in alle Ecken des Untergeschosses, lauscht nach oben. Sie bildet sich ein, leise Schritte gehört zu haben. Der Wachschutz kann das nicht sein, die gehen lauter, energischer.

Sie zuckt zusammen, als der Kater um ihre Beine streicht. Er sitzt schon eine Weile neben der Tür und wartet. Jetzt miaut er leise. »Ja, du hast Hunger, mein Süßer, ich weiß«, murmelt sie. Sein Futter hat sie unter einer Bank in der Ecke versteckt.

Bevor sie die Tür zum Kinosaal so leise wie möglich öffnet, hört sie sich noch einmal um. Nichts, absolute Stille. Trotzdem wird sie das beklemmende Gefühl nicht los, nicht allein hier unten zu sein.

32

Die alten Leute, heute sind es Trudchen, zwei andere Frauen und der mürrische Mann, den Isolde mit Gustav angesprochen hat, reden heute über die DDR-Zeit. Sie haben schon damals alle in Heringsdorf gewohnt und beim FDGB gearbeitet. Lachend und auch ein bisschen wehmü-

tig tauschen sie ihre Erinnerungen aus.

Isolde kann bei diesem Thema nicht mitreden, sie unterhält sich leise mit Valentin.

»Habt ihr noch einen Platz für mich?« Vorsichtig stellt Maja ihre Tasse auf den Tisch.

»Na klar!« Valentin holt einen Stuhl vom Nebentisch. »Komm, setz dich hierher! Hast du schon von dem Einbruch heute Nacht gehört?«

Die Verkäuferin wundert sich. Als sie an den Tisch kam, hat sie gehört, dass die beiden über Andy gesprochen haben, auch Joes Name ist gefallen. Warum wechseln sie jetzt das Thema? Haben die beiden Geheimnisse miteinander? Ach was, da bildet sie sich sicher etwas ein. »Nein, ich habe gar nichts gehört. Ich komme gerade erst von zu Hause. Wo wurde denn eingebrochen? Hier auf der Seebrücke?«

»Diesmal in eine Gaststätte.« Valentin lacht und auch Isolde scheint amüsiert.

Sie liefert auch gleich die Erklärung dazu. »Das war wohl ein Obdachloser, der es sich da gemütlich gemacht hat. Er ist in die Küche gegangen, hat sich ein schönes Essen zubereitetet, Suppe, Hauptgericht und Nachspeise, dann hat er sich in den Gastraum gesetzt und gespeist. Noch ein paar Bierchen dazu und einen Bananensaft hinterher, sogar eine Kerze hat er sich angezündet. Danach hat er aufgeräumt, den Teller in die Spülmaschine gestellt, wie es sich gehört und ist gegangen. Ein paar Flaschen Bier soll er noch mitgenommen haben, sonst hat nichts gefehlt.«

»Und dann haben sie ihn gekriegt?«

»Nein, eben nicht. Nur anhand der Spuren, also Gläser, Geschirr, Töpfe und so weiter konnten sie nachvollziehen, was er da so getrieben hat. Großen Schaden hat er nicht angerichtet. Der Chef von dem Laden ist nur deshalb ziemlich sauer, weil man nicht weiß, wie er reingekommen ist. Es gab keine Einbruchspuren.«

»Vielleicht ein ehemaliger Mitarbeiter, der sich bestens auskannte«, überlegt Valentin, »oder sogar noch einen Schlüssel hat.«

Isolde nickt. »Mag sein. Es war auch nicht das erste Mal, der ist schon öfter dagewesen und er scheint sich auszukennen. Kochen kann er anscheinend auch und er kann mit der Mikrowelle und dem Herd umgehen, also möglicherweise hat er mal in der Küche gearbeitet.«

»Woher wisst ihr das denn alles so genau?«, fragt Maja.

»Trudchens Enkeltochter arbeitet da, die hat uns das erzählt.«

»Ja«, bestätigt die alte Frau, »das ist ein ganz liebes Mädchen, die besucht mich immer. Sie hat nur so wenig Zeit, weil sie arbeiten muss.« Sie kraust die Stirn und ihr Blick geht ins Leere. »Ich musste auch immer arbeiten. Aber ich bin gern ins Hotel gegangen, das war immer so interessant. Willy Fritsch und Lilian Harvey haben etwas miteinander, ich habe sie gesehen, in ihrem Zimmer – aber pst! – das darf doch niemand wissen! Ich glaube, Grete Weiser hat sie auch erwischt, die hat geschimpft wie ein Rohrspatz.« Sie stockt und sieht sich verwirrt um.

Isolde streicht ihr beruhigend über die Hand. »Deine Enkeltochter holt dich ja auch manchmal ab zu sich nach Hause«, nimmt sie den Gesprächsfaden wieder auf.

»Ja, stimmt! Sie wohnt nämlich jetzt in meiner alten Wohnung oben auf dem Kulm.«

»Ich habe meine Kinder da immer in den Kindergarten gebracht«, erinnert sich Maja. »Da stehen schöne alte Häuser. Das sollen ja die ältesten in Heringsdorf sein. Stimmt das, Valentin?«

Das war sein Stichwort. Wie vermutlich schon hundertmal vor einer seiner Touristengruppe beginnt Valentin die Anekdote über die Gründung des Ortes zu erzählen: »Ja, da war der Ursprung des Seebades. Das heutige *Weiße Schloss*, das jetzige Hotel, gehörte damals dem Oberforstmeister von Bülow, das war übrigens ein Vorfahre Loriots. Der hat 1819 hier unten eine Heringssalzerei gegründet. Das kam gerade in Mode. Ein Jahr später hat der Preußenkönig Friedrich Wilhelm III. diese Fischerkolonie besichtigt und der Oberforstmeister hat ihn gebeten, ihr einen Namen zu geben. Nun saß der König da zwischen den Fischern und den Heringsfässern, ihm wurde wohl auch noch ein Heringsgericht angeboten und da fiel ihm nichts Originelleres ein, als der Name ›Heringsdorf‹. Herr von Bülow hat dann die ersten Gästehäuser und ein Gesellschaftshaus da oben auf dem Kulm errichtet und achtete von Anfang an darauf, nur sogenanntes ›vornehmes Publikum‹ nach Heringsdorf zu holen. Das war der Anfang des Seebades. Um 1900 war dann fast jeder, der in Deutschland Rang und Namen hatte, mal in Heringsdorf in der Sommerfrische.«

»Da kommen wir bald wieder hin«, orakelt Maja. »Jedes Jahr kommen mehr Prominente. Irgendwann wird Heringsdorf angesagter sein als Sylt.«

»… und genau wie auf Sylt wird dann der Wohnraum für Einheimische unerschwinglich werden.«

Isolde stimmt Valentin zu. »Ich bin froh, dass ich mein Zimmer im Pflegeheim habe. Eine eigene Wohnung kann ich mir gar nicht leisten.«

33

Luisa tritt schnell einen Schritt zurück, als sie das Paar mit dem Kinderwagen sieht. Sie spürt ihren Herzschlag im Hals und lehnt sich für einen Moment an die kalte Wand. Dann atmet sie tief durch, setzt die Brille auf, die sie in der Tasche hatte und blickt vorsichtig um die Ecke. Die beiden sind weitergegangen. Die Frau hat sich bei Robin eingehakt, er schiebt den Wagen, sie lachen. Luisa sieht ihnen nach. Plötzlich steigen ihr Tränen in die Augen und ihre Kehle wird eng. Sie kann den Anblick des glücklichen Paares nicht ertragen. Hastig dreht sie sich um und läuft hinunter zum Strand. Unter der Seebrücke lehnt sie sich an einen Pfeiler. Dann beginnt sie hemmungslos zu weinen. Die Tränen laufen ihr über das Gesicht, sie schluchzt so heftig, dass sie kaum atmen kann. Erst nach mehreren Minuten kann sie sich beruhigen und sieht sich erschrocken um. Zum Glück ist der Strand gerade menschenleer. Mit zitternden Händen kramt sie nach einem Papiertaschentuch und wischt sich das Gesicht ab.

Was war das? Der Ausbruch kam für sie selbst völlig überraschend. Sie ist tieftraurig. ›Ich habe alles falsch gemacht, wirklich alles. Das Wichtigste in meinem Leben habe ich einfach weggeworfen. Warum kann ich nicht wie jeder normale Mensch bei meiner Familie sein?‹ Wieder laufen die Tränen über ihr Gesicht. Glühender Neid erfüllt sie, als sie an die fremde Frau denkt, die mit Robin zusammen lacht und die ihren kleinen Sohn im Arm halten darf. Ob er Mama zu ihr sagt? Ach nein, er kann ja noch gar nicht sprechen. Aber sie ist die Mama, die ein Kind nun einmal braucht. ›Ich sollte ihr dankbar sein‹, denkt Luisa bitter, ›dafür, dass sie sich um mein Kind kümmert.‹ Wieder überlegt sie, ob Robin die Frau schon kannte, als sie beide noch zusammen waren. Sie kann es sich nicht vorstellen. Sie waren doch so verliebt und Robin ist nicht der Typ, der seine Freundin betrügt. Oder? Als sie beide sich kennenlernten, war er noch verheiratet.

Während Luisa langsam am Wasser entlanggeht, denkt sie an den Sommer vor zwei Jahren. Die Arbeit in dem großen Hotel hat ihr gefallen, die Kollegen waren nett und sie hat gut verdient. Neben einem recht ordentlichen Gehalt gab es oft Trinkgeld. Sie war als Zimmermädchen angestellt, half aber regelmäßig im Restaurant aus. Die Überstunden wurden gut bezahlt. Der einzige Wermutstropfen war die Chefin. Luisa hatte direkt Angst vor der energischen Frau, die nicht davor zurückschreckte, ihre Angestellten lautstark vor den Gästen herunterzuputzen. Niemand wagte es, ihr zu widersprechen, selbst wenn sie, wie es häufig vorkam, im Unrecht war. Schon gar nicht Luisa, die von der zynischen Art dieser Dame abgestoßen wurde und gar nicht damit umgehen konnte.

Einmal, als sie sich nach einer besonders boshaften Bemerkung ihrer Arbeitgeberin in den Kellergang zurückgezogen hatte und mit den Tränen kämpfte, kam der Hausmeister vorbei. »Komm hier rein, da können wir eine rauchen«, bot er an und öffnete ihr die Tür zu seiner kleinen Werkstatt. Das Gespräch mit dem attraktiven, witzigen Mann tat ihr gut, nach einer Weile konnte sie sogar wieder lächeln. »Na siehst du, ist doch alles halb so schlimm«, stellte er zufrieden fest.

»Eigentlich bin ich gar nicht so empfindlich«, erklärte Luisa etwas verlegen. »Aber die Alte macht mich immer total fertig. Die ist so gemein und ich weiß dann nie, was ich sagen soll.«

»Was hat sie denn zu dir gesagt?«

»Ich soll mal zur Kosmetikerin gehen und mir zeigen lassen, wie man sich richtig schminkt. Wir wären hier schließlich nicht auf der Reeperbahn.«

Er lachte verächtlich. »Das ist doch der pure Neid. Weil du viel besser aussiehst als sie. Da kann sie sich noch so professionell schminken. Und das weiß sie ganz genau. Weißt du, die Frau kann sich selbst nicht leiden. Sie ärgert sich über jede einzelne Falte, die sie bekommt und hat immer Hunger, weil sie mit ihrer Figur unzufrieden ist. Den Frust lässt sie an anderen aus. Sie kann gar nicht anders. – Übrigens, ich heiße Robin. Du bist Luisa, richtig?«

Etwas verwundert nickte sie zustimmend. »Meinst du wirklich? Ich denke immer, die ist so selbstbewusst, weil sie sich selbst ganz toll findet.«

»Ach wo, die tut nur so. Außerdem ist sie krankhaft ehrgeizig, und das hier, die Leitung eines mittelmäßigen Hotels, ist nicht das, was sie sich erträumt hat.«

Jetzt muss auch Luisa lachen. »Das sagst du doch nur, weil du willst, dass ich mich nicht mehr vor ihr fürchte. Woher willst du das wissen? Kennst du die Alte so gut?«

»Ja, ich glaube schon. Immerhin bin ich seit mehr als zehn Jahren mit ihr verheiratet.«

»Oh Gott!« Luisa spürte, wie sie knallrot wurde. »Entschuldige, das wusste ich nicht. Wie blöd von mir …«

»Nein, du brauchst dich wirklich nicht entschuldigen, du hast ja recht. Dass ich mit ihr verheiratet bin, ändert doch nichts daran. Im Gegenteil, ich sollte mich für sie entschuldigen. Aber das habe ich schon lange aufgegeben.«

War es das Spiel mit dem Feuer, das Luisa reizte, als sie ein Verhältnis mit dem Ehemann ihrer Chefin begann? Oder gefiel es ihr, wie er sie immer aufmunterte, ihr ehrlich klingende Komplimente machte und sie zum Lachen brachte? Jedenfalls fühlte sie sich wohl in seiner Gegenwart. Im darauffolgenden Winter wurde ihr Verhältnis enger, sie trafen sich zunächst heimlich, und zur nächsten Saison trennte Robin sich von seiner damaligen Frau.

Wenn Luisa heute an diese Zeit zurückdenkt, erinnert sie sich, wie glücklich sie war. Robin hatte sich zu ihr bekannt, er stand öffentlich zu ihrer Liebe. Myrna, die sie vor einem Verhältnis mit einem verheirateten Mann gewarnt hatte, hatte dieses Mal unrecht. Robin hatte sich sogar mit seinen Eltern und mit seiner Schwester überworfen, mit der er sich doch angeblich immer so gut verstanden hatte. Luisa hat seine Familie nie kennengelernt, worüber sie insgeheim froh war. Die gaben wahrscheinlich ihr die Schuld daran, dass Robin seine Frau verlassen hatte und sie hatte keine Lust auf vorwurfsvolle Blicke oder spitze Bemerkungen. Jetzt ließ sie sich von der Chefin auch nicht mehr einschüchtern, sie fühlte sich ihr sogar überlegen.

Ein älteres Paar mit einem großen, zottigen Hund kommt ihr entgegen und Luisa fällt ein, dass sie völlig verheult aussehen muss. Sie dreht den Kopf zur Seite und blickt über das Wasser. Als die Leute vorbeigegangen sind, wischt sie mit dem feuchten Papiertaschentuch unter den Augen entlang. War Robin eigentlich auch glücklich zu der Zeit? Oder hat er seine Entscheidung bereut und hätte sie am liebsten rückgängig gemacht? Warum kann sie sich nicht an den Tag erinnern, als er erfuhr, dass seine Exfrau gleich nach der Scheidung mit seiner Tochter weit weg nach Süddeutschland ziehen würde? Seine damals zwölfjährige Tochter war doch der wichtigste Mensch auf der Welt für ihn. Er war völlig verzweifelt, das weiß sie noch, einmal hat er sogar geweint. Hat sie ihn trösten können? Hat sie es überhaupt versucht?

Das ist so weit weg, Luisa gelingt es einfach nicht, sich an ihre damaligen Gefühle zu erinnern. Doch an ihre Erleichterung erinnert sie sich, als Robins Antrag auf das Sorgerecht für seine Tochter abgelehnt wurde. Das Mädchen zog mit seiner Mutter nach Bayern oder Hessen – Luisa weiß es nicht genau – und die größte Enttäuschung für Robin war, dass sie es selbst so wollte. Sie konnte ihrem Vater die Trennung von der Mutter nicht verzeihen. Im darauffolgenden Winter hat Robin sie einmal besucht. Hat er eigentlich von dem Treffen erzählt? Wollte er nicht, dass seine Tochter in den Ferien zu ihm kommt? Ist er noch einmal oder öfter zu ihr gefahren? Haben sie miteinander telefoniert?

Luisa ist immer langsamer gegangen, jetzt bleibt sie stehen und sieht wieder über die Ostsee zu einem großen Schiff am Horizont. In der Erinnerung denkt sie an sich selbst wie an eine Fremde. Gut, sie war schwanger, aber war das ein Grund, Robins Sorgen zu vergessen? Sie sah ihn nur noch als Vater für ihr eigenes Kind, dass er schon eines hatte, das er liebte und schmerzhaft vermisste, ignorierte sie einfach. Er hat sich so sehr auf seinen Sohn gefreut. Dass er sie umsorgte und verwöhnte, hat sie als selbstverständlich hingenommen. Sie hat seine Liebe und Fürsorge ebenso angenommen wie die ihrer Schwester, als etwas, das man bekommt, weil es einem zusteht, für das man nichts zurückgeben muss.

Was ist sie nur für ein Mensch? Luisa schämt sich. Sie möchte zu Robin gehen, jetzt gleich, und ihn fragen, wie es ihm geht. Ob seine Tochter ihm verziehen hat und ob er sie manchmal sieht oder wenigstens mit ihr telefoniert. Ob er jetzt endlich glücklich ist. Sie jedenfalls wird seine neue Beziehung nicht zerstören und ihm auch nicht das Kind wegnehmen. Dazu hat sie kein Recht. Wieder hat sie Tränen in den Augen, diesmal wegen der eigenen Großherzigkeit. Das ganz schwache Gefühl der Erleichterung lässt sich leicht ignorieren.

Plötzlich sieht Luisa die Ahlbecker Seebrücke vor sich und erschrickt. Um drei ist sie mit Joe zum Kaffeetrinken verabredet. Sie blickt auf die Uhr – es ist noch eine halbe Stunde Zeit, das schafft sie bequem. Sie geht etwas mühsam durch den losen Sand und dann neben der Seebrücke hoch auf die Strandpromenade. Als sie etwas außer Atem am vereinbarten Treffpunkt ankommt, wartet ihr Schwager schon.

»Iss ruhig noch ein Stück Kuchen«, drängt Joe, »du kannst das gebrauchen! Ich habe den Eindruck, du wirst immer dünner.«

»Nein, danke! Ich bin wirklich satt. Aber du kannst ja noch was essen.«

»Nein, wenn man keine Bewegung hat, muss man mit dem Essen vorsichtig sein«, erwidert er ohne Selbstmitleid und blickt sie prüfend an. »Was ist los mit dir? Du siehst blass aus, hast du geweint?«

»Ja.« Luisa erzählt von ihrer Begegnung heute Mittag. »Was denkst du, hat Robin die Frau schon gekannt, als ich noch da war?«

Joe spielt mit dem Kaffeelöffel und überlegt eine Weile. Dann zuckt er ratlos mit den Schultern. »Du, ich weiß das wirklich nicht. Jedenfalls war sie schon da, als Myrna verschwunden ist … meine ich. Aber sicher bin ich mir natürlich nicht.«

»Hast du schon mal mit ihr gesprochen?«

»Nein, nicht wirklich. Wir grüßen uns, wenn wir uns begegnen, und das ist alles. Genauso wie mit Robin. Allerdings hat der mir gleich am Anfang, nachdem Myrna weg war, Hilfe angeboten. Also, wenn ich mal was brauchen würde … na, du weißt schon. Reine Höflichkeit wahrscheinlich, aber immerhin.«

»Na ja, warum? Gegen dich hat er doch nichts. Er mochte Myrna nur nicht.«

»Stimmt. Und sie ihn auch nicht. Ich weiß bis heute nicht, was die beiden gegeneinander hatten.«

»Robin war der Meinung, Myrna mische sich zu sehr ein. Dabei war das ja meine Schuld. Ich bin eben wegen jeder Kleinigkeit zu ihr gelaufen. Aber er hat gesagt, sie lässt mich nicht erwachsen werden. Ich glaube, er war nur neidisch, weil ich mich mit meiner Schwester so gut verstanden habe und er sich mit seiner gar nicht.«

»Ich wusste gar nicht, dass er eine Schwester hat. Na, ist ja auch egal. Jedenfalls hätte Myrna die Neue schon aus dem Haus gejagt, nehme ich an. Die hätte nicht zugelassen, dass eine andere deinen Platz einnimmt. Und auf keinen Fall hätte sie der dein Kind überlassen.«

»Ach komm, Joe, sei nicht ungerecht! Das ist ja nun wirklich meine Schuld, schließlich habe ich die beiden verlassen.« Sie seufzt, dann wechselt sie schnell das Thema und erzählt von der Begegnung mit Myrnas ehemaliger Kollegin. »Sie hat einen Streit zwischen dir und Myrna gehört und meint, du hättest Myrna vor einer Frau gewarnt. Sie solle vorsichtig sein und sie wäre dieser Frau nicht gewachsen – irgend so was. Kannst du dich an das Gespräch erinnern?«

Joe zieht die Augenbrauen hoch und lächelt ein bisschen wehmütig. »Also ehrlich Luisa, wie lange soll das her sein? Inzwischen ist so viel passiert, da erinnere ich mich doch an so etwas nicht mehr.« Er überlegt, dann schüttelt er den Kopf. »Ich habe wirklich überhaupt keine Idee, von welcher Frau wir gesprochen haben sollten. Vielleicht hat sie mir etwas von ihrer Arbeit erzählt? Dass sie sich mit einer Vorgesetzten angelegt hat?«

»Nein, es hatte wohl etwas mit dem Geschäft zu tun, das sie übernehmen wollte. Kann es sein, dass es um die Frau des Malers ging? Du weißt doch, dieser Besen vom Ordnungsamt.«

»Die kenne ich doch gar nicht weiter. Was soll Myrna denn mit der zu tun gehabt haben?«

»Na ja,« Luisa zögert und sieht Joe etwas verlegen an, »vielleicht hat sie mit dem Mann geflirtet, um ihm den Laden abzuschwatzen.«

»Ach, Luisa!« Joe klingt gereizt. »Das war doch gar nicht Myrnas Art. Traust du ihr das zu?«

»Ja, ich weiß nicht. Wenn sie doch unbedingt selbstständig werden wollte …«

»Das ist ja nun auch egal«, unterbricht er sie ungeduldig. »Nach dem Unfall war das ja alles irrelevant, das hatte sich erledigt. Aber«, fügt er hinzu und sieht Luisa eindringlich an, »deine Schwester wäre niemals zu weit gegangen, schon gar nicht wegen irgendeinem Laden. Dazu war sie viel zu anständig.«

»Natürlich, das weiß ich doch«, sagt Luisa leise und schluckt, während sie ihre Hand auf die von Joe legt. Zum ersten Mal ist ihr aufgefallen, dass er in der Vergangenheit von seiner Frau gesprochen hat.

34

Luisa fühlt sich heute etwas benommen, sie hat schlecht geschlafen und nun brummt ihr Kopf, als hätte sie gestern getrunken. Sie beschließt, sich aus der Apotheke Aspirin zu holen. Als sie vor der verschlossenen Tür steht, fällt ihr ein, dass heute Sonntag ist. ›Das auch noch!‹, denkt sie missmutig. ›Noch mehr Menschen auf der Seebrücke, noch mehr Adventsstimmung.‹ Dabei ist der Himmel dunkelgrau, es wird gar nicht richtig hell heute und es regnet ununterbrochen. Ihrem Kopf würde ein langer Spaziergang sicher gut tun, aber dann ist sie nachher völlig durchnässt. Eine Erkältung ist das Letzte, was sie jetzt gebrauchen kann. Sie sieht hinüber zum *Maritim-Hotel*. Über dem östlichen Eingang steht noch immer »Spielbank«, aber die ist da schon lange nicht mehr drin. Schade eigentlich, meint Valentin, die *Spielbank* in Heringsdorf hatte eine lange Tradition, früher stand an der Stelle das *Strandcasino*, aber das ist ebenso wie die alte Seebrücke abgebrannt. Zurzeit werden in den Räumen Bücher verkauft. Sie beschließt, dort etwas zu stöbern.

Wenig später sieht Luisa sich um und beginnt, die Bildbände durchzublättern. Sie lässt sich Zeit, nimmt ein Buch nach dem anderen in die Hand, geht dann zum Nebentisch, dort liegen verschiedene Fachbücher, technisches Zeug, das interessiert sie nicht so sehr. Auch nicht die Kinderbücher. Obwohl – sie lächelt und nimmt eines aus dem Regal. »Fridolin, der freche Dachs«. Wie hat sie das als Kind geliebt. Überhaupt: Fallada. Ihre Eltern haben viele Bücher von ihm besessen: »Der eiserne Gustav«, »Wer einmal aus dem Blechnapf frisst«, »Kleiner Mann was nun«. Gleich nach dem Mauerfall hat Myrna die anderen Bücher von ihm gekauft, die in der DDR nicht verlegt wurden. Von den meisten war sie dann enttäuscht. Seltsam, denkt Luisa, dass sie sich daran noch erinnert. Das war wohl gerade die Zeit, als sie selbst anfing, »Erwachsenenbücher« zu lesen.

Die Verkäuferin beobachtet sie misstrauisch. Hat sie Angst, dass Luisa etwas stehlen könnte? ›Ich sehe wohl nicht sehr vertrauenerweckend aus.‹ Aber das ist ihr egal. Sie lässt sich trotzdem Zeit. Es ist schön warm hier und es macht Spaß, in den Büchern zu blättern. Jetzt hat sie nur keine Lust zu fragen, ob es hier noch andere Werke von Fallada gibt. Langsam sieht sie Reihe für Reihe durch, nimmt einen Agatha-Christie-Krimi aus dem Regal – die hat sie früher auch mal gern gelesen, aber heute steht ihr der Sinn gar nicht nach Krimis.

Wieder auf der Promenade, hat sie immer noch keine Lust, zur Seebrücke zurückzugehen. Sie denkt noch an Fallada, den würde sie jetzt gern lesen. Eigentlich kann sie es sich nicht leisten, neue Bücher zu kaufen. Aber, ach was, es ist ja fast Weihnachten. Sie wird sich jetzt selbst ein Weihnachtsgeschenk machen. Die Buchhandlung in der Friedenstraße hat an diesem Adventsonntag, wie fast alle Geschäfte in Heringsdorf, geöffnet. Fast auf Anhieb findet sie »Wolf unter Wölfen«. Den Fallada-Roman hatten ihre Eltern auch. Myrna hat mal erzählt, es wäre das Lieblingsbuch ihrer Mutter gewesen. Erfreut geht sie damit zur Kasse. Dort dauert es ein bisschen, eine kleine dicke Frau ist dabei, dem Buchhändler ausführlich ein Fischrezept zu erklären. Anscheinend ist sie Köchin von Beruf, oder war es einmal, sie muss schon lange Rentnerin sein und nun gibt sie dem Hobbykoch Ratschläge.

Luisa winkt ab, als der Mann sie zwischendurch bedienen will. Sie hat Zeit, sieht sich noch ein wenig um und hört der lebhaften Alten zu. So erfährt sie, dass die nur ein Buch umgetauscht hat. »Ich wollte das meiner Nichte Sophie zum Geburtstag schenken und nun hat ihre Freundin Anne genau das gleiche gekauft. Wir hätten uns ja auch vorher besprechen können, aber es ist egal, ich habe Zeit. Ich wollte heute sowieso mal zur Seebrücke, da ist es immer so schön um die Weihnachtszeit.«

Während Luisa die Bildbände betrachtet, hört sie, wie der Buchhändler etwas von »Toten in Bansin« sagt. Sie erschrickt. War Myrna womöglich nicht das einzige Mordopfer? Sie tritt etwas näher an den Verkaufstresen heran, aber die beiden reden jetzt über Aal in Gelee. Anscheinend sieht sie nicht nur Gespenster, sondern hört sie auch. Oder der Buchhändler hat mit seiner Kundin über einen Buchtitel gesprochen.

Die Kopfschmerzen haben schon etwas nachgelassen. Sie läuft schnell hinüber zur Seebrücke ins Trockene, holt sich ein Fischbrötchen und einen Becher Kaffee und geht nach unten. Geduldig wartet sie, bis niemand mehr im Vorraum ist. Ein Blick hinüber zum Modegeschäft, die Verkäuferin ist wieder mit ihrem Handy beschäftigt. Gut so. Sie lauscht noch einmal nach oben, nur leise Weihnachtsmusik ist zu hören, auch auf der Treppe ist niemand. Schnell öffnet sie die Tür, das leise Knarren erschreckt sie jedes Mal, aber es lässt sich nicht vermeiden. Aufatmend schließt sie von innen zu. In ihrer Ecke macht Luisa es sich gemütlich. Das Licht der Taschenlampe ist schön hell, sie hat gerade die Batterien ausgewechselt. Sie versinkt in ihrem Buch, vergisst dabei das Fischbrötchen und auch der Kaffee wird kalt. Zum ersten Mal seit langer Zeit denkt sie ein paar Stunden lang nicht an ihre Schwester.

Es ist erst kurz nach vier Uhr nachmittags, aber draußen ist es schon dunkel. Heute ist es den ganzen Tag hindurch noch nicht richtig hell geworden. Luisa steht auf dem Steg und atmet ein paarmal tief ein und aus. Sie ist beim Lesen irgendwann eingeschlafen. Als sie wach wurde, hat sie den kalten Kaffee getrunken. Das Brötchen hat sie sorgfältig eingewickelt, das kriegt der Kater heute Abend. Am liebsten hätte sie weitergelesen und ihren Unterschlupf heute gar nicht verlassen, aber sie musste zur Toilette.

Sie dreht sich um und geht langsam in die Passage.

Im Café sitzt Valentin auf seinem Stammplatz. Maja Vogelsang steht daneben und zieht gerade ihre Jacke an.

Luisa geht schnell vorbei. In einer Gruppe alter Leute erkennt sie Isolde. Sie bleiben unter der Überdachung vor der Seebrücke stehen, auch Luisa. Sie hat keine Lust, in den Regen hinauszutreten. Die Altenpflegerin kontrolliert, ob ihre

Schützlinge wasserdicht verpackt sind, sie zieht eine Kapuze zurecht und hilft einer Frau, ihren Schirm zu öffnen. Als sie Maja kommen sieht, tritt Luisa dicht an das Grüppchen heran, dreht aber ihr Gesicht zu einem Schaufenster.

Direkt hinter ihr steht Trudchen, die auf Isolde einredet. »Er macht sich wohl nichts aus Weihnachten«, hört sie. »Sein Haus ist ganz dunkel. Dabei hatte seine Mutter es immer so schön weihnachtlich geschmückt. Das war eine ganz feine Frau, auch sein Vater war ein guter Mensch.« Sie seufzt tief. »Ach ja, die armen Eltern. Sie haben sehr gelitten, sie mussten für die Tat ihres Sohnes büßen. Er war ja weg, aber sie wurden auf der Straße angespuckt von den Leuten. Stell dir das vor!«

Isolde scheint gar nicht zuzuhören, sie ist damit beschäftigt, einem Mann gegen seinen Willen den Mantel zuzuknöpfen.

Trudchen sinniert weiter. »Sie sind nachher weggezogen, ich dachte, sie hätten das Haus verkauft. Aber jetzt wohnt er ja da drin, dann hat er es doch wohl geerbt. Gekauft hat er es bestimmt nicht, wovon denn, mit seinen Ortsführungen kann er ja nicht viel verdienen. Aber vielleicht macht er das auch nur aus Langeweile. Das kann er bestimmt gut, war ja noch nie ein Dummer, der Wagner.« Sie brabbelt weiter, während sie Isolde hinterher in den Regen geht.

Luisa bleibt stehen und denkt über das Gehörte nach. Hat Trudchen von Valentin gesprochen? Sie hat ihn schon einmal »Wagner« genannt. Na, wahrscheinlich verwechselt sie ihn.

Luisa freut sich, als sie Valentin noch auf seinem Platz sieht. Anscheinend hat auch er keine Lust, durch den Regen zu laufen. Oder er will nicht nach Hause gehen, wo er ja auch allein wäre.

Mit einem frischen Kaffee setzt sie sich zu ihm. »Geht dir dieses Gedudel nicht auf die Nerven?«, fragt sie. »Also ich kann es nicht mehr hören. Überhaupt dieser ganze Weihnachtskitsch. Ich bin froh, wenn das wieder vorbei ist.«

»Das geht wohl den meisten Menschen so. Außer den Kindern vielleicht. Für alle anderen ist es hauptsächlich Stress.«

»Na ja, eigentlich habe ich gar keinen Stress damit. Aber es ist eben auch schwer zu ignorieren.«

»Ja, das ist wohl war. Für Alleinstehende ist diese Zeit auch ein Krampf. Man ist überhaupt nicht in der Stimmung, schon gar nicht, wenn kein Schnee liegt, aber irgendwie ist man zur Sentimentalität verpflichtet.«

»Genau!« Luisa lacht. »Wer Weihnachten nicht mag, ist entweder ein schlechter Mensch oder traumatisiert. Das lehrt uns jede Weihnachtsgeschichte. Dabei sind die meisten Erwachsenen froh, wenn sie die letzten Tannennadeln zusammengefegt haben und endlich kein ›Last Christmas‹ mehr im Radio läuft.«

»Ach, man sollte es einfach nicht so ernst nehmen. Man kann ja zu Weihnachten auch einen lustigen Film gucken oder ein schönes Buch lesen und einfach warten, bis es vorbei ist und die Menschen wieder normal werden.«

»Das kann man«, erwidert Luisa erleichtert und denkt an die Bücher, die sie unter dem Kinosessel versteckt hat.

35

»Na, Kaiserchen, hast du ausgeschlafen? Komm noch ein bisschen kuscheln.« Zärtlich streicht Luisa über das getigerte Fell und der kleine Kater schmiegt sich an sie. Eine Weile genießen sie beide noch die Wärme unter den Decken und die Stille. Nur das leise Schnurren des Tieres ist zu hören. Luisa ist froh, dass sie ihn hat, so fühlt sie sich weniger einsam. Er ist auch nicht mehr ganz so erbarmungswürdig dürr, seit sie ihn jeden Abend füttert.

Wie ein schweres dunkles Tuch legt sich die Erinnerung an ihre Schwester auf Luisas Gemüt und sie steht auf, um die Gedanken abzuschütteln. Schnell zieht sie sich um, dann schüttelt sie die Decken aus, faltet sie sorgfältig und schiebt sie zusammen mit den Büchern und der Taschenlampe unter die Sitzreihe. Handy und Essensreste kommen in die Umhängetasche, sie streicht sich die Haare ein wenig zurecht und geht zum Eingang. Bevor sie den Schlüssel umdreht, lauscht sie einen Moment. Alles ruhig. Vorsichtig öffnet sie die Tür. Es knarrt wie immer an dieser Stelle, wenn die schwere Eisentür nur einen Spalt geöffnet ist. Die Katze huscht hindurch und Luisa will gerade selbst hinaustreten, als sie Schritte auf der Treppe hört. Gleichzeitig kommt jemand von außen herein. Instinktiv will sie die Tür wieder zuziehen, im letzten Moment fällt ihr ein, den Spalt offen zu lassen, um das Knarren zu vermeiden.

Zwischen Außeneingang und Treppe geht man nicht direkt an der Kinotür vorbei, es wird nicht auffallen, dass diese nicht ganz geschlossen ist. Trotzdem klopft ihr das Herz bis zum Hals und ihre Hände werden feucht vor Aufregung.

›Ich könnte sagen, dass die Tür offen war und ich nur aus Neugierde hineingegangen bin‹, denkt sie. ›Aber wenn es der Hausmeister ist, wird er zuschließen und ich komme hier nie wieder hinein. Außerdem könnte er die Sachen finden, dann weiß er, dass ich hier geschlafen habe. Ob er die Polizei holt?‹ Das alles schießt ihr in Sekundenschnelle durch den Kopf, während sie atemlos lauscht.

Dann hört sie eine vertraute Stimme. Es ist Isolde, die mit schweren Schritten hinunterkommt. Am Fuß der Treppe trifft sie auf jemanden, den sie kennt und fröhlich begrüßt: »Na, du bist ja auch schon wieder hier, hast du kein Zuhause?«

Die leise Antwort kann Luisa nicht hören.

Wieder Isolde, etwas erstaunt: »Was ist denn? Hast du ein Problem?«

Die beiden stehen jetzt neben der Treppe, höchstens zwei Meter von Luisa entfernt, die kaum zu atmen wagt. Isolde spricht auch nicht mehr so laut, aber ihr Gesprächspartner redet so leise, dass Luisa trotz aller Anstrengung nichts versteht. Nur den Namen »Trudchen« hört sie, oder bildet sie sich das ein, als Isolde antwortet?

»Alte Leute erinnern sich eben plötzlich an Dinge, die lange her sind. Und sie sind so hartnäckig, müssen unbedingt darüber reden. Vielleicht wollen sie nicht, dass es vergessen wird. Aber manches sollte man vergessen.«

Leises Gemurmel, dann wieder Isolde. Ihre Stimme klingt jetzt sehr ernst, eindringlich: »Es gibt eben Momente, die ein ganzes Leben verändern und sogar das Leben von mehreren Menschen. Mancher zerbricht an dieser Schuld, weil er ein Gewissen hat. Jeder Mensch macht Fehler! Nur haben nicht alle so große Auswirkungen. Aber das kann so ein junger Mensch doch vorher gar nicht einschätzen.«

Die andere Stimme klingt jetzt aufgeregt, wird etwas lauter und Luisa hört, dass es eine Männerstimme ist. Verstehen kann sie immer noch nichts.

»Wo sind denn die anderen eigentlich?«, fragt Isolde jetzt. »Weißt du das? Meinst du, sie denken auch noch an ihre Schuld?«

»Ich war der Hauptschuldige!« Das war beinahe ein Ausruf, aber gleich wird die Stimme wieder leiser. Sie kommt ihr bekannt vor, aber sie erkennt nicht, wer dort spricht. »Ich habe doch die anderen mit hineingezogen, vielleicht auch deren Leben zerstört.«

Was Isolde antwortet, kann Luisa nicht verstehen. Sie redet jetzt auch leiser, scheint den Mann beruhigen zu wollen. Luisa hat sich in den dunklen Raum zurückgezogen, um nichts in der Welt möchte sie von den beiden beim Lauschen erwischt werden. Was kann Isoldes Gesprächspartner getan haben, das ihn so sehr belastet? Trudchen scheint es zu wissen und sie hat es ihrer Pflegerin erzählt, der Einzigen, die ihr zuhört und die ihr glaubt. Und sie wird es bestimmt nicht weitererzählen, bei Isolde ist ein Geheimnis sicher.

36

Maja Vogelsang atmet keuchend, als sie endlich oben angekommen ist. Sie stellt ihre beiden Einkaufstaschen ab und bleibt stehen. Warum nur müssen die Einkaufsmärkte so weit außerhalb des Seebades sein? Und warum eigentlich ist sie über den Berg gegangen? Sie hätte auch auf der Straße bleiben können. Das ist nicht viel weiter und geht sich viel bequemer. Sie wollte allerdings einer Bekannten aus dem Weg gehen, die ihr entgegenkam und deren Geschwätzigkeit ihr auf die Nerven geht. Wenn die sie gesehen hätte, würde sie wahrscheinlich noch da unten stehen und sich Geschichten über Leute, die sie nicht kennt und die sie nicht interessieren, anhören müssen.

Maja sieht hinüber zur Kirche. Gegenüber steht das weiße Gebäude, das einmal das Heringsdorfer Krankenhaus war und in dem sie geboren ist. ›Im vorigen Jahrtausend‹, denkt sie ironisch und seufzt. Manchmal macht sich das Alter doch schon bemerkbar. Hier ist es ruhig. Nur von der nahen Grundschule klingen gedämpfte Kinderstimmen herüber. Ringsherum stehen hohe Buchen, bilden einen kleinen Wald, im Sommer ist es ein stiller, schattiger Ort nahe dem Ortszentrum. Wenn es doch nur erst wieder Sommer wäre! Diese dauernde Dämmerung und die Ruhe deprimieren Maja allmählich. Sie glaubt schon, Gespenster zu sehen. Da ist diese seltsame dürre Gestalt mit der schwarzen Kapuzenjacke, die ihr unheimlich ist. Und wie ein Spuk taucht immer wieder eine der Ludwig-Schwestern auf. Myrna oder Luisa? Ach nein, Luisa ist ja tot. Und Myrna soll verschwunden sein. Aber wer ist diese Frau, die sie immer wieder sieht, aber an die sie nie nah genug herankommt, um sie deutlich zu erkennen oder gar anzusprechen? Einmal hat sie sie mit Valentin im Gespräch gesehen. Er hat auf ihre Frage erzählt, die Frau heiße Lisa und sei Kurgast. Lisa – Luisa – ein Zufall? Nein, Luisa ist tot. Wenn die Polizei das bekannt gibt und den Mörder sucht, wird es schon stimmen.

Maja holt noch einmal tief Luft, dann fasst sie energisch nach ihren Einkaufstaschen und geht zügig los. Als sie den Apothekerweg hinabgeht, wird sie unwillkürlich schneller. Sie muss die Frau ansprechen und wenn es wirklich Myrna ist, wird sie ihr bei der Suche nach Luisas Mörder helfen. Wie genau, das weiß sie nicht, aber das wird sich zeigen.

Maja ist in Gedanken schon dabei, ihre Couch als Nachtlager herzurichten, da geht sie um die Ecke und bleibt wie versteinert stehen. Die Frau, über die sie gerade nachdenkt, ist keine zehn Meter von ihr entfernt und kommt direkt auf sie zu. Und neben ihr fährt Joe Jensen mit seinem Rollstuhl. ›Also doch Myrna!‹, ist ihr erster Gedanke. Als die beiden näher kommen, zweifelt sie. Ist Myrna nicht kleiner? Oder täuscht sie sich, weil Joe jetzt sitzt? Wenn er neben ihr stand, wirkte sie immer sehr klein und zierlich. Luisa war die Größere der Schwestern. Aber ansonsten waren die beiden sich sehr ähnlich, Luisa hat wohl immer versucht, Myrna zu kopieren.

Der Rollstuhlfahrer und die Frau wirken sehr vertraut. Sie sind so in ein Gespräch vertieft, dass sie Maja zunächst gar nicht bemerken.

»Hallo Joe«, grüßt die, etwas unsicher, »ich habe dich lange nicht gesehen, wie geht es dir?« – ›Was für eine blöde Frage‹, denkt sie und fühlt, wie sie rot wird vor Verlegenheit.

Aber der Mann lächelt freundlich. »Hallo Maja! Na ja, du siehst ja. Aber den Umständen entsprechend geht es mir gut. Und selbst? Du siehst gut aus.«

Die Frau neben ihm blickt in die andere Richtung, als wolle sie betonen, dass sie das Gespräch nicht interessiert. »Das ist Lisa«, stellt Joe sie vor. »Wir haben uns im vorigen Jahr in der Reha-Klinik kennengelernt. Sie macht jetzt noch eine Kur, hier in Heringsdorf.«

»Aha«, Maja nickt verlegen und betrachtet die Frau möglichst unauffällig. Hat sie sich doch geirrt? Myrna ist es jedenfalls nicht, sie trägt flache Turnschuhe und ist trotzdem größer als Maja. Irgendwie erinnert sie an Luisa. Aber sie sieht doch ganz anders aus. »Also dann, ich muss weiter. Mach's gut, Joe! Und – es tut mir so leid, was passiert ist. Wenn du mal Hilfe brauchst …« – ›Oh Gott, was rede ich für einen Blödsinn!‹

»Danke, Maja. Ich weiß das zu schätzen.«

Seine Stimme klingt warm, und als sie sein wehmütiges Lächeln sieht, kommen ihr beinahe die Tränen. Hastig wendet sie sich ab. Im letzten Moment trifft ihr Blick den seiner Begleiterin und da weiß sie es. Das ist Luisa! Auch wenn sie jetzt eine Brille trägt: Diese Augen kennt sie und den trotzigen Zug um den Mund. Verwirrt geht Maja weiter. Wann hat sie Luisa eigentlich das letzte Mal gesehen? Das war, bevor sie schwanger war. Jetzt sieht sie viel älter aus, erwachsener. Und dann die dunklen, kurzen Haare und die Brille.

»Ob sie mich erkannt hat?« Luisa dreht sich noch einmal um und blickt Maja nach.

»Ach wo, das glaube ich nicht. Dann hätte sie sicher was gesagt.« Joe ist mit seinen Gedanken schon ganz woanders. Er sieht hinüber zum Taxi, das schon auf ihn wartet, dann hält er den Rollstuhl an und greift nach der Hand seiner Schwägerin. »Luisa, bitte«, fleht er sie an, »mir fällt es jedes Mal schwerer, wegzufahren und dich hierzulassen. Komm mit nach Hause. Was willst du hier? Was bringt es, in Myrnas Vergangenheit herumzustochern? Niemand hier kann dir sagen, wo sie ist. Du weißt doch, wie sehr sie Weihnachten liebt. Ich glaube, sie kommt zum Fest nach Hause. Bestimmt tut sie das!«

Seine Stimme klingt so hoffnungsvoll, dass Luisa ihn am liebsten in den Arm nehmen und trösten würde wie ein kleines Kind. Stattdessen blinzelt sie die Tränen weg und schüttelt wortlos den Kopf.

»Und wenn sie nicht wiederkommt«, fährt Joe leise fort, »nützt es auch niemandem, wenn du hier bist.« Er überlegt einen Moment, dann fällt ihm etwas ein. »Wenn du nicht nach Hause willst, wegen Robin, dann lass uns verreisen. Wir buchen uns zwei Hotelzimmer, irgendwo, wo du gern hin möchtest und bleiben über Weihnachten dort. Ein bisschen Ablenkung wird uns beiden gut tun. Was meinst du? Ich hinterlasse zu Hause eine Nachricht, damit Myrna uns findet, wenn sie doch kommt.«

»Joe, mach es mir doch nicht so schwer! Gib mir noch ein bisschen Zeit, ja? Ich habe doch schon einiges herausgefunden, ich glaube, ich bin auf der richtigen Spur. Myrnas Verschwinden hat mit der Seebrücke zu tun, ich kann jetzt hier nicht weg. Bitte, Joe!«

Der Taxifahrer hupt und Joe nickt zögernd, während er

sich in Bewegung setzt. »Na schön, aber pass auf dich auf! Ich will dich nicht auch noch verlieren.« Die letzten Worte hat er nur noch gemurmelt, während er Luisa schon den Rücken zudreht. Dann bleibt er doch noch einmal stehen und sieht zu ihr hoch. »Hast du eigentlich noch Geld?«

Sie zuckt etwas verschämt mit den Schultern. »Na ja, viel nicht. Wenn du mir noch mal was leihen könntest?«

Er holt schon das Portemonnaie aus der Tasche und gibt ihr ein paar Scheine. »Viel habe ich auch nicht«, gibt er zu. »Aber ich brauche ja auch nicht viel. Myrna hat noch am Abend ihres Verschwindens das Konto leergemacht. Gott sei Dank!« Er lacht beinahe fröhlich auf, als er die erstaunte Luisa ansieht. »Das ist ein Grund dafür, dass ich so sicher bin, dass ihr nichts passiert ist. Sie wird schon wiederkommen.« Er nickt nachdrücklich und winkt noch einmal kurz, als er sich in das Auto helfen lässt.

Nachdenklich geht Luisa zurück zur Seebrücke. Sie denkt an das leergeräumte Konto. Konnte Myrna so gemein sein und Joe ohne Geld zurücklassen? Vielleicht wollte sie es ihm zurückgeben und ist nicht mehr dazu gekommen. Vielleicht war das Geld sogar das Motiv für einen Mord …

Luisa bleibt stehen, starrt den großen beleuchteten Strandkorb neben der Seebrücke an, ohne ihn zu sehen, und überlegt. ›Sie hat das Geld abgehoben, um den Laden oder irgendetwas, was mit dem Geschäft zusammenhängt, zu bezahlen. Wer wusste, dass sie viel Geld bei sich trug? Wie viel war es überhaupt? Joe und Myrna haben beide gut verdient und nie auf großem Fuß gelebt.‹ Sie müsste Joe fragen, aber es war bestimmt eine ziemlich große Summe. ›Für wie viel Geld wird ein Mensch ermordet?‹

Das Geld ist jedenfalls eine Spur. Sie weiß nur noch nicht, was sie damit anfängt.

37

›Eine Luft wie Samt und Seide‹, denkt Luisa, als sie langsam auf der Strandpromenade entlanggeht. Obwohl es schon spät ist, hat sie überhaupt keine Lust, sich in ihren Unterschlupf zurückzuziehen. Tief atmet sie ein und sieht hinauf zum Mond hinter den dünnen Wolkenschleiern. Die Anzeigetafel neben dem Strandaufgang zeigt zwölf Grad Celsius Lufttemperatur an. Sie geht hinunter zum Strand, dicht an das Meer. Die kleinen Wellen plätschern leise ans Ufer, die Lichter der Seebrücke spiegeln sich im Wasser. Es ist still, nur aus weiter Entfernung hört man Stimmen und Gelächter von Jugendlichen, die sich an der Promenade treffen. Ein Liebespaar geht schweigend und eng umschlungen vorbei, Luisa blickt ihnen traurig nach. Sie fühlt sich plötzlich so alt. Es ist doch noch gar nicht lange her, dass sie selbst so verliebt war, glücklich und sorglos. Jetzt ist alles anders.

Langsam schlendert sie am Ufer entlang, ein Stück in Richtung Bansin, dann hat sie keine Lust mehr und geht zum nächsten Aufgang, zur Strandpromenade und zurück zur Seebrücke. Der Kater wird schon warten. Sie hat inzwischen sogar einen kleinen Vorrat an Katzenleckerlis und eine Schale, die sie ihm mit Wasser füllt.

Als Luisa am Musikpavillon vorbeigeht, erschrickt sie. Hinter einer Hecke tritt plötzlich ein Mensch hervor, den sie als die Frau mit dem schwarzen Anorak erkennt. Oder ist es doch ein Mann? Nein, gefühlsmäßig hält sie die Gestalt für eine Frau. Luisa tritt etwas zurück ins Dunkel und beobachtet die Fremde. Sie scheint etwas zu suchen, blickt sich immer wieder um, sieht hinter die Büsche, einmal bückt sie sich sogar, um unter eine Hecke zu schauen. Hin und wieder ruft sie leise etwas, das Luisa nicht versteht. Sie traut sich aber auch nicht näher heran. Vielleicht ist der Frau ein kleiner Hund weggelaufen? Aber nein, sie hat sie noch nie mit einem Tier gesehen. Außerdem würde sie dann sicher lauter rufen und hätte auch eine Leine oder so etwas in der Hand.

Inzwischen ist ein leichter Wind aufgekommen. Als die dünne Frau gerade unter einer Laterne steht, weht ihr eine kräftige Bö die Kapuze vom Kopf. Für ein paar Sekunden sieht Luisa halblange blonde Haare und ein schmales Gesicht. Also wirklich eine Frau! Nun weiß sie das wenigstens schon mal. Ihr Gefühl hat sie nicht getäuscht.

38

Luisa ist hungrig. Gestern hat sie vergessen, sich etwas zum Essen zu besorgen. Zum Mittag hat sie sich ein Fischbrötchen gegönnt und sie hat sich eingebildet, noch ein Päckchen Kekse in ihrem Nachtlager zu haben. Aber das war ein Irrtum. Auch für den Kater war nichts weiter da, den hat sie mit Leckerlis gefüttert. Heute muss sie unbedingt ein paar Lebensmittel und Katzenfutter einkaufen. Sie überlegt kurz, welcher Wochentag es ist. Ach ja, heute ist Montag, gestern war der Vierte Advent.

Es ist immer noch viel zu warm für die Jahreszeit, aber hin und wieder fallen ein paar Regentropfen. Luisa zieht sich die Kapuze über den Kopf, als sie von der Kurklinik zur Seebrücke geht. Ihre Haare sind noch etwas feucht vom Duschen und sie möchte sich wirklich nicht erkälten.

Das Café ist noch leer, nur ein Pärchen sitzt tuschelnd in einer Ecke und ein älterer Mann bezahlt umständlich eine Tüte voll Brötchen. Luisa läuft das Wasser im Mund zusammen, während sie ungeduldig hinter ihm steht. Sie sucht sich vier belegte Brötchenhälften aus und wählt dazu einen großen Milchkaffee. »Und ein Franzbrötchen«, fügt sie noch schnell hinzu, als die Verkäuferin die Preise eintippt. Schon während sie das Tablett zu einem Tisch trägt, ärgert sie sich, soviel Geld für ein Frühstück ausgegeben zu haben. ›Ich muss doch noch einkaufen und ich kann Joe wirklich nicht schon wieder um Geld bitten.‹

Nach einer halben Stunde lehnt Luisa sich zufrieden zurück. Das schlechte Gewissen hat sie mit den Brötchen hinuntergeschluckt. ›Das habe ich jetzt dringend gebraucht‹, denkt sie etwas trotzig und trinkt genüsslich den warmen Kaffee. Das tut gut. Sie fühlt, dass sie so nicht weitermachen kann. Sie muss ihr Leben endlich wieder in den Griff bekommen. Inzwischen ist ihr das alles hier zuwider, das Dasein als Obdachlose ist anstrengend, auch mit Joes Unterstützung. Sie will wieder ein Zuhause haben, eigenes Geld verdienen und sich nicht mehr verstecken. Joe hat ja recht, es bringt alles nichts. Die Tage sind lang und unbefriedigend, sie friert, sie hungert, sie langweilt sich und sie hat noch nichts über Myrnas Tod herausgefunden. Kein Motiv für einen Mord und schon gar keinen Verdächtigen. Ja, eigentlich weiß sie nicht einmal, ob ihre Schwester wirklich tot ist.

Luisa trinkt den letzten Schluck Kaffee und stellt ihr Geschirr zusammen. Dabei blickt sie in die Passage auf die Weihnachtsdekoration. ›Über Weihnachten und Silvester bleibe ich noch hier‹, beschließt sie. ›Aber gleich im Januar fahre ich nach Hause. Dann melde ich mich bei der Polizei. Ich muss denen ja nicht erzählen, dass ich schon seit Wochen hier bin. Ich sage einfach, ich war in Hamburg und habe gerade erst erfahren, dass ich für tot gehalten werde. Die werden mir ja wohl sagen, was sie bei ihren Ermittlungen herausgefunden haben. Dann bitte ich sie, Myrnas Freundin, ihre ehemalige Kollegin, mit der sie ein Geschäft eröffnen wollte, zu finden. Vielleicht weiß die etwas, was zu Myrnas Mörder führt. Jedenfalls ist das vernünftiger, als hier auf eigene Faust herumzustochern. Komisch, im Fernsehen sind die Privatdetektive der Polizei immer ein paar Schritte voraus. Wie machen die das? Ich habe jedenfalls nicht viel erreicht.‹

Luisa will gerade aufstehen und ihr Geschirr wegräumen, als Valentin an den Tisch kommt. »Willst du schon weg? Oder hast du noch Zeit, einen Kaffee mit mir zu trinken?«

»Klar, gerne! Aber ich glaube, ich bin an der Reihe, den Kaffee zu holen.«

»Nein, nein, lass mal. Cappuccino?«

Er steht schon am Ladentisch und Luisa nickt und bringt ihr Tablett an den Geschirrwagen.

Das Gespräch plätschert leise und friedlich dahin. Valentin erzählt von seinen Gästen, die er gestern durch Heringsdorf geführt hat und Luisa genießt die Ablenkung. Sie mag die feine, intelligente Ironie und die bildhafte Sprache des alten Mannes. Aber sie spürt, dass das betont fröhliche Erzählen etwas überdeckt, eine andere Seite von Valentin. Der Humor ist echt, auch seine zurückhaltende, unaufdringliche Freundlichkeit. Sie hat das Gefühl, dass Valentin ein Geheimnis verbirgt, das ihn etwas aus seiner Vergangenheit sehr belastet. Natürlich lässt sie sich nichts anmerken, dem Mann wäre es sicher unangenehm, wenn er wüsste, was sie sich für Gedanken macht, vielleicht würde er es ihr auch sehr übel nehmen und gar nicht mehr mit ihr sprechen. – Und eigentlich will Luisa es gar nicht wissen, sie hat genügend eigene Probleme und ist nicht neugierig auf die Sorgen anderer Leute.

Sie verschluckt sich an ihrem Getränk und setzt erschrocken die Tasse ab, als Andy Jensen sich neben sie auf den Stuhl fallen lässt.

»Das sind doch nur Idioten bei der Polizei«, schimpft er los, ohne sich mit einer Begrüßung aufzuhalten oder gar zu fragen, ob er sich an den Tisch setzen darf. »Da scheißen die mich zusammen, dabei bin ich doch das Opfer!« Er riecht nach altem Frittierfett und hat einen verkniffenen, selbstsüchtigen Zug um den Mund.

›Er hat überhaupt nichts von Joe‹, denkt Luisa, die ihn angewidert mustert.

Auch Valentin sieht den jungen Mann nur wortlos an, aber es ist auch gar nicht nötig, Fragen zu stellen, der redet schon weiter. »Mein Kiosk wurde über Nacht aufgebrochen. Ich habe natürlich gleich die Bullen angerufen, was kann ich dafür, wenn die erst eine Stunde später kommen. Also hab ich inzwischen ein bisschen aufgeräumt und schon mal die Wurst auf den Grill gelegt. Zu Mittag wollen die Gäste schließlich Bratwurst haben. Das ist doch alles mein Geschäft. Der Schaden ist auch so schon groß genug. Jetzt behaupten die, ich hätte die Spuren verwischt. Als ob die schon jemals einen Einbrecher geschnappt haben, ob mit Spuren oder ohne. Die sind doch schon längst wieder über die Grenze.«

»Was wurde denn gestohlen?«, fragt Valentin.

»Na, meine Kasse, da waren über 200 € drin, dann die ganzen Getränke, also Schnaps, Wein und Bier, Saft und Kaffee und alles, was in der Tiefkühltruhe war: Eis, Fleisch und die ganze Bratwurst.«

»Und was hast du heute Vormittag auf den Grill gelegt?«

»Was – ach so, na ja, ein paar Würste haben sie noch dagelassen«, stottert der Imbissverkäufer.

»Tatsächlich?« Valentin grinst und auch Luisa mustert den jungen Mann misstrauisch.

»Aber jedenfalls«, ereifert der sich, »habe ich das Einbruchswerkzeug gefunden. Die haben einen Hammer liegenlassen. Den habe ich nicht angefasst und die Bullen haben den mitgenommen. Bestimmt sind da Fingerabdrücke drauf. Vielleicht von jemandem, der schon bei denen registriert ist. Ich hoffe bloß, dass der keine Handschuhe anhatte.«

»So wie der Mann, der neulich die Tür an deinem Schuppen repariert hat?«

Andy zuckt zusammen, als er Isoldes Stimme hinter sich hört.

»Das war doch ein Pole, oder? Ich kann mich gar nicht erinnern, ob der Handschuhe getragen hat. Aber auf jeden Fall hatte er einen Hammer in der Hand. Da hoffen wir doch mal, dass das nicht derselbe war, oder?«

Es ist schwer feststellbar, ob Andy vor Wut oder vor Scham rot anläuft. Vermutlich Ersteres. Eine Antwort fällt ihm so schnell nicht ein. Der Blick, mit dem er die Altenpflegerin mustert, verheißt allerdings nichts Gutes. »Du – pass bloß auf!«, zischt er sie an. Er stopft beide Hände in die Hosentaschen und rempelt mit der Schulter einen alten Mann an, bevor er endlich das Café verlässt.

39

›Da ist die blonde Frau wieder!‹

Luisa ist auf dem Steg entlanggegangen, dicht an der Glaswand, aber selbst hier, unter der Überdachung wird sie nass, so heftig regnet es. Die wenigen Menschen, die unterwegs sind, haben sich unter Regenschirmen oder tief

ins Gesicht gezogenen Kapuzen versteckt. Die Ostsee ist hinter der Regenwand nur zu erahnen, ebenso der Strand. Nur schemenhaft hat Luisa die Gestalt bemerkt, die gerade unter dem Steg verschwunden ist. Sie beugt sich über das Geländer, aber die Frau ist nicht mehr zu sehen. Warum streicht die immer hier um die Seebrücke herum? Wen oder was sucht sie? Luisa will es jetzt wissen. Diese Frau, die immer wieder wie ein Spuk auftaucht und ebenso verschwindet, lässt ihr keine Ruhe. Vielleicht ist sie ja auch schon im Mai hier herumgeschlichen und hat etwas beobachtet. Sie könnte sogar den Mord beobachtet haben!

Schnell entschlossen geht Luisa zur nächsten Treppe, die zum Strand hinunterführt. Beinahe wäre sie auf den glatten, nassen Stufen ausgerutscht. Sie tritt unter den Steg und blickt sich um. Als sie die Gestalt mit dem schwarzen Anorak sieht, verbirgt sie sich schnell hinter einem dicken Pfeiler.

Die Fremde steht nur da und sieht sich um. Jetzt bückt sie sich sogar, um in eine Nische hineinzusehen. Sie scheint auch etwas zu rufen, aber der Regen rauscht so stark, dass

Luisa nichts versteht. Als sie sich wieder aufrichtet, rutscht der Frau die Kapuze vom Kopf. Fassungslos sieht Luisa kurzes schwarzes Haar. Sie starrt die Frau an, die ihren Blick erschrocken erwidert und schnell vorbeigeht. Im ersten Augenblick denkt Luisa, das ist jemand anderes, sie war auf eine Frau mit blonden Locken eingestellt, die wollte sie ansprechen. Das hat sie jetzt jedenfalls verpasst. Diese Frau muss sie ja für verrückt halten, sie wird sich verfolgt fühlen und ihr in Zukunft aus dem Weg gehen. Na toll! Aber irgendwas stimmt mit der nicht, das steht fest. Vorgestern hatte sie eindeutig blonde, halblange Haare und heute kurze schwarze. Na gut, fällt Luisa ein, das Kunststück habe ich ja auch schon mal vollbracht. Vielleicht sah sie deshalb so seltsam aus, irgendwie unnatürlich. Erst als die dünne Frau verschwunden ist, weiß Luisa plötzlich, was sie so irritiert hat. Das war eine Perücke, die sie gesehen hat. Heute auf jeden Fall, vielleicht auch schon vorgestern. Anscheinend will die auch nicht erkannt werden, genau wie sie selbst. Und wenn es doch ein Mann ist? Nein. Luisa hat das Gesicht zwar nur kurz gesehen, es war blass und ungeschminkt, aber eindeutig eine Frau.

Während Luisa langsam durch den nassen Sand hinauf zu den Dünen stapft, fällt ihr ein, dass die fremde Frau sich über sie wahrscheinlich genauso wundert, wie umgekehrt. Auch sie streunt wie eine Katze ständig um die Seebrücke herum. ›Wenn ich sie das nächste Mal sehe, spreche ich sie auf jeden Fall an, egal, was sie gerade auf dem Kopf trägt‹, nimmt sie sich vor.

40

Gott sei Dank sitzt Valentin heute allein am Tisch, das Café ist ohnehin fast leer. Die Leute bleiben zu Hause, schmücken den Weihnachtsbaum oder packen die Geschenke ein. Die Geschäfte werden noch voll sein, vor den Feiertagen sieht es immer aus, als stünde eine Hungersnot bevor. Aber hier auf der Seebrücke ist es ruhig. Die letzten Geschenke werden wohl woanders eingekauft. Aufatmend setzt Luisa sich zu Valentin an den Tisch. »Na? Schön ruhig hier, nicht? Die Urlauber sind wohl noch in ihren Hotels.«

»Ja, es sind auch noch gar nicht so viele da. Die große Anreisewelle kommt erst nach Weihnachten. Silvester sind die Hotels alle ausgebucht. Dann ist hier auch wieder mehr los.«

»Aha! Hast du denn jetzt auch zu tun?«

»Ich kann nicht klagen. Für die nächste Woche habe ich schon ein paar Aufträge. Auch für Silvester. Und an Neujahr mache ich sogar zwei Ortsführungen.«

»Ich habe das Gefühl, es kommen immer mehr Gäste im Winter. Gut für die Hotels. Und für dich natürlich auch«, fügt sie hinzu.

Valentin nickt gleichgültig. »Ja, ich hab genug zu tun. Im Herbst musste ich schon einiges ablehnen, ich bin ja auch nicht mehr der Jüngste. Und ich nehme mir auch gern ein bisschen Zeit für meine Gäste.«

»Das finde ich gut. Wenn deine Gäste zufrieden sind, macht es dir ja auch mehr Spaß und du kannst eben mit den Leuten umgehen.«

»Na ja, mehr oder weniger. Wenn man in Heringsdorf wohnt, muss man schon gastfreundlich sein, davon leben wir ja schließlich.«

»Das heißt dann aber, dass die Gastfreundlichkeit nicht echt, sondern nur Geschäft ist.«

»Richtig! Wenn ich es mir leisten könnte, wäre ich viel unfreundlicher. Manchmal gönne ich mir den Luxus.«

Luisa lacht. »Ich glaube, manchmal geht es auch gar nicht anders. Ich könnte auch nicht immer freundlich sein. Vor allem, wenn die Leute so saublöde Fragen stellen oder alles besser wissen.«

»Das sage ich dir! Man glaubt gar nicht, was die manchmal für einen Blödsinn reden. Vor allem über die DDR. Und wenn man dann nachfragt, wo sie ihre Weisheiten herhaben, dann stellt sich oft heraus, dass es die lieben Kollegen waren, die Ihnen das erzählt haben.« Er seufzt. »Es gibt nämlich reichlich schwarze Schafe unter den Gästeführern.«

»Stimmt«, erinnert sich Luisa, »ich habe neulich erst gehört, wie eine Frau einer Reisegruppe erzählt hat, die alte Seebrücke hätten die Russen abgefackelt. Aber da unten, in den Informationen des Historischen Vereins steht etwas ganz anderes. Warst du eigentlich noch hier, als die gebrannt hat?«

Valentin winkt ab. »Die reden manchmal noch ganz anderen Unsinn. Oft sparen sich die Reiseunternehmen den örtlichen Reiseleiter und meinen, das kann auch die Busbegleitung machen oder sogar der Busfahrer selbst. Der holt sich dann sein Wissen aus dem Internet und da stimmt auch nur die Hälfte.«

»Na ja, aber ich denke, auf Dauer setzt sich doch Qualität durch«, tröstet Luisa.

»Das hoffe ich!«

Auf den Seebrückenbrand geht Valentin nicht weiter ein und Luisa überlegt, ob das Absicht ist. Das Thema ist ihm anscheinend unangenehm. Ach, wahrscheinlich bildet sie sich das nur ein.

41

Es ist Hochsaison in Heringsdorf. Noch über Weihnachten war es ziemlich ruhig, aber jetzt sind die Hotels fast ausgebucht. Und es ist kalt geworden, sogar richtig winterlich. Viele sind Stammgäste, sie haben einmal den Jahreswechsel hier verbracht und kommen nun in jedem Jahr wieder. Es gibt hier keinen Weihnachts-, sondern einen Wintermarkt, der erst nach Weihnachten öffnet und jetzt gut besucht ist. Allerdings ist er in Strandnähe, auch hier weht ein kalter Wind über den Platz, rötet Wangen und Hände und verführt zum Glühwein- oder Grogtrinken. Heute scheint die Sonne, aber ein eisiger Ostwind weht über den Strand, die Spaziergänger sind warm eingepackt in dicke Jacken, Schals und Mützen, sie bummeln nicht, sondern gehen schnell, um wieder ins Warme zu kommen. Überall am Strand stehen Zelte, aus denen laute Musik tönt, Lachen und Stimmengewirr, es riecht nach Bratwurst und Glühwein. Auf der Seebrücke sind mindestens genauso viele Menschen wie im Sommer. Sie drängen sich in der Passage und in den Geschäften, im Café sind alle Plätze besetzt und vor dem Glühweinstand hat sich eine Schlange gebildet.

Maja Vogelsang ist glücklich. Sie liebt diese Atmosphäre. Geschäftig tippt sie Preise in die Kasse, gibt Wechselgeld heraus und wickelt die Ware geschickt ein. Dabei unterhält sie sich eifrig mit den Kunden. Auch sie kennt einige der Gäste, die immer zu dieser Jahreszeit hier sind. »Nein«, versichert sie gerade, »im Sommer sind auch nicht mehr Menschen hier als heute. Außerdem verteilen die sich dann besser im Ort und am Strand. Ehrlich gesagt«, sie beugt sich vertraulich zu dem älteren Ehepaar hinüber, »ich hatte gestern einen höheren Umsatz als im August.«

Sie freut sich, dass sie ein paar Tage arbeiten kann. Der Chef bezahlt sie direkt, das ist ein schöner Nebenverdienst, den sie gerade jetzt gut gebrauchen kann. Und man unterhält sich mal wieder mit anderen Leuten, ist beschäftigt und denkt nicht so viel nach. Die Zeit vergeht dabei wie im Flug. Sie merkt es nur an ihren Füßen, dass es auf den Feierabend zugeht. ›Hoffentlich schaffe ich es noch, ein Fußbad zu nehmen, bevor die Kinder kommen‹, überlegt sie und lächelt eine ältere Dame an, die mit einem kleinen Pudel auf dem Arm an den Ladentisch tritt. »Der ist ja niedlich«, schmeichelt sie.

»Ja.« Der Frau stehen Schweißperlen auf der Stirn, als sie versucht, Geld aus ihrer großen Handtasche zu holen und gleichzeitig das zappelnde Tier festzuhalten. »Wenn er nur nicht so ängstlich wäre. Heute ist er besonders aufgeregt. Die Knallerei überall macht ihn ganz wild. Das ist aber auch schlimm hier. So etwas habe ich ja noch nie erlebt.« Sie sieht Maja vorwurfsvoll an.

Die lächelt freundlich und enthält sich jeglichen Kommentars. Was soll sie auch sagen? Es ist Silvester, da knallt es eben. Hier vielleicht etwas mehr als anderswo. Sie hat auch den Eindruck, dass die Knallerei in jedem Jahr früher anfängt, aber es stört sie nicht. Es sind viele Familien mit kleineren Kindern hier. Für die gibt es das Feuerwerk eben schon am frühen Abend.

Maja freut sich auf die Silvesternacht. Ihre beiden Enkeltöchter Laura und Lilly dürfen bei ihr übernachten, weil die Eltern auch feiern wollen. Inzwischen sind die beiden alt genug, um bis nach Mitternacht aufzubleiben. Essen hat sie schon vorbereitet, alles, was die beiden mögen, sogar Pfannkuchen hat sie gekauft. Dann werden sie zusammen etwas spielen, dabei fernsehen und kurz vor Mitternacht gehen sie zur Seebrücke. Hoffentlich ist es dann nicht mehr so kalt. Sie freut sich auf das Feuerwerk genauso wie die Kinder.

Luisa steht um Mitternacht nur wenige Schritte von Maja entfernt und beobachtet, wie die ältere Frau überschwänglich ihre Enkeltöchter umarmt und küsst und dann gemeinsam mit den beiden hübschen Mädchen das Feuerwerk bejubelt. Sie fühlt sich einsam. Alle um sie herum stoßen miteinander an, küssen und umarmen sich. Zum ersten Mal in ihrem Leben ist niemand da, der ihr ein glückliches neues Jahr wünscht. Sie zieht die Kapuze hoch und vergräbt die Hände in den Taschen. Über die Menschen hinweg blickt sie in den Himmel. Es ist fantastisch. In westlicher Richtung sieht sie das Bansiner Feuerwerk und das Heringsdorfer direkt neben der Seebrücke. Wenn sie nach Osten sieht, das Ahlbecker und das in Swinemünde. Minutenlang freut sie sich wie ein Kind über das Farbenspiel. Erst als sich der Steg leert, geht auch sie langsam zurück. Es ist nicht daran zu denken, dass sie jetzt die Tür zum Kinosaal aufschließen kann, noch immer wimmelt es von Menschen auf der Seebrücke und ringsherum.

Der Wind hat nachgelassen, es ist heute gar nicht mehr so kalt und Luisa geht am Strand entlang, vorbei an feiernden Menschen, bis zur Ahlbecker Seebrücke. Einmal tritt sie an ein Feuer heran, um das ein paar junge Leute stehen. Einer bietet ihr ein Glas Sekt an. Sie nimmt das Glas, stößt mit den Fremden an und denkt: ›Auf dich, Myrna, wo immer du bist.‹

»Mir ist wohl ein Funke ins Auge geflogen«, erklärt sie einer jungen Frau, die sie erstaunt ansieht, als sie sich eine Träne aus dem Gesicht wischt.

42

»Hast du es schon gehört?« Isolde lacht Valentin an und beginnt schon das Gespräch, während sie einer Frau hilft, den Mantel auszuziehen und einem alten Mann einen Stuhl zurechtrückt. »Der Einbrecher ist gefasst worden!« Sie sieht sich prüfend um, ob alle ihre Schützlinge gut untergebracht sind und nickt zufrieden. Sie trägt heute wieder einen langen bunten Rock, der vielleicht etwas zu dünn ist für die Jahreszeit, aber das gleicht sie mit bunt gemusterten Leggins und dicken Winterstiefeln aus. Der Pullover sieht selbstgestrickt aus, vielleicht von einer der Frauen, um die Isolde sich liebevoll kümmert. »Ich hole uns jetzt erst mal Kaffee«, erklärt sie dann, bevor Valentin etwas sagen kann.

Während sie am Büfett ihre Bestellung aufgibt, überlegt er, worüber Isolde eigentlich gelacht hat. »Was ist denn daran so lustig, dass die Polizei einen Einbrecher erwischt hat«, fragt er dann auch, als sie zurückkommt.

»Nicht die Polizei …« Isolde stellt vorsichtig das Tablett ab, setzt sich noch vorsichtiger auf einen Stuhl und verteilt die Tassen. »Hier Trudchen, einen schönen Cappuccino für dich, Gustav, du kriegst den Kaffee, Zucker kannst du dir selbst rein tun. Und du, Dora, musst heute Tee trinken. Dein Blutdruck ist ein bisschen hoch im Moment. Reg dich nicht auf, sonst steigt er noch höher und du kriegst morgen früh auch keinen Kaffee. – So …«, aufatmend lehnt sie sich zurück und sieht Valentin an. »Der Nachtwächter vom Hotel hat ihn ertappt«, erklärt sie dann. »Er war wieder in der Gaststätte und hat sich was zu essen gemacht. Aber die hatten inzwischen eine Überwachungskamera installiert. Ja, da haben sie ihn dann gesehen. Es soll ein Obdachloser aus Polen sein.«

»Na, hoffentlich konnte er sich wenigstens noch satt essen, bevor sie ihn gestellt haben.«

»Die werden ihm schon was zu essen gegeben haben. Ich glaube auch nicht, dass ihm viel passiert. Er hat ja keinen

großen Schaden angerichtet.«

Valentin nickt. »Das denk ich auch. Und mit den anderen Einbrüchen wird er wohl nichts zu tun haben.«

»Nein, sicher nicht.« Isolde beugt sich über den Tisch und fragt leise: »Hast du der Polizei einen Tipp gegeben wegen Andy Jensen?«

»Wie kommst du darauf?«

»Ich habe eine Vorladung als Zeugin. Ich vermute, es geht darum, dass ich gesehen habe, wie ein junger polnischer Mann die Tür von dem Kiosk repariert hat. Denn von dem ›Einbruch‹ weiß ich ja nichts.«

»Nein, wie solltest du auch.« Valentin zuckt mit den Schultern. »Ich glaube, es schadet dem kleinen Gauner nicht, wenn die Polizei sich mal wieder mit ihm beschäftigt. Falsche Verdächtigung, Vortäuschung einer Straftat, versuchter Versicherungsbetrug – das kann teuer werden. Aber was geht es uns an …«, fügt er hinzu.

»Genau«, nickt Isolde, »was geht es uns an! Ich bin trotzdem froh, dass es eine Erklärung dafür gibt, wie die Fingerabdrücke von dem jungen Polen auf den Hammer gekommen sind. Der ist nämlich vorbestraft und wäre der perfekte Tatverdächtige gewesen.«

»Ja, wie immer, wenn irgendwo eingebrochen wurde. Erst mal geht man davon aus, das waren Polen.«

Bevor Isolde antworten kann, spricht ein älterer Herr, der noch im Eingang des Cafés steht, Valentin an: »Valentin! Valentin Wagner! Bist du das wirklich?«

Der Mann kommt mit schnellen Schritten auf den Tisch zu und Valentin steht sichtlich verlegen auf. Er sagt kein Wort, als der Fremde ihm zunächst heftig die Hand schüttelt und dann sogar in den Arm nimmt.

»Junge, wie lange haben wir uns nicht gesehen! Aber ich habe dich doch wiedererkannt. Allerdings habe ich deinen Vornamen auf dem Aushang da vorn gelesen und mir schon gedacht, dass du es bist. Der Name ist ja nicht so verbreitet.« Er klopft ihm noch einmal auf die Schulter, dann lächelt er Isolde an. »Entschuldigung, wenn ich störe, aber wir waren alte Schulfreunde und haben uns mindestens fünfzig Jahre nicht gesehen.«

»Aber Sie stören gar nicht. Wollen Sie sich zu uns setzen?« Isolde versucht, etwas zur Seite zu rücken, aber Valentin winkt ab.

»Komm, wir setzen uns da drüben hin«, weist er auf einen freien Tisch. »Oder wollen wir lieber einen Spaziergang machen? Bist du allein hier?«

Der elegant gekleidete Mann nickt und gemeinsam verlassen sie das Café.

Während Isolde nachdenklich in ihrer Tasse rührt, tritt Maja Vogelsang an den Tisch. Auch sie blickt den beiden Männern nach. »Das war aber seltsam«, stellt sie fest und setzt sich auf den frei gewordenen Platz. »Ich stand gerade am Büfett und habe gehört, wie der Mann Valentin angesprochen hat. Der hat sich aber offensichtlich nicht so sehr über die Begegnung gefreut. Ich wusste übrigens gar nicht, dass Valentin Wagner heißt«, fügt sie hinzu. »Auf seinem Namensschild steht ja nur sein Vorname, ich habe noch nie gehört, dass ihn jemand mit ›Herr Wagner‹ angesprochen hat.«

»Er heißt auch nicht so, er heißt Bessin«, erklärt Isolde etwas wortkarg. »Valentin Bessin.«

Als Maja sie erstaunt ansieht, lächelt sie entschuldigend. »Du, ich will nicht über Valentin reden. Er hat eben seine Geheimnisse, aber er ist trotzdem in Ordnung.«

»Natürlich!« Maja stimmt eifrig zu. »Er wird schon seinen Grund haben, wenn er nicht darüber reden will. Vielleicht hat der Mann ihn auch einfach verwechselt.«

Isolde nickt dankbar und erzählt von dem nächtlichen Einbrecher, der nun doch noch erwischt wurde.

Auch Luisa hat die Begegnung zwischen Valentin und seinem alten Schulfreund beobachtet. Ihr ist eingefallen, dass auch Trudchen ihn schon mal mit einem anderen Namen angesprochen hat. War das »Wagner«? Sie erinnert sich nicht mehr. An den Tisch will sie jetzt nicht gehen, dort sitzt Maja Vogelsang, der sie immer noch ausweicht.

Außerdem würde Isolde ihr sowieso nichts erzählen, sie scheint Valentins Geheimnis zu kennen und zu hüten. Ob es sinnvoll ist, Trudchen zu fragen? Aber die erwischt sie nie ohne Isolde und außerdem ist auf ihren Geisteszustand nicht mehr allzu viel Verlass.

43

Beinahe wäre Luisa gefallen, sie kann sich gerade noch am Rollstuhl festhalten. Joe lacht. »Jetzt ist es doch noch Winter geworden, man rechnet gar nicht mehr damit, dass es glatt ist, nicht?«

»Das hätte es auch wirklich nicht gebraucht«, murrt Luisa. »Es ist saukalt.«

»Wir können uns ja nachher irgendwo aufwärmen. Aber lass uns noch ein Stück gehen. Ich liebe diese klare Frostluft.«

Wenigstens hat man jetzt wieder viel Platz auf der Strandpromenade. Die Urlauber sind abgereist. Luisa steckt die Hände tief in die Jackentaschen und sieht auf den Boden, während sie neben dem Rollstuhl hergeht. Hoffentlich fängt Joe jetzt nicht wieder davon an, dass sie nach Hause kommen soll. Sie will erst noch einmal mit der Verkäuferin reden und vor allem will sie herausfinden, was Valentin verbirgt. Auch die seltsame Frau mit der Perücke will sie endlich ansprechen. Nein, jetzt kann sie noch nicht ins Dorf zurückkehren. Dort erfährt sie gar nichts mehr.

»Kennst du eigentlich einen Valentin? Valentin Bessin? Oder Valentin Wagner?«

Joe überlegt. »Die Namen sagen mir nichts. Was ist denn mit denen?«

»Mit dem. Es ist nur einer, aber ich weiß nicht, ob der Bessin oder Wagner heißt.« Luisa erzählt ihrem Schwager von dem Gästeführer, der sich Bessin nennt und manchmal mit Wagner angesprochen wird.

»Das ist ja seltsam. Meinst du, der hatte was mit Myrna zu tun?«

»Keine Ahnung. Ich kann es mir eigentlich nicht vorstellen. Trotzdem, ich wüsste zu gern, was der verheimlicht.«

»Ich kann mich ja mal umhören.« Joe hat den Rollstuhl an einem Strandaufgang angehalten und blickt auf das Meer. Das Wasser hat noch Plusgrade, deshalb hat sich darüber Nebel gebildet. Ein großer schwarzer Hund jagt die Möwen am Strand auf.

Luisa zieht die Schultern hoch und trampelt auf der Stelle.

»Ist dir kalt? Dann lass uns umkehren.«

Erst in der Gaststätte kommt er auf Valentin zurück. »Mein Kumpel, der Taxifahrer, stammt auch hier aus Heringsdorf. Er ist hier geboren und seine Eltern leben immer noch hier. Ich werde ihn mal fragen, vielleicht kennen die deinen Valentin und wissen, wie er wirklich heißt. Wie alt ist denn der?«

Luisa zuckt nachdenklich mit den Schultern. »Na ja, ich denke, so Mitte siebzig.«

»Also, ungefähr so alt wie Peters Vater. Könnte durchaus sein, dass die sich kennen. Vielleicht kennt Peter ihn sogar selbst.«

»Ich glaube, der ist schon in den Fünfzigerjahren in den Westen abgehauen und erst nach der Wende wiedergekommen.«

»Na gut, dann wird Peter nicht viel über ihn wissen. Aber vielleicht sein Vater. Fragen kann ich ja mal.«

44

Luisa ist starr vor Angst. Sie hat ganz deutlich Schritte gehört, jemand schleicht im Vorraum herum. Der Wachschutz kann es nicht sein, die gehen energischer, lauter, auch zügiger. Diese Schritte waren leiser, aber näher an der Tür. Sie wagt kaum zu atmen. Der Kater wird wach, lauscht

und huscht zwischen die Sitzreihen. Er hat also auch etwas gehört. Jemand muss direkt vor der Tür stehen. Sie hält den Atem an, hört wieder ein Geräusch. Hat sie die Tür auch wirklich abgeschlossen? Doch, sicher! Sie tastet nach der Taschenlampe, leuchtet zum Eingang.

Die Türklinke bewegt sich langsam nach unten.

Beinahe hätte Luisa aufgeschrien. Das Blut pocht ihr in den Schläfen, ihre Hände sind schweißnass. Dann fällt ihr ein, dass man das Licht durch das Schüsselloch sehen kann, wenn sie direkt darauf leuchtet und sie schaltet die Lampe schnell aus. In der völligen Dunkelheit wird ihre Angst noch größer. Sie weiß nicht, wie lange sie mit pochendem Herzen steif dagesessen hat. Dann spürt sie, dass der Kater sich wieder an sie schmiegt und sie wagt es, tief durchzuatmen. Langsam legt sie sich zurück in ihre Decken, aber es dauert lange, bis sie wieder einschlafen kann.

45

Es ist wieder ruhig geworden in Heringsdorf. Am Abend sieht man kaum einen Menschen, weder am dunklen Strand noch auf der hell erleuchteten Seebrücke. Das Nebelhorn in der Ferne unterstreicht die Stille, nur in Ufernähe hört man das leise Plätschern, wenn die Wellen auf den Strand gleiten. Die zwei Frauen gehen langsam durch die Passage, die brüchige Stimme der älteren schallt in dem großen, leeren Raum. Sie treten hinaus in die eiskalte Nachtluft.

Isolde gähnt ungeniert. »Trudchen, ich bin wirklich hundemüde. Außerdem ist mir kalt. Wollen wir nicht nach Hause gehen?«

Die alte Frau hat gar nicht zugehört. »Hier war ein Andenkenladen«, erzählt sie. »Da gab es Geschirr, Gläser und so was und daneben war der Schmuckladen. Nein, da war noch ein Bäcker dazwischen. Ja, und hier war die Eisdiele. Zehn Pfennig hat die Kugel Fruchteis gekostet.« Die Alte scheint den kalten Ostwind nicht zu spüren, aber sie ist auch warm angezogen. Ununterbrochen redet sie weiter. Sie ist wieder auf der alten Seebrücke, die seit Jahrzehnten nicht mehr existiert. »Alles ist aus Holz und die schönen Schnitzereien …«, verwirrt sieht sie sich um. »Jetzt habe ich vergessen, wo die Toilette ist.«

Ihre Pflegerin seufzt. »Komm, Trudchen, wir müssen die Treppe hinuntergehen.«

Zehn Minuten später treten sie wieder hinaus in den Durchgang unter der Seebrücke. Es ist hell erleuchtet, aber außer den beiden ist kein Mensch zu sehen.

Als die junge Frau plötzlich Schritte hinter sich hört, dreht sie sich um. Im ersten Moment bringt sie keinen Ton heraus.

»Unter dem Steg waren Hohlräume«, Trudchens Erklärung ist das Letzte, was Isolde hört, dann rennt sie laut rufend und schreiend los. Sie schafft es bis auf den Steg.

›Er wird Trudchen nichts tun, sie hat ja gar nichts gesehen‹, sind Isoldes letzte Gedanken, bevor sie durch einen schweren Schlag auf den Kopf das Bewusstsein verliert.

46

»Stimmt es wirklich? Die Tote war Isolde?« Luisa ist es egal, ob Maja Vogelsang sie erkennt, als sie die weinende Frau anspricht.

Die nickt und schluchzt leise: »Du – du bist – Luisa. Myrnas Schwester, oder? – Ich hab dich hier schon öfter gesehen. – Und ja, Isolde ist tot!«

Fassungslos lässt Luisa sich auf den Stuhl neben ihr fallen. »Warum? Wer macht denn so was? Sie hat doch niemandem etwas getan!« Jetzt weint sie auch.

»Soll ich euch einen Kaffee bringen?« Die Verkäuferin ist an den Tisch getreten. Auch sie sieht blass und verweint aus.

Luisa nickt dankbar. Sie hat es in der Kurklinik erfahren, als sie aus der Dusche kam. Eine Patientin mit einer sehr unangenehmen grellen Stimme und starkem sächsischen Dialekt hat erzählt, dass die dicke Frau, die immer mit den alten Leuten an der Seebrücke spazieren geht, heute Morgen tot aufgefunden wurde.

Brockenweise, von Schluchzen und Schniefen begleitet, berichtet Maja, was sie erfahren hat. Die Männer vom Wachschutz hätten Isolde am frühen Morgen auf der Seebrücke gefunden, da war sie schon seit Stunden tot. »Es muss gestern am späten Abend passiert sein«, flüstert Maja mit entsetzt aufgerissenen Augen. »Sie ist an einer Hirnblutung gestorben. Jemand hat sie einfach erschlagen und ausgeraubt.«

»Ausgeraubt?«

»Ja, ihr Handy war weg und ihr Portemonnaie.«

Luisa schüttelt den Kopf. Was kann Isolde schon bei sich gehabt haben? Sie besaß nicht einmal ein Smartphone, nur ein uraltes Handy. Geld hatte sie sicher auch nicht viel und sie sah auch nicht so aus, als hätte sie welches. »Warum ist sie eigentlich in der Nacht hier herumgelaufen, ganz allein?«

Maja zuckt mit den Schultern und schnieft in ihr Taschentuch. Dann sieht sie hoch. »Glaubst du auch, da steckt etwas anderes dahinter? Das sollte nur wie ein Raub aussehen? Vielleicht hat sie sich mit jemandem getroffen?«

Luisa überlegt. »Was meinst du? Warum soll sie sich nachts heimlich mit jemandem treffen? Denkst du an einen Liebhaber?«

»Nein.« Auf diese Idee ist Maja im Zusammenhang mit Isolde noch gar nicht gekommen. Obwohl – sie war doch auch eine junge Frau. Eigentlich ist es eine Diskriminierung, diese Möglichkeit völlig auszuschließen. »Ich habe eher gedacht, dass Isolde irgendetwas gewusst hat, ein Geheimnis. Ihr haben die Leute doch immer alles erzählt. Sie war ein Mensch, dem sich viele anvertraut haben, weißt du, sie konnte gut zuhören, sie hat auch nicht getratscht.« Ihre letzten Worte sind wieder in Schluchzen übergegangen.

Luisa schweigt betroffen. Sie denkt an die Schritte, die sie in der Nacht gehört hat. War das der Mörder von Isolde?

Aber warum hätte er sie dort unten suchen sollen? Oder wollte er sich selbst im ehemaligen Kino verstecken? Dann fällt ihr wieder die heimlich geführte, sehr vertrauliche Unterhaltung zwischen Isolde und dem unbekannten Mann ein. Maja hat recht, auch der hat sich der jungen Frau anvertraut. Nein, eigentlich hatte sie den Eindruck, dass Isolde das Gespräch führte, er war eher defensiv, hat ihr anscheinend nichts erzählt, was sie nicht schon wusste. Ob das einer von ihren Rentnern war? Nein, mit dem hätte sie ja im Heim sprechen können.

Sie hat keine Lust, mit Maja darüber zu reden. Die ist ihr einfach zu geschwätzig. Sie plappert und plappert und es kommt nichts Gescheites dabei heraus. »Wo ist Valentin heute eigentlich?«, fragt sie. »Weiß er es schon?«

Maja zuckt gleichgültig mit den Schultern und zieht ein neues Papiertaschentuch aus der Packung.

Luisa verspürt plötzlich Angst. Valentin ist doch eigentlich immer hier, warum ausgerechnet heute nicht? In ihrem Kopf überschlagen sich die Gedanken. Als die Verkäuferin des Cafés wieder an den Tisch kommt und etwas sagen will, springt Luisa auf. »Entschuldigung – ich muss kurz raus – an die frische Luft«, stammelt sie und geht mit schnellen Schritten hinaus und hinunter zum Strand.

Es hat zu schneien begonnen. Dicke nasse Flocken, immer dichter. Luisa wäre beinahe ins Wasser gelaufen, man sieht kaum noch etwas. Gut so! So fühlt sie sich völlig allein, aber nicht eingesperrt. Ihr Unterschlupf war ihr in der letzten Nacht wie eine Falle erschienen. Und das ist er auch, wenn jemand weiß, dass sie dort drin ist. Aber warum, wer soll ihr etwas tun? Ist sie dem Mörder doch näher gekommen, als sie ahnt? Luisa ist verzweifelt. Sie hat einen Berg Puzzleteile vor sich, aber es gelingt ihr nicht, sie zu einem Bild zusammenzusetzen. Es fehlen einfach noch zu viele Teile.

Tief in Gedanken versunken ist Luisa zu nahe an den Wasserrand getreten, eine kleine Welle hat ihre Füße überspült. Sie springt zurück und flucht leise. Dann geht sie über den Strand. Einen Aufgang kann sie nicht erkennen, das Schneetreiben ist immer noch zu dicht. Eine ganze Weile stapft sie mühselig durch den losen Sand am Dünenrand, dann kann sie endlich auf die Promenade gehen.

Hier hat sich inzwischen eine weiße Decke gebildet, der lose Schnee ist gefährlich für einen Radfahrer, die darauf ausrutscht. Eine junge Frau schiebt mühselig einen Kinderwagen, sonst ist die Strandpromenade menschenleer. Glaubt Luisa zumindest, denn sie kann noch immer nur wenige Meter weit sehen. Die Stille ist beinahe unheimlich. Jetzt beeilt sie sich, wieder in das Café zu kommen, wo es warm ist und trocken und sie mit jemandem reden kann.

Plötzlich bleibt sie stehen. Seit wann weiß Maja Vogelsang eigentlich, wer sie ist? Hat sie sie erkannt, als sie sich mit Joe zusammen getroffen haben?

Langsam geht Luisa weiter. Als sie in das Café kommt, fällt ihr ein Stein vom Herzen. Neben Maja, die zwar immer noch rote Augen hat, aber nun nicht mehr weint, sitzt Valentin.

»Ich war im Pflegeheim«, erzählt er, als Luisa sich mit einer Tasse Kaffee an den Tisch setzt. »Ich dachte, es wäre besser, wenn sie es von mir erfahren als von der Polizei.«

»Ja, natürlich!« An die alten Leute hat Luisa noch gar nicht gedacht. Für sie muss Isoldes Tod besonders schlimm sein. »Wie hat Trudchen es denn aufgenommen?«, fragt sie.

»Tja«, Valentin zuckt mit den Schultern, »die alten Leute können besser mit dem Tod umgehen als wir. Auch wenn es vielleicht zynisch klingt, wahrscheinlich haben sie sich daran gewöhnt, ihnen nahestehende Menschen zu verlieren.« Er blickt Luisa nachdenklich an. »Ja, Trudchen – sie hat sehr abgebaut in letzter Zeit. Man weiß gar nicht genau, was sie überhaupt noch erfasst. Sie war übrigens gestern Nacht mit Isolde zusammen.«

»Wie bitte?« Luisa stellt die Tasse ab und richtet sich gerade auf. »Trudchen war dabei? Dann muss sie den Mörder doch gesehen haben!«

»Das weiß man nicht. Jetzt schläft sie erst einmal. Der Arzt musste ihr eine Spritze geben, sie war sehr aufgeregt. Vielleicht kann sie danach etwas mehr erzählen. Im Moment weiß man nur, dass Isolde mit ihr gestern Abend noch einmal rausgegangen ist, weil sie nicht schlafen konnte. Sie haben wohl häufig abendliche oder sogar nächtliche Spaziergänge gemacht, Trudchen ist ja noch ganz gut zu Fuß. Als sie zurückgekommen ist, hat die Nachtschwester gedacht, sie wäre allein unterwegs gewesen, zumal sie einen völlig verwirrten Eindruck gemacht hat. Sie hat wohl irgendwas von der Seebrücke erzählt, aber kein Wort über Isolde. Die hat man zunächst gar nicht vermisst.«

Luisa kämpft mit den Tränen. »Furchtbar! Sie war noch so jung«, sagt sie leise. Dann sieht sie den Mann an. »Was meinst du, was passiert ist? Glaubst du an einen Raubüberfall?«

»Keine Ahnung!« Er schüttelt den Kopf.

»Habt ihr schon mal an Andy gedacht?« Maja hat die Frage leise, beinahe vorsichtig gestellt und sieht Luisa etwas ängstlich von der Seite an. »Immerhin hat er sie bedroht, das hast du doch auch gehört, Valentin.«

»Ja, schon. Was so ein dummer Bengel eben so daherredet. Sicher war er sauer auf Isolde, durch sie ist sein dämlicher Versuch, einen Einbruch vorzutäuschen, aufgeflogen. Aber deshalb wird er sie ja wohl nicht ermordet haben. Nein, das glaube ich nicht. So dusslig ist nicht mal der. Es hätte ihm ja auch nichts mehr gebracht.«

Luisa ist erleichtert. Wenn sie Andy Jensen auch nicht ausstehen kann, immerhin ist sie irgendwie verwandt mit ihm. Und Joe hat wirklich genug Probleme, dass sein Sohn ein Mörder ist, fehlt ihm gerade noch.

»Ja, da hast du wahrscheinlich recht. Es sei denn …«, überlegt Maja, »er wollte sie gar nicht umbringen, sondern sie nur erschrecken, warnen, sozusagen.«

»Indem er ihr den Schädel einschlägt?« Valentin schüttelt den Kopf.

»Na, gut.« Maja gibt diese Idee auf. Eine Weile blickt jeder der drei traurig und schweigend vor sich auf den Tisch. Luisa rührt gedankenversunken in ihrer Tasse. Sie zuckt zusammen, als Maja sie plötzlich anspricht. »Was ist eigentlich mit dieser Gestalt mit der schwarzen Jacke? Dir kam sie doch auch unheimlich vor.« Als Luisa sie erstaunt ansieht, fügt sie leise hinzu: »Isolde hat es mir erzählt. Sie hat mich gefragt, ob ich auch denke, dass es ein Mann wäre. Sie war der Meinung, es sei eine Frau.«

»Es ist auch eine Frau.« Luisa erzählt von ihren Begegnungen mit der Dürren.

»Bestimmt gibt es eine ganz einfache Erklärung dafür, dass sie Perücken trägt«, vermutet Valentin. »Sie kann zum Beispiel eine Chemotherapie bekommen haben, dabei verliert man die Haare. Oder eine andere Krankheit.«

»Das kann schon sein. Aber sie ist trotzdem unheimlich«, ereifert sich Maja.

Luisa nickt. »Ja, irgendwas stimmt mit der nicht. Dauernd schleicht sie hier um die Seebrücke herum und meistens abends, im Dunkeln.«

Valentin sieht sie nachdenklich an und für einen Moment erwartet Luisa die Frage »Und du? Was schleichst du hier dauernd herum? Wie lange dauert denn so eine Kur? Doch wohl nicht monatelang …«.

Aber er sagt nichts und sie atmet auf, als er den Blick abwendet. Dennoch, ihm muss doch klar sein, dass sie hier nicht zur Kur ist. Ist er nur zu höflich, um Fragen zu stellen, oder interessiert es ihn nicht, wer sie ist und was sie hier macht? Vielleicht weiß er es ja auch schon längst.

Sie sieht Maja an. Hat sie Valentin etwas erzählt? Möglich wäre es.

Maja setzt das Gespräch fort. »Ich habe gedacht, es wäre ein Verbrecher, der sich hier irgendwo versteckt. Der Pyromane, der die Seebrücke anzünden wollte, oder der, der nachts dauernd in die Geschäfte einbricht. Der Obdachlose war ja nur in der Gaststätte, wo er sich was zu essen gemacht hat. Aber die Einbrüche bei der Adler-Reederei und in den Läden sind doch noch nicht aufgeklärt, oder? Vielleicht hat Isolde ihn zufällig dabei erwischt, als er gerade etwas aufbrechen wollte. Vielleicht hier in der Pas-

sage. Sie konnte noch fliehen und auf dem Steg hat er sie dann erwischt. Wäre doch möglich. Aber wenn du genau weißt, dass es eine Frau ist …«

»Doch, ich glaube schon. Ich habe das Gesicht gesehen. Und eine Einbrecherin? Das kann ich mir wirklich nicht vorstellen. Schon gar nicht, dass die so brutal wäre, jemanden zu erschlagen.«

»Aber wer war es dann?« Maja klingt mutlos.

»Die Polizei wird es schon herausfinden. Bei Mord geben die nicht so schnell auf. Ich denke, wir werden es bald erfahren. Ich gehe jetzt jedenfalls nach Hause.« Valentin steht auf.

47

Der Frost hat rings um die Seebrücke eine bizarre Landschaft aus Wasser und Eis gestaltet. Die Holzpfähle, die in Zweierreihen in die Ostsee ragen und auf denen sich sonst die Möwen und Kormorane ausruhen, sind von einer dicken Eisschicht überzogen. Auch die mächtigen Stützpfeiler des Steges sind weiß ummantelt. Dazwischen schwimmen kleine, schneebedeckte Eisschollen. Die dicke Eiskruste am Ufer ist an der Seeseite vom Meer angefressen, am Strand von den Spaziergängern festgetreten.

Gestern war der Himmel klar, die Sonne schien und ließ das winterliche Weiß und das türkisblaue Wasser ringsherum leuchten. Valentin hatte eine Gästegruppe auf die Seebrücke geführt. Einem Hobbyfotografen, der von diesem Anblick fasziniert schwärmte, gab er einen Tipp. »Gehen Sie in die Kurklinik, der Eingang ist an der Straßenseite. Dort fahren Sie mit dem Fahrstuhl bis ganz nach oben und dann suchen Sie sich den Aufenthaltsraum an der Seeseite. Da sehen Sie die Seebrücke von oben und können fantastische Fotos machen.«

Der Gast war begeistert von dem Vorschlag, beging aber den Fehler, an der Rezeption zu fragen, ob er hinauffahren dürfe, obwohl er kein Patient sei. Das durfte er nicht.

Luisa musste unwillkürlich grinsen, als Valentin davon erzählte. Sie geht in der Klinik ein und aus, ohne dass sie jemals aufgefallen wäre. Allerdings hält sie sich auch vom Empfangstresen fern.

Heute sind nur wenige Menschen unterwegs, nur wer seinen Hund ausführen muss, hält sich am Strand oder auf der Promenade auf, die Gehwege sind glatt, es ist nasskalt und grau. Das Wasser der Ostsee ist nur leicht gekräuselt, darüber liegt Nebel, wie auch in den Kronen der Kiefern auf der Strandpromenade. Manchmal nieselt es. Wer nicht unbedingt hinaus muss, bleibt im Trockenen und Warmen.

Maja Vogelsang hat es zu Hause nicht ausgehalten. Sie muss mit jemandem reden, am liebsten mit Valentin oder Luisa.

Letztere trifft sie dann auch, wie erwartet im Café. Und die sieht genauso aus, wie sie sich selbst fühlt: müde und traurig. Anscheinend hat sie auch keine Lust, sich zu unterhalten, jedenfalls nicht mit Maja. Sie nickt ihr nur kurz zu und starrt weiterhin schweigend in ihre Kaffeetasse.

»Ich habe Trudchens Enkeltochter getroffen«, beginnt Maja nach einer Weile das Gespräch.

»Ja? Wie geht es Trudchen denn? Weiß sie noch etwas von dieser Nacht?«

»Ihre Enkelin meint nicht. Wenn, dann redet sie jedenfalls nicht darüber. Vielleicht hat sie es ja auch verdrängt.«

»Sicher! Das ist bestimmt das Beste für sie. Sie war ja vorher schon ziemlich durcheinander, aber dieser Schock wird ihr wohl den Rest gegeben haben. Arme Frau!«

»Trotzdem wäre es besser, wenn sie sich erinnern würde, damit der Mörder gefasst wird.«

»Natürlich, so meine ich das ja auch nicht. Ich glaube nur nicht, dass sie viel mitbekommen hat. Es war doch auch spät abends und du weißt ja, Trudchen kann schon am Tage nicht viel sehen und hören auch nicht.«

»Weißt du, was seltsam ist? Als Trudchen ins Heim zurückkam, hat sie ein paarmal gerufen ›Die Seebrücke brennt! Jetzt hat er die Seebrücke angesteckt!‹«

Luisa sieht die ältere Frau nachdenklich an. »Das ist wirklich seltsam«, sagt sie langsam. »Wie ist sie denn darauf gekommen? Ob das mit der alten Seebrücke zusammenhängt, die ist doch damals abgebrannt.«

»Ja, das glaube ich auch. Trudchen hat den Brand miterlebt. Irgendetwas muss sie daran erinnert haben.«

48

Seltsam, dass auch Joe bei ihrem heutigen Treffen über den Brand der alten Seebrücke spricht. Gleich nach der Begrüßung – sie haben sich heute direkt im Brauhaus getroffen, weil Luisa nicht im Freien auf ihn warten wollte – schneidet er das Thema an. »Hast du schon mal was darüber gehört? Im Juni 1958 haben Heringsdorfer Jugendliche die Seebrücke angesteckt. Ein Teil war vorher schon abgebrannt, ein russischer Soldat hatte sich mal oben auf der Plattform ein Feuer gemacht. Aber das eigentliche Gebäude vorn an der Promenade ist tatsächlich in einer Nacht vernichtet worden.«

»Wie kommst du jetzt darauf? Hat Peter dir das erzählt?«

»Ja, er selbst hat es natürlich auch nicht miterlebt, aber sein Vater hat wohl dauernd darüber gesprochen. Für alle Heringsdorfer war das natürlich ein einschneidendes Ereignis. Die, die das damals gesehen haben, konnten es ihr Leben lang nicht vergessen.«

»Das glaube ich, die alte Brücke war ja wirklich etwas ganz Besonderes, ein wunderschönes Gebäude.«

»Und Heringsdorf hatte danach jahrzehntelang gar keine Seebrücke. Die jetzige wurde ja erst Mitte der Neunziger gebaut.«

»Stimmt! Und warum erzählst du es mir gerade jetzt? Das Seltsame ist nämlich, das ich heute schon mal mit jemandem darüber gesprochen habe.«

»Tatsächlich? Na, vielleicht ist das ja gar kein Zufall. Weißt du, wie einer der Brandstifter heißt?«

Luisa schweigt und sieht ihren Schwager nur gespannt an. Sie ahnt plötzlich, welchen Namen er nennen wird.

»Valentin Wagner!«

»Das ist es also!«

Eine Weile denkt Luisa nach. Das ist also Valentins Geheimnis. Ja, es passt alles zusammen. Deswegen hat er seinen Namen geändert, wahrscheinlich den seiner Frau angenommen. Und deshalb will er nicht über die alte Seebrücke reden. »Aber das ist doch schon so lange her, fast sechzig Jahre. Von denen, die das damals bewusst miterlebt haben, leben die meisten gar nicht mehr. Meinst du, das interessiert heute noch jemanden? Warum macht er da so ein Geheimnis draus? Ich meine, dass er sich nicht damit rühmt, ist mir schon klar. Aber er hat seine Strafe bekommen, soweit ich weiß, und nun kann man das doch auch abhaken.«

Joe rührt nachdenklich in seiner Tasse. »Ich sehe das eigentlich auch so. Zumal er sehr jung war, als das passiert ist. Aber ich kann mir vorstellen, dass er immer noch darunter leidet. Und stell dir mal vor, das wäre allgemein bekannt. Jeder würde sagen: ›Das ist der, der die schöne alte Seebrücke abgefackelt hat.‹ Dann könnte er seinen Job als Gästeführer in Heringsdorf wohl vergessen.«

»Ach, ich weiß nicht. Da würde vielleicht kurz drüber geredet, aber die Gäste sind doch immer wieder andere, die würden das schon nicht erfahren.«

»Vielleicht sieht er das anders. Aber mit wem hast du denn nun eigentlich heute über die alte Seebrücke gesprochen? Doch wohl nicht mit dem Brandstifter?«

»Nein.« Luisa überlegt kurz, dann erzählt sie Joe aber doch, was in der vorletzten Nacht auf der Seebrücke passiert ist.

Joe ist betroffener, als Luisa erwartet hat. »Ich kannte Isolde«, erklärt er sein Entsetzen. »Nachdem Myrna weg war, habe ich kurze Zeit im Pflegeheim gewohnt. Meine Ärztin wollte das, es ging mir ziemlich schlecht und sie dachte, ich komme allein nicht zurecht. Lange habe ich es da natürlich nicht ausgehalten. Da habe ich Isolde kennengelernt. Sie war die einzige angenehme Erinnerung, die ich an diese Zeit habe.«

»Ich mochte sie auch, obwohl ich sie ja nicht so gut kannte. Aber allein, wie sie mit den alten Leuten umgegangen ist, das war schon bewundernswert. Denen wird sie sehr fehlen.«

»Ja, sie hatte so eine Art, dass man ihr vertraute. Ich glaube manchen dort im Heim stand sie näher als die eigenen Angehörigen.«

»Vielleicht liegt da auch das Mordmotiv?«

Joe sieht Luisa erstaunt an. »Du meinst, es war gar kein Raubüberfall? Hast du denn was gehört in dieser Richtung?«

»Nein, ich habe überhaupt nichts gehört. Oder denkst du, ich unterhalte mich mit der Polizei?«

»Das wohl nicht. Aber manchmal spricht sich ja doch etwas herum.«

»Ja, manchmal.« Luisa denkt an die Verkäuferin, deren Mann Polizist ist. Vielleicht sollte sie die mal fragen, ob sie etwas gehört hat.

»Es klingt aber logisch«, gibt Joe zu. »Ich mochte Isolde wirklich, aber ich habe auch schon mal gedacht, sie mischt sich doch sehr in das Privatleben der Alten ein. Vielleicht hat sie ja auch mal Ratschläge gegeben, was das Erbe betrifft, oder geholfen, ein Testament aufzusetzen – irgend so etwas. Ich kann mir vorstellen, dass man sich da schnell Feinde macht.«

»Vielleicht hast du recht. Wer weiß, was die Leute ihr alles anvertraut haben«, spinnt Luisa den Faden weiter. »Irgendwelche Familiengeheimnisse vielleicht, die nicht bekannt werden sollten.« Sie denkt an das Gespräch, das sie unter der Seebrücke versehentlich belauscht hat. »Aber das war Valentin!«, fällt ihr plötzlich ein.

»Was war Valentin?«

Luisa hat gar nicht bemerkt, dass sie laut gedacht hat. »Ich habe mal zufällig gehört, wie Isolde mit jemandem über Geheimnisse aus der Vergangenheit gesprochen hat«, erklärt sie. »Ich habe damals die andere Stimme nicht erkannt. Jetzt weiß ich, dass das Valentin war. Da war die Rede von Schuld und Gewissen, er hat sich Vorwürfe gemacht und sie wollte ihn trösten. Trudchens Name ist in dem Zusammenhang übrigens auch gefallen. Was mag die damit zu tun haben?«

»Du, ich kenne kein Trudchen«, erklärt Joe ungeduldig. »Aber vielleicht ist sie eine alte Heringsdorferin, dann könnte sie sich natürlich daran erinnern und Valentin sogar erkannt haben.«

»Ja, natürlich!«, regt sich Luisa auf. »Sie hat ihn einmal mit ›Wagner‹ angesprochen! Und Isolde wollte mir erzählen, Trudchen weiß nicht mehr, was sie redet.«

Die beiden sehen sich nachdenklich an.

»Wie gut kennst du Valentin Wagner eigentlich?«, fragt Joe nach einer Weile.

»Na ja …«, Luisa zögert, »eigentlich nicht so gut. Wir

unterhalten uns zwar manchmal, ich mag ihn eigentlich ganz gern. Er ist nett und humorvoll. Und ich glaube, er ist sehr klug. Aber das ist natürlich alles die Oberfläche, was sich darunter verbirgt, ist schwer zu sagen. Aber … was meinst du?«

»Ich denke, dass dieses Feuer, also, dass er die Seebrücke niedergebrannt hat, für Valentin ein Trauma war. Ich vermute jetzt mal – oder sagen wir, ich spinne –, er hatte panische Angst, dass jemand davon erfahren könnte. Trudchen hat ihn erkannt und hat es Isolde erzählt. Die hat ihn daraufhin angesprochen. Sie hat es natürlich ganz vernünftig gesehen und nicht so ernst genommen. Aber er musste doch befürchten, dass sie mal irgendwann mit irgendjemanden darüber spricht.«

»Sicher!« Luisa ahnt, worauf er hinaus will und sucht Gegenargumente. »Aber Trudchen konnte und kann jederzeit und mit jedem darüber reden.«

»Schon, nur war Isolde die Einzige, die Trudchen zugehört und sie ernst genommen hat.«

»Ja, das stimmt! Die redet so viel und das meiste ist wirklich Unsinn.«

»Siehst du, aber manchmal steckt eben doch etwas dahinter. Man kann ihren Gedankengängen nur nicht so folgen.«

»Weißt du was? Sie war dabei, als Isolde ermordet wurde. Niemand weiß, was sie gesehen hat oder woran sie sich erinnert. Aber als sie ins Heim gekommen ist, hat sie vom Seebrückenbrand gesprochen. Wie ist sie darauf gekommen?«

49

Die bunten Lichter und der Weihnachtsflitterkram sind eingelagert für den nächsten Jahreswechsel, die Urlauber sind abgereist, in Heringsdorf hat der graue Alltag des Winters Einzug gehalten. Eine einfache Holzkiste schützt den Kugelbrunnen vor dem Frost, die Waffel- und die Glühweinstände sind geschlossen. Es lohnt sich nicht. Nur wenige Urlauber und ein paar Kurgäste leisten den Einheimischen Gesellschaft. Es ist die ruhigste Zeit des Jahres.

Luisa steht vor der Seebrücke, sieht in den grauen Himmel und überlegt, was sie mit dem Rest des Tages anfängt. Sie ist ungeduldig, möchte etwas unternehmen, Fragen stellen, aber wen und was soll sie fragen? Isoldes Tod muss etwas mit Myrna zu tun haben, da ist sie sich sicher. Zwei Morde innerhalb eines Jahres, beide an oder auf der Seebrücke, da muss es doch einen Zusammenhang geben. Sie wollte mit der Verkäuferin sprechen, deren Mann Polizist ist, aber die war heute nicht im Laden. Hoffentlich hat sie keinen Urlaub und kommt vielleicht erst im nächsten Monat wieder.

Luisa blickt Maja Vogelsang entgegen, die direkt auf sie zukommt. Es liegt ihr auf der Zunge, sie mit »Na, hast du auch kein Zuhause?« zu begrüßen, aber dieser Spruch könnte unangenehme Fragen provozieren und deshalb nickt sie ihr nur zu und lächelt vage. ›Wahrscheinlich geht sie davon aus, dass ich wieder im Dorf bei Robin oder Joe, auf jeden Fall bei meinem Kind wohne‹, überlegt sie, während sie schweigend neben Maja hergeht. ›Hoffentlich fragt sie nicht nach dem Kleinen oder irgendetwas anderes, zum Beispiel, weshalb ich mich Lisa nenne und warum alle denken, ich wäre ermordet worden.‹

Aber Maja denkt im Moment gar nicht über Luisa nach. In ihrem Kopf hat nichts anderes Platz als der Mord an Isolde. »Mir kommt es schon den ganzen Winter über unheimlich vor, hier an der Seebrücke«, erklärt sie in verschwörerischem Ton. »Ich habe mich im Dunkeln schon gar nicht mehr nach unten zur Toilette getraut. Na ja, als jetzt über Weihnachten und Silvester so viele Gäste da waren, hat man es nicht so gemerkt. Aber irgendetwas ist da unten!«

Als Maja sie fragend ansieht, zuckt sie nur mit den Schultern.

Schweigend gehen die beiden Frauen weiter über den Steg. Auf der Mittelplattform, neben dem Geschäft des Malers bleiben sie stehen. Es ist heute mal wieder geschlossen. Eine Weile betrachten sie die Bilder, dann sieht Maja Luisa von der Seite an. Vorsichtig beginnt sie das Gespräch: »Darf ich dich mal was fragen?«

Luisa möchte am liebsten »nein« sagen, aber sie reagiert gar nicht, nur ihr Gesichtsausdruck wird noch verschlossener.

»Da du ja offensichtlich lebst«, fährt Maja mit leiser Stimme aber unbeirrt fort, »wer ist denn im Sommer ermordet worden? Hat die Polizei sich einfach geirrt oder war es jemand anderes? War es Myrna?«

Luisa hat sich abgewandt. Sie steht jetzt an der Brüstung und blickt auf das Meer.

»Luisa!« Maja tritt neben sie, streicht ihr über den Arm und redet eindringlich weiter. »Bist du deshalb jeden Tag hier, weil du Myrnas Mörder suchst? Ihr beide, du und Joe? Kann ich euch helfen?«

»Joe glaubt nicht, dass Myrna tot ist«, entgegnet Luisa heftig.

»Aber du glaubst es?«

»Ja, natürlich! Was soll ich denn sonst glauben? Wie du ganz richtig bemerkt hast, ich lebe. Aber die Polizei hat festgestellt, dass in dem Boot eine Leiche gelegen hat. Und zwar an dem Tag, als Myrna verschwunden ist. Meinst du, das ist ein Zufall?«

»Ich weiß es nicht.«

»Und glaubst du, Myrna hätte Joe einfach so verlassen? Gerade, als er sie am meisten gebraucht hat? Traust du ihr das zu? Du hast sie doch gekannt.«

»Ja, natürlich habe ich sie gekannt. Und nein, ich traue ihr das nicht zu. Und selbst wenn sie abgehauen wäre, sie hätte sich auf jeden Fall bei dir gemeldet.«

Wieder schweigen die beiden. Es wird langsam dunkel, aus der Ferne ist ein Nebelhorn zu hören.

Luisa fühlt sich erleichtert, weil sie endlich mit jemandem offen über Myrna reden kann. Joe ist viel zu betroffen, bei ihm muss sie sich jedes Wort überlegen. Und er weigert sich noch immer, die Wahrheit zu akzeptieren. Maja kannte ihre Schwester auch sehr gut, aber sie ist unvoreingenommen.

»Hast du denn einen Verdacht, irgendeine Spur?«, fragt Maja jetzt.

»Ich weiß nicht. Vielleicht hängt es damit zusammen, dass Myrna hier einen Laden übernehmen wollte. Zusammen mit einer ehemaligen Kollegin.«

»Ach! Weißt du, welchen Laden?«

»Ja, ich glaube schon. Kennst du den Maler?«

»Natürlich! Ich habe auch gehört, dass der das Geschäft aufgeben will. Ich bin selbst daran interessiert. Aber was hat das mit dem Mord zu tun? Deshalb bringt man doch niemanden um.«

»Nein, da muss schon mehr dahinterstecken. Vielleicht hängt es mit dem Maler selbst zusammen.«

»Meinst du, weil Myrna was mit dem hatte?«

»Ja – nein – ach, ich weiß doch auch nicht. Es ist einfach die einzige Spur, die ich überhaupt habe.« Sie seufzt resigniert. »Ich komme einfach nicht weiter, ich weiß zu wenig über Myrna.«

Maja sieht sie erstaunt an. »Aber ihr habt doch dauernd zusammengehangen wie die Kletten.«

»Ich habe ihr ja auch immer alles erzählt – na ja, das meiste. Aber ich weiß überhaupt nichts über ihre Probleme.«

»Hatte sie denn welche? Vor dem Unfall, meine ich«, fügt Maja schnell hinzu.

»Wenn ich das wüsste. Sag mal ehrlich, würdest du ihr zutrauen, dass sie fremdgegangen ist?«

»Nein!« Das kam spontan, aber dann überlegt Maja, sie denkt daran, dass sie Myrna mit dem Maler zusammen gesehen hat, möchte das aber nicht erzählen. »Joe hat doch wie ein Schießhund auf sie aufgepasst. Der war so was von eifersüchtig! Na, du weißt das ja. Sie konnte sich überhaupt nichts erlauben. Ich weiß noch, wie er bei der Maifeier im Dorf mal einen Jungen verprügelt hat, nur weil der mit Myrna ein bisschen geflirtet hat. Obwohl … man weiß doch so etwas nie. Gerade weil sie immer nur mit Joe zusammen war. Vielleicht hatte sie so etwas wie eine Midlife-Crisis, wollte einfach mal ausbrechen.«

»Oder sie wollte unbedingt diesen Laden.«

»Du meinst, sie hat aus Berechnung etwas mit dem angefangen? Ich weiß nicht, das passt nicht zu der Myrna, die ich kannte.«

»Na ja, vielleicht kannten wir sie alle nicht so gut.«

»Das wäre dann die Erklärung dafür, dass wir ihren Mörder nicht finden.«

»Mmh!« Sie sind an der Spitze der Seebrücke angekommen, lehnen sich mit den Ellenbogen auf das Holzgeländer und sehen hinaus auf die Lichter der Schiffe am Horizont.

Während die beiden Frauen langsam zurückschlendern, erzählt Luisa von der Verkäuferin, die sich so gut an Myrna erinnert hat. »Ihr Mann ist Polizist«, berichtet sie, »vielleicht weiß sie ja auch etwas über den Mord an Isolde. Ich hoffe, dass sie morgen wieder hier ist, dann frage ich sie.«

»Ja«, erwidert Maja traurig, »meinst du, es gibt einen Zusammenhang zwischen Myrna und Isolde?«

»Ein Zufall wäre es schon, wenn sie beide unabhängig voneinander hier an der Seebrücke ermordet würden, oder?«

»Ich weiß nicht. Es sieht ja so aus, als wäre Myrna hinterlistig und planmäßig ermordet worden. Und Isolde wurde einfach erschlagen, wie im Affekt. Vielleicht hat sie etwas gesehen oder gehört – einen Einbrecher vielleicht.«

»… oder Myrnas Mörder«, unterbricht Luisa.

Maja will antworten, aber dann zeigt sie aufgeregt hinunter zum Strand. »Da – siehst du? Die Frau in der schwarzen Jacke! Sie ist eben unter die Seebrücke gegangen.«

»Komm!« Luisa läuft los und zieht Maja mit. »Jetzt sprechen wir sie an. Sie soll uns sagen, was sie hier immer sucht!«

Die Frau trägt heute wieder ihre blonde Perücke. Sie steht am Strandaufgang unter einer Laterne und sieht Maja und Luisa erstaunt an. »Was wollen Sie von mir? Ich kann doch spazieren gehen, wann und wo ich will, oder?«

»Ja, natürlich«, gibt Luisa zu. Jetzt, wo sie der Fremden gegenüberstehen, kommt sie sich ein bisschen albern vor. Sie sieht wirklich nicht gefährlich aus, eher ein bisschen lächerlich durch die schlecht sitzende falsche Haarpracht. Deshalb zieht sie vermutlich auch immer ihre Kapuze über den Kopf. »Sie sind uns nur aufgefallen, weil es so aussieht, als ob sie etwas suchen. Vielleicht können wir ihnen ja helfen.«

Maja nickt, sieht die Frau aber immer noch misstrauisch an.

»Das ist nett, aber ich glaube nicht.« Sie versucht ein Lächeln, aber das fällt sehr kläglich aus. »Ich suche meine

Katze. Die ist schon seit zwei Monaten weg. Wahrscheinlich lebt sie nicht mehr, aber …«

Luisa hört Tränen in der Stimme und unterbricht sie energisch. »Das müssen Sie nicht denken, Katzen sind zäh. Wissen Sie was? Wir wollten gerade einen Kaffee trinken, zum Aufwärmen. Kommen Sie doch mit.«

»Nein, ich weiß nicht. Ich bin gar nicht danach angezogen, in ein Café zu gehen. Ich habe auch gar kein Geld mit. Vielleicht ein andermal?«

»Nun kommen Sie schon«, drängt nun auch Maja. »Wir laden Sie ein. Wir werden sowieso die Einzigen dort sein, ist also egal, wie Sie angezogen sind.«

Zögernd kommt die Frau dann doch mit. Luisa und Maja spüren deutlich, wie froh sie ist, über ihre Katze reden zu dürfen. Sie tut ihnen leid, aber Luisa hat noch einen anderen Grund, die Frau mit in die Gaststätte zu nehmen. Sie hat einen Verdacht, über den sie noch nicht spricht, um keine falsche Hoffnung zu wecken.

Im Café, als die Frau, die sich als Marianne vorstellt, nach einigem Zögern ihre Jacke auszieht, sieht sie keineswegs geheimnisvoll und auch nicht mehr lächerlich aus, sondern nur bedauernswert. Sie ist spindeldürr und sehr blass, ihre Hände zittern. Verlegen zupft sie an der Perücke. »Ich hatte Krebs«, erklärt sie mit leiser Stimme. »Aber der Arzt meint, ich habe es geschafft. Es sieht wirklich gut aus. Ich muss mich nur wieder erholen. Na ja, und die Haare sind ausgefallen, aber die wachsen schon wieder.« Sie erzählt, dass sie allein lebt. Ihr Mann ist vor ein paar

Jahren gestorben und die Kinder wohnen weit weg. Ihre einzige Gesellschaft war ihr Kater. »Die Kinder haben mir den mitgebracht, damit ich nicht immer so allein bin. Ich hätte ja lieber einen Hund gehabt, aber ich wohne ganz oben im Haus und dann muss man ja immer raus – na, ich habe mich schnell an mein Katerchen gewöhnt. Willi hieß er, er war über acht Jahre alt.« Sie kämpft wieder mit den Tränen. »Er war ja immer nur in der Wohnung, sein Leben lang. Und er war natürlich sehr scheu. Aber als ich im Krankenhaus war, musste sich eine Nachbarin um ihn kümmern. Sie hat ihn gefüttert und sein Klo sauber gemacht. Irgendwann hat sie mal die Wohnungstür aufgelassen und da ist er ihr entwischt. Ich mache ihr keinen Vorwurf, wer konnte das ahnen, dass er einfach abhaut.« Sie schluckt, blinzelt die Tränen weg und spricht tapfer weiter: »Ich hätte das selbst nicht geglaubt, dass er mir so sehr fehlt. Immer, wenn ich das leere Körbchen sehe … Ich muss das endlich wegräumen. Jeder, der etwas von Katzen versteht, sagt, wenn er noch leben würde, wäre er längst wieder zu Hause. Katzen verlaufen sich nicht. Na ja, und nun sind es schon mehr als acht Wochen …« Sie bricht ab und trinkt einen Schluck Kaffee.

»Wie sieht er denn aus?«, fragt Luisa sie.

»Er ist ziemlich groß und schwer«, Luisa senkt enttäuscht den Blick, hebt ihn aber wieder, als die Frau weiterspricht, »er hat ein getigertes Fell und eine weiße Vorderpfote.«

Jetzt kann sich Luisa kaum ein Lächeln verkneifen und Marianne blickt sie erstaunt an.

»Ich gehe nur mal schnell zur Toilette«, Luisa steht auf und verschwindet schnell nach unten, bevor die Frau sich verabschieden kann. Sie hofft, dass sie höflich genug ist, zu warten, vor allem hofft sie, dass der getigerte Kater mit der weißen Vorderpfote in seinem Versteck unter einer Bank ist.

Er ist es und miaut empört, als er sein Fischbrötchen nicht auffressen kann, weil Luisa ihn einfach packt und mit ihm die Treppe hinaufgeht. »Na, groß und schwer bist du nun

nicht gerade«, murmelt sie, schon wieder zweifelnd. »Aber wenigstens stimmt der Name. Für mich bist du Kaiser Wilhelm und sie nennt dich eben einfach Willi. Passt doch!«

Einen Kratzer bekommt Luisa dann doch noch ab, als der Kater sich energisch dagegen wehrt, in ein hell erleuchtetes Café geschleppt zu werden.

Und dann ist er ganz ruhig. Selig schmiegt er seinen Kopf an den Hals seines Frauchens, die streichelt ununterbrochen sein Fell und sieht ihn immer wieder an. »Ich glaube das einfach nicht«, stottert sie, »das ist mein Willi. Aber wo … Ich verstehe das nicht!«

»Er war die ganze Zeit hier an der Seebrücke«, erklärt Luisa, »er hat sich nur versteckt.«

Maja schüttelt noch zehn Minuten später fassungslos den Kopf. »Das war ja ein Ding. Wo hast du das Vieh so schnell hergeholt?«, staunt sie.

»Ich habe den öfter mal mit Fischbrötchen gefüttert. Der saß jeden Abend da unten.«

»Komisch, dass ich den nie gesehen habe. Und sein Frauchen auch nicht.«

»Die hat ihn ja auch immer draußen gesucht. Aber er war drinnen, hat sich da unter einer Bank versteckt, glaube ich.«

»Na, jedenfalls war das toll, wie sie sich gefreut hat. Endlich mal wieder was Gutes!«

»Ja!« Die Gesichter der beiden Frauen verdüstern sich wieder, aber sie mögen nicht mehr über die Toten sprechen.

»Ich geh dann mal.« Maja steht auf und zieht ihre Jacke an. »Wo hast du dein Auto? Kommst du mit?«

»Äh, am Bahnhof. Ich will erst noch mal zur Toilette. Wir sehen uns dann morgen.«

Luisa hat sich so daran gewöhnt, ihren Unterschlupf geheim zu halten, dass sie gar nicht auf die Idee kommt, Maja davon zu erzählen. Soll die ruhig glauben, dass sie nach Hause fährt.

Vor dem Einschlafen vermisst sie den Kater. Nun fühlt sie sich wirklich ganz allein. ›Wenn mir hier etwas passiert, findet mich kein Mensch. Niemand weiß, dass ich hier bin. Irgendwie unheimlich. Aber was soll mir schon passieren! Dass es niemand kennt, macht mein Versteck ja gerade so sicher.‹

50

Luisa hat keine Lust, sich in das Café zu setzen. Seit Isoldes Tod ist es dort still und traurig. Sie vermisst ihre Stimme und das laute, hemmungslose Lachen. Isolde war immer schon von Weitem zu hören. In ihrem Umgang mit den alten Leuten hatte sie es sich angewöhnt, laut zu reden. Ob sich wohl jemand anderes findet, der mit den Bewohnern des Pflegeheimes auf der Seebrücke spazieren geht oder sie durch die Gegend fährt? Isolde hat das meist in ihrer Freizeit getan, sie hatte eigentlich kein Privatleben. Der Bus war ihr eigener und sie hat sogar auf eigene Kosten getankt. Das hat Valentin erzählt.

›Wo ist der eigentlich? Er sitzt doch sonst auch jeden Vormittag im Café auf der Seebrücke. Vielleicht ist er krank? Oder er fühlt sich dort auch nicht wohl, weil er Isolde vermisst?‹

Luisa bummelt langsam durch die Friedenstraße. Vor dem Buchladen bleibt sie stehen. Sie hat ihren Fallada schon lange durchgelesen und würde sich gern ein neues Buch kaufen. Aber sie muss vorsichtig sein mit ihren Ausgaben, sie will Joe nicht schon wieder um Geld bitten. Langsam geht sie weiter. Vor einem Modegeschäft steht ein Aufsteller »Winterjacken 50 % gesenkt«. Anscheinend so etwas wie Winterschlussverkauf. Man sollte sich jetzt die Bekleidung für den nächsten Winter kaufen. Aber wer weiß, was dann ist? Luisa hat nicht einmal für die nächsten vier Wochen einen Plan. Nur um sich die Zeit zu vertreiben, geht sie die Stufen hinauf und tritt zwischen die Kleiderständer mit den dicken Jacken. Sie zuckt zusammen, als sie plötzlich Robins Familiennamen hört. Auf der Straße ruft laut jemand »Frau Schober, hallo, Frau Schober!« Unwillkürlich geht Luisa einen Schritt zurück, zieht den Kopf ein und wartet mit klopfendem Herzen, ob die Frau auf sie zukommt. Als sie mit Robin zusammengelebt hat, wurde sie manchmal mit seinem Namen angesprochen. Viele seiner zahlreichen Freunde und Bekannten kannten ihren Namen nicht oder haben gedacht, sie wären verheiratet.

Aber die Frau bleibt unten auf dem Bürgersteig stehen und redet laut mit jemandem, der sie wieder mit »Frau Schober« anspricht.

Luisa schwankt zwischen Vorsicht und Neugier. Sie wüsste zu gern, welche Frau Schober nur wenige Meter von ihr entfernt steht. So häufig ist der Name ja doch nicht. Als sich die Stimmen entfernen, wagt sie sich aus ihrem Versteck und sieht die Straße entlang. Es sind nur wenige Menschen unterwegs. Auf den ersten Blick sieht sie Robin mit der großen, schlanken Frau, die den Kinderwagen schiebt. Die kleine Dicke mit der albernen Pudelmütze, die neben ihnen her trippelt, muss es sein, die gerufen hat. Sie unterhält sich immer noch angeregt mit Robins Begleiterin. Warum nennt sie die »Frau Schober«? Na, sicher aus dem gleichen Grund, aus dem sie selbst so angesprochen wurde. Luisa schüttelt über sich selbst den Kopf. Das hat überhaupt nichts zu bedeuten.

Dennoch hat dieser Vorfall sie so beeindruckt, dass sie Joe davon erzählt, kaum, dass sie in der Gaststätte sitzen. Er hat sie mal wieder zum Mittagessen eingeladen. »Das ist doch blöd, oder? Ich meine, wenn die Leute nicht wissen, wie man heißt, können sie doch fragen. Ich vergesse auch immer gleich wieder den Namen, wenn sich jemand vorstellt.« Sie lacht unsicher.

Joe sieht in seine Karte. »Weißt du schon, was du essen willst?«

»Nein. Joe – ist was? Weißt du, warum die Frau ›Frau Schober‹ gesagt hat?«

»Ich weiß gar nichts!« Unwirsch zieht er die Stirn kraus und schüttelt den Kopf. »Ich kümmere mich nicht um meine Nachbarn. Und die reden auch nicht mit mir. Wir grüßen uns mal gerade so und das ist auch schon alles. Also, was weiß ich, wie die heißt. Die sind mir alle auch ziemlich egal.«

›Ein bisschen viel Gerede für so einen harmlosen Irrtum‹, findet Luisa. Und wenn sie so darüber nachdenkt, wie oft wurde sie denn wirklich mit Robins Namen angesprochen? Eigentlich nur von einer ehemaligen Nachbarin von ihm, einer älteren Frau. Und das war nicht die, die sie heute gehört und gesehen hat.

Schweigend blickt sie in die Speisekarte, ohne sie so lesen. Sie erschrickt, als Joe sie anstößt, weil die Kellnerin plötzlich neben ihr steht. »Ja – äh – ich habe eigentlich noch gar keinen Hunger. Eine Suppe vielleicht, ja eine Tomatensuppe hätte ich gern. Und ein Wasser.«

Joe schüttelt missbilligend den Kopf. Er bestellt sich gebratenen Zander mit Bratkartoffeln und ein Bier dazu.

Sie reden ein wenig über das Wetter, wie schön ruhig es jetzt ist, obwohl – sogar jetzt, im Januar, sind Urlauber hier, ältere Leute oder Familien mit kleinen Kindern.

»Hast du eigentlich was gesagt zu Valentin Wagner, oder wie nennt er sich noch? Wegen der alten Seebrücke, meine ich.«

»Nein! Um Gottes Willen! Wenn er nicht darüber reden will, werde ich das ganz sicher auch nicht tun. Außerdem habe ich ihn seitdem gar nicht mehr gesehen.«

»Aha, vielleicht ist er ja schon verhaftet. Wenn wir auf den Zusammenhang gekommen sind zwischen Valentin, Isolde und dem Seebrückenbrand, ist es die Polizei sicher auch.«

»Ich hoffe, heute Nachmittag ist die Verkäuferin wieder auf der Seebrücke, die Myrna kannte, und deren Mann Polizist ist. Vielleicht weiß sie etwas darüber.«

»Ja, vielleicht.« Er winkt nach der Kellnerin. »Lass uns noch einen Spaziergang auf der Promenade machen, die Sonne scheint gerade. Und ich brauche dringend etwas frische Seeluft.«

Sie gehen bzw. rollen auf dem Radweg entlang, der ist schön glatt und es sind kaum Fahrradfahrer unterwegs. An der Ahlbecker Seebrücke bleiben sie stehen, Luisa hat nun doch noch Hunger bekommen und kauft sich eine Bratwurst. Joe ist eigentlich satt, lässt sich aber von seiner Schwägerin ein Stück Kuchen aufschwatzen. Dazu holt sie zwei Becher Kaffee, dann machen sie sich auf den Rückweg.

Als sie am Taxistand warten, überwindet sich Luisa dann doch. »Hat er sie geheiratet?«, fragt sie leise.

Joe seufzt und zieht wieder die Stirn kraus. »Luisa, ich weiß es wirklich nicht. Meinst du, er hätte es ausgerechnet mir erzählt? Aber ich habe letztens ein Paket für sie angenommen, weil sie beide nicht da waren. Die Adresse lautete ›Frau‹ – irgendwas – ›Schober‹. Aber vielleicht hat sie ja auch nur den Namen angegeben, weil sie bei ihm wohnt. Damit sie leichter zu finden ist?«

Luisa nickt und hält es für Blödsinn. Dann hätte sie ja gleich Robins Namen angeben können.

Sie möchte jetzt gern allein sein, nachdenken, aber ausgerechnet heute kommt das Taxi nicht und sie kann Joe nicht einfach dort stehen lassen.

Joe sieht sie nachdenklich an, traurig. »Weißt du Luisa«, sagt er nach einer Weile, »vielleicht solltest du wirklich nicht wieder zurück ins Dorf kommen. Du bist noch jung. Schließ mit der Vergangenheit ab und fange woanders neu an. Warum nicht in Hamburg, dort hast du dich doch wohl gefühlt? Oder irgendwo anders. Du kannst einfach ein neues Leben beginnen.«

»Ja, vielleicht sollte ich das wirklich.« Luisa lächelt. Das Auto fährt vor. Luisa beugt sich hinunter und reibt ihre Wange an Joes Gesicht. Er kratzt ein wenig und er riecht gut, vertraut.

Kurz drückt er sie an sich. »Denk darüber nach«, murmelt er. »Aber nicht zu lange. Mach es dir nicht unnötig schwer. Ich helfe dir.«

»Danke, Joe! Bis bald. Ich melde mich.« Luisa lächelt dem Taxifahrer kurz zu, dreht sich um und geht zur Seebrücke.

Mitten auf dem Steg bleibt sie stehen, blickt über das Wasser und überlegt. Was Joe da gesagt hat, klang so verlockend: neu anfangen. Diesmal würde sie keinen Trümmerhaufen hinterlassen. Niemand würde sie vermissen, Myrna würde nicht hinter ihr aufräumen müssen …

›Myrna!‹ Einmal in ihrem Leben will sie etwas zu Ende bringen. Sie wird nirgendwo Ruhe finden, wenn sie nicht erfährt, was mit ihrer Schwester passiert ist! Joe meint es gut, aber er unterschätzt sie. Er hat ihr noch nie etwas zugetraut, meistens hatte er ja auch recht damit. Aber sie wird es ihm beweisen. Dieses Mal ist sie die Starke. Sie wird nachweisen, dass Myrna wirklich tot ist, und herausfinden, weshalb sie ermordet wurde und wer es getan hat. Joe wird ihr dafür dankbar sein, denn dann findet er auch endlich Ruhe.

51

Die Verkäuferin berät gerade eine Kundin, die eine dicke Fleecejacke kauft. Während sie kassiert, lächelt sie Luisa zu.

›Ich habe wieder keinen Kaffee mitgebracht‹, denkt die, ›aber ich konnte ja nicht wissen, dass sie heute hier ist.‹ Sie betrachtet die Frau, die sich jetzt freundlich mit der Kundin unterhält. Irgendwie wirkt sie heute größer. Ach ja, sie trägt Schuhe mit hohen Absätzen. Wie kann sie nur den ganzen Tag damit herumlaufen? Aber sie sieht wirklich gut aus in ihrem schmalen Rock und der eleganten Bluse. Besser als ihre junge Kollegin, die mit einem formlosen Oberteil und etwas zu engen Jeans bekleidet ist.

»Ich wünsche dir noch ein gesundes neues Jahr«, wird sie aus ihren Gedanken gerissen.

»Ach ja, ebenfalls, wir haben uns ja seit dem Jahreswechsel nicht mehr gesehen.« Luisa ist über die Anrede etwas überrascht. Seit wann duzen sie sich? Aber egal, so ist es sogar besser. Man kann leichter vertrauliche Fragen stellen. »Hast du von Isolde gehört?«, kommt sie dann auch gleich auf das Thema zu sprechen, das ihre Gedanken beherrscht. Als die Frau sie verständnislos ansieht, sagt sie: »Sie ist ermordet worden!«

»Ach ja, diese Altenpflegerin. Furchtbar!« Die Verkäuferin verzieht schmerzhaft das Gesicht. »Warte mal einen Moment, ich muss meine Schuhe wechseln.« Sie tritt hinter den Ladentisch. »Das hier sind zwar meine Lieblingsschuhe, aber den ganzen Tag halte ich es darin nicht aus.« Während sie in flache Schuhe schlüpft, verdüstert sich ihre Miene noch mehr. »Man kann es sich gar nicht vorstellen. Das war doch so eine nette junge Frau. Immer fröhlich und immer freundlich. Dabei hat sie es bestimmt auch nicht leicht gehabt, so wie sie aussah. Wer tut nur so etwas?«

»Ja, wer? Und warum? Es heißt, es wäre ein Raubüberfall gewesen. Hast du irgendwas gehört?«

»Nein, gar nichts. Mein Mann hat ja nichts damit zu tun. Aber soweit ich weiß, gibt es überhaupt keine Spuren. Sie haben wohl eine alte Frau befragt, die vielleicht dabei war, aber das weiß man nicht genau. Die Frau ist dement.«

»Ja, das habe ich auch gehört. Das war Trudchen, die war oft mit Isolde zusammen. Ich hatte bisher gar nicht den Eindruck, dass es so schlimm um sie steht.«

»Vielleicht hat sie ja wirklich was mitbekommen und dieser Schock hat sie dann völlig verwirrt.«

»Ja, vielleicht.«

Eine Weile reden sie noch mit ehrlichem Mitgefühl über Isolde, dann fällt der Verkäuferin etwas ein. »Du, ich habe doch noch etwas für dich. Die Adresse und die Telefonnummer von Myrnas Freundin. Obwohl – ich bin mir gar nicht mehr sicher, ob die beiden wirklich noch Freundinnen sind. Die Kollegin im Laden nebenan hat mir erzählt, sie hätten sich zerstritten. Maria, so heißt sie übrigens, brauchte dringend Geld, das wussten wir alle. Es ging da um die Eigentumswohnung, die sie nach ihrer Scheidung nicht mehr bezahlen konnte, aber unter allen Umständen halten wollte. In dem Streit hat Myrna dann wohl gesagt, Maria hätte sie reinlegen wollen, es ginge ihr gar nicht um den Laden, sie wolle ihr nur das Geld aus der Tasche ziehen. Na ja, kurz danach waren sie dann ja beide verschwunden. Aber die Kollegin hat mir ihre Nummer gegeben. Da kannst du doch mal anrufen. Vielleicht ist Myrna ja wirklich bei ihr. Die Frau ist jetzt in der Schweiz, ganz oben in den Bergen, in der Nähe der italienischen Grenze.«

»Das ist ja toll! Du, da bin ich dir wirklich dankbar. Ich möchte so gern mal mit der Frau sprechen.« Luisas Freude ist echt. Endlich hat sie die Chance, mit jemandem zu sprechen, der Myrna in ihrem letzten Lebensjahr nahegestanden hat. Näher als sie selbst. Oder die zumindest mehr über Myrna weiß, als sie selbst.

Die Verkäuferin holt einen Zettel aus ihrer Umhängetasche, die unter der Kasse liegt und sieht Luisa erwartungsvoll an.

Die überlegt erschrocken, wie sie es verhindern kann, hier, vor dieser Frau, mit Myrnas Freundin zu sprechen. Sie möchte der die Wahrheit sagen, wer sie ist und warum sie glaubt, dass ihre Schwester nicht mehr lebt. »Ich muss erst mein Handy aufladen«, erklärt sie dann schnell, »der Akku ist fast leer. Ich rufe heute Abend an. Aber ich erzähle dir, was sie gesagt hat.«

»Ja, gut.« Etwas enttäuscht nickt die Verkäuferin. »Ich bin morgen wieder hier. Vielleicht weißt du dann schon etwas. Ich wünsche es euch wirklich, vor allem Joe. Ich drücke euch die Daumen.«

»Danke, das ist lieb von dir! Also dann, bis morgen!«

Atemlos steht Luisa auf der Strandpromenade und sieht sich um. Sie ist sehr schnell über die Seebrücke gegangen, beinahe gelaufen und überlegt jetzt, von wo aus sie am besten telefoniert. Unten, in ihrem Versteck hat sie bestimmt kein Netz, außerdem traut sie sich nicht, dort laut zu reden. Hier ist es kalt und nass, es hat zu schneien begonnen, dicke, nasse Flocken, die nicht liegen bleiben. Der Seesteg ist zwar überdacht und windgeschützt, aber dort gehen doch hin und wieder Leute entlang und sie möchte unbedingt allein sein. Außerdem könnte die Verkäuferin sie dort sehen. Nach kurzer Überlegung geht sie hinunter in den Rosengarten, zur Rückseite des *Maritim-Hotels*. Dort stellt sie sich unter die Überdachung vor dem Eingang. Durch die Glastür kann sie es sehen, falls jemand kommt. Aber hier ist weit und breit kein Mensch. Sie holt ihr Handy aus der Tasche. Zum Glück ist der Akku voll, sie hat ihn gerade gestern im Café aufgeladen. Aufgeregt tippt sie die Nummer ein, die sie von dem Zettel abliest. Während sie das Rufzeichen hört, spürt sie ihren Herzschlag, aber dann, als sich eine leise, freundliche Frauenstimme meldet, ist sie auf einmal ganz ruhig und konzentriert. »Guten Tag, ich bin Luisa Ludwig, die Schwester von Myrna«, stellt sie sich vor.

Die Verbindung ist gut, klar und deutlich kann sie die Stimme der Frau verstehen. ›Hoffentlich glaubt sie nicht auch, ich wäre ermordet worden‹, geht es Luisa durch den Kopf. Sie hat keine Lust, lange Erklärungen über ihr Verschwinden abzugeben. Eigentlich weiß sie überhaupt nicht, wie sie es irgendjemandem erklären könnte. Aber die Frau scheint nichts davon zu wissen.

»Oh, Luisa, schön, von Ihnen zu hören. Wie geht es Ihnen? Und dem Baby?«

»Gut, danke! Ich rufe wegen Myrna an. Sie ist spurlos verschwunden und ich mache mir große Sorgen.«

Im Hintergrund ertönt Stimmengewirr, es wird laut, sie kann die Frau kaum noch verstehen. »Ich bin bei der Ar-

beit«, erklärt die dann auch, »ich habe jetzt gar keine Zeit.«

Luisa möchte einen Termin für ein späteres Gespräch vereinbaren, aber Myrnas Freundin geht nicht darauf ein. Luisa weiß gar nicht, ob sie sie überhaupt noch versteht. Sie befürchtet, dass das Gespräch gleich beendet ist und schreit jetzt beinahe in ihr Handy, um noch das Wichtigste mitzuteilen. »Ich glaube, meine Schwester wurde ermordet. Sie müssen mir alles von Myrna erzählen, was sie vorhatte, ich will ihren Mörder finden!«

Luisa hört, dass die Frau nach Joe fragt, sie glaubt es zumindest, eigentlich hat sie nur seinen Namen verstanden.

»Joe sitzt im Rollstuhl, er ist gelähmt. Er weiß auch nichts, er glaubt, Myrna lebt noch und hat ihn verlassen.«

Die Frau in der Schweiz spricht jetzt hektisch, mit hoher Stimme über dem Lärm um sie herum. »… komme in der nächsten Woche nach Heringsdorf …«, hört Luisa. Dann nur noch Satzteile: »… rufe Sie an«, mehrmals »Myrna«, »etwas ganz Wichtiges«, »nicht am Telefon«. Dann, am Ende des Gesprächs: »… passen Sie auf … auf sich. Und auf Joe«. Stille. Langsam lässt Luisa die Hand mit dem Telefon sinken. Ihr Ohr schmerzt, so fest hat sie es daran gedrückt. Hätte sie doch nur fünf Minuten früher angerufen! Sie vermutet, dass die Frau in einer Gaststätte arbeitet, vielleicht in einer Skihütte. Gerade, als sie miteinander gesprochen haben, muss eine Gruppe Gäste hereingekommen sein. Sie überlegt kurz, dann ruft sie Joe an.

Der wirkt erschrocken. »Luisa! Ist etwas passiert?«

»Nein, nein. Mit mir ist alles in Ordnung. Aber ich habe gerade mit jemandem telefoniert …« Sie erzählt von dem Gespräch. »Ich habe sie zuletzt kaum verstanden und sie mich wohl gar nicht mehr. Aber das Wichtigste ist ja, dass sie herkommt.«

»Wann? Wer?«

»Nein, wann genau weiß ich nicht. Ich habe nur ›nächste Woche‹ verstanden. Das kann schon am Montag sein, oder auch erst am nächsten Wochenende. Sie ruft mich sicher noch einmal an, meine Nummer hat sie ja jetzt. Aber das ist nun auch egal«, sagt sie ganz aufgeregt. »Jedenfalls erfahren wir dann endlich, was es mit dieser ganzen Geschichte von dem Laden und dem Maler auf sich hat. Und vielleicht noch mehr. Ich glaube, sie wollte mir noch irgendetwas sagen, ich habe Myrnas Namen verstanden, aber nicht mehr. Ach ja, dass sie mir etwas Wichtiges mitteilen muss. Und dass ich auf mich aufpassen soll. Und auf dich.« Den letzten Satz hat sie zögernd hinzugefügt und bereut ihn auch gleich.

Wie erwartet, regt Joe sich sehr darüber auf: »Weiter hat sie nichts gesagt? Warum wir aufpassen sollen?«

»Nein, ich glaube nicht. Aber wie gesagt, ich habe zuletzt kaum noch etwas verstanden. Ich konnte auch nichts fragen, weil sie mich nicht gehört hat.«

»Und wo bist du jetzt? Rennst du allein in Heringsdorf herum? Luisa, bitte, nimm dir ein Taxi und komm her!«

»Nein, nein, mach dir um mich keine Sorgen. Pass lieber auf dich selbst auf! Schließ die Türen zu! Du, mein Akku ist leer. Mach's gut, Joe, gute Nacht!« Schnell beendet sie das Gespräch.

Sie hätte den letzten Satz der Frau vielleicht gar nicht erwähnen sollen. Aber diese Warnung hat trotz der Hintergrundgeräusche so eindringlich geklungen, dass Luisa für einen Moment panische Angst empfunden hat. Und jetzt hat sie Joe auch noch in Angst versetzt. Aber der macht sich natürlich wieder mehr Sorgen um sie, als um sich selbst. Na klar, er ist ja auch in einem Haus und sie läuft hier im Dunkeln herum, da hat er schon recht. Unwillkürlich blickt sie sich um und geht dann etwas schneller.

Heute ist sie besonders vorsichtig und lauscht lange in winterabendliche Stille der Seebrücke, bevor sie die Tür zu ihrem Versteck öffnet und gleich wieder hinter sich verschließt.

Vor dem Einschlafen denkt Luisa über das Telefonat mit Myrnas Freundin nach. Was hat diese Warnung zu bedeuten? Wenn die Frau etwas über den Mord weiß, warum hat sie es dann nicht angezeigt? Ist sie selbst darin verwickelt? Ist sie deshalb in die Schweiz geflohen? Luisa denkt an das Geld, das Myrna vor ihrem Verschwinden abgehoben hat. Sie sollte Joe doch einmal fragen, um welche Summe es dabei ging. Vielleicht genug, um eine Eigentumswohnung abzuzahlen? War wirklich Geld das Motiv für den Mord? Dabei fällt ihr Andy ein, dessen gieriger Blick und sein falsches Grinsen verfolgen sie bis in einen Alptraum.

Luisa schläft wie ein Tier in der Wildnis, immer mit einem Ohr auf Geräusche achtend, immer zur Flucht bereit. Nur, dass sie hier nicht fliehen kann, sie sitzt eigentlich in einer Falle, wird ihr bewusst, als sie mitten in der Nacht wach wird und mit klopfendem Herzen in die Dunkelheit lauscht.

Irgendetwas hat sie geweckt. Schritte vielleicht oder hat jemand die Türklinke heruntergedrückt? Nein, wahrscheinlich war es nur wieder ein Traum. Nachts bereut sie es oft, dass sie sich nicht überwinden kann, ins Dorf zurückzugehen. Bei Joe im Haus wäre sie in Sicherheit.

52

»Frau! Frau! Nicht schlafen! Schlafen nicht gut hier! Ist kalt!«

»Lass mich in Ruhe! Hau ab, verdammt!«

Luisa versucht, die Hand wegzustoßen, die an ihrer Schulter rüttelt, aber sie ist viel zu schwach. Es gelingt ihr kaum, die Augen zu öffnen. Erst nach einer ganzen Weile, während der Mann mit dem polnischen Akzent ununterbrochen auf sie einredet und an ihr herumzerrt, wird sie halbwegs wach. Es sind sogar zwei Personen, stellt sie fest, die vor ihr stehen. Außer einem kräftigen jungen Mann noch eine sehr hübsche, etwas zu stark geschminkte Frau, die sie jetzt mit großen Augen anblickt und gar nichts sagt. Was ist los? Was wollen die beiden von ihr? Wie sind sie hier hineingekommen, hat sie nicht abgeschlossen?

Als Luisa sich vorsichtig aufrichtet, bemerkt sie, dass sie nicht zwischen ihren Decken im Kinosaal, sondern auf kaltem Erdboden, auf gefrorenem Gras und welkem Laub liegt. Ihr Kopf schmerzt so stark, dass sie keinen klaren Gedanken fassen kann. Das Pärchen hilft ihr, aufzustehen, aber sie fällt beinahe wieder um. Der Mann kann sie gerade noch auffangen.

Er holt ein Handy aus der Tasche. »Ich rufe Doktor, Hospital«, erklärt er.

»Nein, bitte …«, Luisa hält seinen Arm fest. »Keinen Doktor!«

»Du hast getrunken? Viel Alkohol?«

»Ja.« Luisa nickt und sofort wird ihr wieder schwindlig und der Kopf dröhnt. Hat sie sich tatsächlich betrunken? Wann, warum, mit wem? Nein, unmöglich. Aber egal, was die beiden von ihr denken, sie kann keinen Arzt gebrauchen. Erst einmal muss sie selbst herausfinden, was mit ihr los ist.

»Ich will nach Hause«, murmelt sie.

»Ja gut, okay. Wir helfen. Du wohnst in Heringsdorf?«

»Seebrücke.«

»Ja, gut. Seebrücke da.« Er weist mit der Hand nach vorn. »Aber wo ist Wohnung?«

›Oh verdammt!‹ Wenn sie nur denken könnte. Sie muss Joe anrufen. Luisa tastet nach ihrem Handy, findet es aber nicht. Sie zittert jetzt völlig unkontrolliert und will nur noch ins Warme. Maja fällt ihr ein. Die wohnt ganz in der Nähe. Sie wird ihr helfen. Sie hält sich am Fahrrad des jungen Mannes fest, der stützt sie, ihre Knie sind weich wie Pudding. Mit Hilfe der beiden jungen Polen kommt sie tatsächlich bis in die Friedenstraße, zu dem Hinterhaus, in dem Maja Vogelsang wohnt. Gut, dass sie ihr das vorige Woche genau erklärt hat, nachdem sie sie zum Kaffee eingeladen hat. Allerdings hatte Luisa da noch nicht vor, die Einladung anzunehmen.

»Ich weiß gar nicht, ob ich mich bei den beiden richtig bedankt habe«, überlegt Luisa am nächsten Morgen, »die haben mir das Leben gerettet.« Sie liegt unter einem dicken

Federbett auf dem Sofa und Maja hockt, mit wirrem Haar und nur mit einem Bademantel über dem Nachthemd bekleidet, ihr gegenüber in einem Sessel und starrt sie immer noch fassungslos an.

»Ich verstehe das alles nicht«, erklärt sie nun zum wiederholten Mal. »Wenn du nicht mehr mit Robin zusammen bist, weil er eine andere hat, warum schläfst du dann nicht in deinem Elternhaus, bei Joe? Und was ist mit deinem Kind?«

»Maja, bitte! Ich habe furchtbare Kopfschmerzen. Ich erzähle dir das alles, aber später. Darum geht es jetzt doch gar nicht. Mich wollte jemand ermorden, verstehst du das?«

»Nein. Ich verstehe überhaupt nichts mehr. Ich mache uns jetzt erst einmal Kaffee.«

Stunden später hat Luisa dann wirklich alles erzählt, von ihrer Flucht nach Hamburg bis zum Telefongespräch mit Myrnas Freundin und Maja hat erstaunliches Verständnis gezeigt. Sie teilt auch ihre Gewissheit, dass Myrna ermordet wurde.

»Aber du hättest auch bei mir schlafen können«, sagt sie vorwurfsvoll, »hier bist du auf jeden Fall sicherer, als in dem Kino. Dann hätte auch niemand versucht, dich zu ermorden.«

»Das weißt du nicht. Vielleicht hätte ich dich noch mit in Gefahr gebracht. Ich muss unbedingt Joe anrufen«, fällt ihr dann ein.

»Ja klar, aber wie, wenn dein Handy weg ist? Hast du die Nummer nicht irgendwo aufgeschrieben?«

»Kann sein. Ich habe so ein Notizbuch, aber das liegt zwischen meinen Sachen im Kino. Da könnte sie drin stehen, glaube ich.« Luisa ist immer noch völlig erschöpft und leicht benommen. Inzwischen hat sie mit Majas Hilfe den vergangenen Tag halbwegs rekonstruiert.

Vormittags war sie bei der Verkäuferin, die ihr die Telefonnummer von Myrnas Freundin gegeben hat. Diesmal hat sie sogar daran gedacht, einen Kaffee mitzunehmen. Sie hat ihr von dem Gespräch erzählt und dass die Frau in der nächsten Woche herkommen will. Die Warnung, dass sie auf sich und Joe aufpassen soll, hat sie allerdings nicht erwähnt.

Am späten Nachmittag hat sie sich mit Maja im Café getroffen. Sie war durchgefroren nach einem langen Spaziergang. Der Tag war sonnig, die Luft klar und so kalt, dass der Strandsand gefroren war. Mit einem Glas Glühwein hat sie sich aufgewärmt.

Valentin war auch kurz da. Er hat den Aushang, auf dem er für seine Ortsführungen wirbt, abgenommen und die Verkäuferin im Café gebeten, potenziellen Gästen zu sagen, dass er krank sei. Er sah auch nicht gut aus, sondern so, als wäre er in den letzten Tagen um Jahre gealtert. Ob Isoldes Tod ihn so mitgenommen hatte?

Dann erinnert Luisa sich nur noch daran, dass sie sich von Maja verabschiedet hat und zur Toilette gegangen ist. Als sie herauskam, muss sie einen Schlag auf den Kopf bekommen haben.

»Du hattest wahrscheinlich Glück, dass er dich nicht gleich totgeschlagen hat, so wie Isolde«, bemerkt Maja jetzt. »Und dann hat er dich einfach ins Gebüsch an der Strandpromenade geworfen. Hätten die beiden Polen dich nicht zufällig da liegen sehen, wärst du heute Morgen erfroren gewesen. Du hattest ein unwahrscheinliches Glück.«

»Die beiden sind vermutlich von der Arbeit gekommen. Vielleicht aus einem Restaurant, es war ja schon nach Mitternacht. Irgendwann suche ich nach ihnen und bedanke mich. Falls ich sie überhaupt wiedererkenne.«

»Ja, aber erst mal solltest du zur Polizei gehen. Die werden die beiden dann sicher auch finden, sie brauchen sie ja als Zeugen. Soll ich da gleich mal anrufen? Die können ja herkommen.«

»Nein!« Luisa erschrickt. »Ich muss erst wieder klar im Kopf werden, sonst rede ich alles durcheinander und die glauben mir kein Wort.«

»Du willst nur nicht darüber sprechen, dass du in dem Kino schläfst. Aber das brauchst du vielleicht gar nicht …«

»Maja, bitte, gib mir noch ein bisschen Zeit. Ich bin so müde und mein Kopf tut immer noch weh. Lass mich erst mal schlafen, ja?«

»Na gut, dann schlaf!« Widerwillig steht Maja auf. »Aber denke daran, da draußen läuft ein Mörder herum, der Isolde auf dem Gewissen hat und vielleicht auch Myrna. Und jetzt hat er es auf dich abgesehen.«

Als Luisa wach wird, ist es draußen schon wieder dunkel. Sie fühlt sich jetzt etwas besser, nur Maja geht ihr auf die Nerven. Kaum sieht sie, dass ihr Gast die Augen offen hat, redet sie wieder ununterbrochen auf sie ein. Luisa kann kaum einen klaren Gedanken fassen. »Ich muss Joe anrufen«, überlegt sie laut. »Aber ich glaube, seine Nummer war doch nur auf dem Handy gespeichert. Ich habe sie nirgendwo aufgeschrieben.«

»Ich habe eine Idee!« Maja strahlt. »Du weißt doch, wie der Taxifahrer heißt, mit dem er immer fährt. Der hat doch bestimmt Joes Telefonnummer.«

»Richtig! Such den doch mal im Internet, dann rufen wir ihn an!«

»Ich habe kein Internet!« Maja klingt leicht beleidigt. »Ich besitze gar keinen Computer – wozu denn? Aber ich habe ein Telefonbuch.« Sie zieht eine Schublade auf. »Wie heißt der? Peter Fischer? Siehst du, ich habe sogar eine Karte von dem.«

»Ja, super, gib her!«

»Hier ist mein Telefon. Ich habe noch Festnetz, ein Handy brauche ich nicht. Erzähl Joe genau, was passiert ist! Sag ihm, er kann dich hier abholen! Dein Zeug aus dem Kino kannst du doch erst mal dalassen, oder brauchst du das jetzt? Oder weißt du was? Wenn du schon den Taxifahrer anrufst, kannst du dich doch auch gleich ins Dorf fahren lassen. Dann brauchst du Joes Nummer gar nicht und bist erst mal in Sicherheit. Und morgen früh rufst du gleich die Polizei an. Oder …«

»Maja! Lass mich doch bitte einmal kurz nachdenken. Mir platzt gleich der Kopf.«

»Ist ja gut.« Maja kneift die Lippen zusammen, lehnt sich im Sessel zurück und starrt Luisa beleidigt an.

Die stöhnt. »Du, entschuldige, aber ich bin immer noch nicht richtig klar im Kopf, ich muss mich erst mal sortieren. Rufst du bitte den Taxifahrer an und bittest ihn um Joes Telefonnummer?«

»Ja, na klar.« Maja ist nicht nachtragend.

Luisa muss dann aber doch noch selbst mit dem Mann sprechen, der einer Fremden die Nummer nicht geben will.

Dann endlich hört sie Joes Stimme und atmet erleichtert auf. »Ich hatte gestern einen kleinen Unfall«, erzählt sie

vorsichtig, nachdem er sie fröhlich begrüßt hat. »Es kann aber auch ein Mordanschlag gewesen sein – ich meine – wahrscheinlich war es ein Mordanschlag.«

Maja verdreht die Augen und hätte Luisa am liebsten das Telefon aus der Hand genommen, um Joe den Vorfall in seiner ganzen Dramatik zu schildern. Sie rutscht unruhig auf ihrem Sessel hin und her und wird nicht schlau aus dem Wenigen, was Luisa sagt. Nur, dass sie sich für übermorgen mit ihrem Schwager verabredet hat, hat sie mitbekommen. »Was war das denn?«, fragt sie, nachdem Luisa aufgelegt hat.

»Joe ist gar nicht zu Hause. Er ist in Greifswald in der Klinik und kommt erst übermorgen Vormittag zurück. Deshalb habe ich ihm jetzt auch nicht alles erzählt, wozu soll ich ihn unnötig beunruhigen, er kann ja doch nichts machen. Wir treffen uns am Mittwochnachmittag.«

»Na gut, dann bleibst du eben solange hier. Am besten wäre es, du gehst gar nicht aus dem Haus. Außer zur Polizei. Aber die können ja auch herkommen.«

»Ja, ja, das kann ich immer noch. Jetzt ist es sowieso zu spät, die haben Feierabend. Vielleicht gehe ich morgen hin.« Sie überlegt. »Weißt du was, Maja? Ich würde jetzt gern ein schönes, heißes Bad nehmen. Geht das?«

»Na, du musst ja wissen, was du tust. Ich lass dir Wasser ein.«

In der Wanne kann Luisa endlich einmal in Ruhe nachdenken. Natürlich muss sie zur Polizei gehen, das ist das einzig Vernünftige. Seltsam, dass Joe ihr das nicht gesagt hat. Also ist es ihr wohl doch gelungen, den Vorfall ihm gegenüber herunterzuspielen. Den Schlag auf den Kopf hat sie auch gar nicht erwähnt, stattdessen aber den Glühwein, den sie getrunken hat. Luisa tastet vorsichtig ihren Hinterkopf ab und zuckt zusammen. Na also, ein Beweis ist jedenfalls da, falls sie doch zur Polizei geht. Falls … Sie lässt etwas heißes Wasser nachlaufen und streckt sich genüsslich im Schaumbad aus. Eine schöne große Badewanne hat Maja. ›Als erstes muss ich mir morgen die Telefonnummer von Myrnas Freundin noch einmal besorgen‹, beschließt sie. Den Zettel, den die Verkäuferin ihr gegeben hat, hat sie heute Nachmittag vergeblich in ihren Taschen gesucht. Sie erinnert sich aber auch nicht, wo sie ihn während des Telefongesprächs hingesteckt hat. Vielleicht ist er einfach heruntergefallen und weggeflogen. ›Die versucht bestimmt, mich anzurufen. Wahrscheinlich kommt sie ja auch schon morgen oder übermorgen. Ich bin gespannt, was sie mir erzählen wird. Vielleicht habe ich dann etwas Handfestes, was ich bei der Polizei aussagen kann. Wenn ich da morgen früh hingehe, was soll ich denen denn sagen? Dass ich weiß, dass man meinen Mörder sucht, aber glaube, meine Schwester wurde ermordet? Dass ich meinen Mann und mein Baby verlassen habe und im ehemaligen Kino in der Seebrücke schlafe? Die sperren mich doch weg! Nein, ich muss erst mal mit Myrnas ehemaliger Kollegin sprechen. Und vor allem mit Joe. Natürlich, ihm muss ich doch zuerst beichten, wo ich die ganze Zeit geschlafen habe, bevor er es von der Polizei erfährt. Vielleicht kommt er auch mit, das wäre gut, dann fühle ich mich sicherer.‹

53

Zu Luisas Enttäuschung hat die nette Verkäuferin heute Vormittag frei. »Sie hat einen Arzttermin, aber heute Nachmittag ist sie wieder hier«, versichert ihre Kollegin.

Luisa ist nervös und ungeduldig. Außerdem brummt ihr immer noch der Kopf. Vielleicht hat sie eine leichte Gehirnerschütterung, es kann aber auch an Majas ununterbrochenem Geschwätz liegen.

Es ist immer noch sehr kalt und sonnig. Schnee liegt nicht, die Rasenflächen und Autodächer sind weiß vom Reif. Die Ostsee ist glatt und leuchtend blau. Langsam bummelt Luisa auf dem Steg entlang, bis zum Schiffsanleger. Tief atmet sie die klare Luft ein und sieht sich um. Sie ist ganz allein hier oben. Plötzlich beunruhigt geht sie schnell zurück. Im Vorbeigehen wirft sie einen Blick hinunter zum Strand. Andys Imbissbude ist seit dem fingierten Einbruch geschlossen. Wo mag der stecken? Hat ihn sein Chef gefeuert aufgrund dieser Aktion? Allerdings lohnt es sich gerade auch nicht, die Bude zu öffnen, es sind kaum Gäste im Ort.

Maja wartet im Café auf sie. »Ich habe mir schon Sorgen gemacht, wo warst du denn so lange«, fragt sie vorwurfsvoll.

Luisa erspart sich eine Antwort.

Es ist ruhig in der Gaststätte. Valentin ist anscheinend noch immer krank, auch die alten Leute aus dem Pflegeheim sind nicht da.

Maja blinzelt eine Träne weg, als sie zu dem Tisch blickt, an dem Isolde immer saß.

»Was hältst du davon, wenn wir heute Nachmittag Trudchen abholen und mit ihr einen Spaziergang machen?«, schlägt Luisa vor.

»Das ist eine gute Idee! Die wird sich freuen. Sie vermisst Isolde bestimmt furchtbar«, vermutet Maja.

›Wenn sie sich überhaupt noch an sie erinnert‹, befürchtet Luisa, nickt aber nur.

Trudchen freut sich tatsächlich und zu Luisas Überraschung ist sie viel klarer im Kopf als erwartet. »Dich kenne ich«, erklärt sie, »du hast manchmal mit Valentin am Tisch gesessen, als Isolde noch da war. Ich wusste nur nicht, dass du Luisa bist. Sie kannte dich auch, sie hat irgendetwas von dir gesagt. Aber das habe ich vergessen. Ich vergesse leider so viel in letzter Zeit.« Sie lächelt verlegen.

»Das macht doch nichts. Vielleicht fällt es Ihnen ja wieder ein, dann erzählen Sie es mir, ja?«

Maja und Luisa bummeln mit der alten Frau über die Seebrücke, das ist Trudchens Lieblingsspaziergang. Immer wieder bleibt sie stehen, lehnt sich an das Geländer und blickt über das Wasser. Sie reden nicht viel, selbst Maja hält sich zurück. Luisa ist unklar, was Trudchen über Isoldes Tod weiß, sie war schließlich dabei, als ihre Pflegerin ermordet wurde. Aber sie spricht ganz ruhig darüber, traurig zwar, aber als wäre sie eines natürlichen Todes gestorben. »Sie fehlt uns allen so sehr. Manche kommen jetzt gar nicht mehr raus. Nett, dass Sie mich abgeholt haben.« Mit zittriger Hand streichelt sie Majas Arm.

Langsam gehen sie weiter. Nach einer guten halben Stunde sind sie gerade bis zur Mittelplattform gekommen.

»Ich glaube, wir gehen langsam zurück«, schlägt Maja besorgt vor. »Das wird sonst zu anstrengend für Sie. Wir können uns ja noch ein bisschen ins Café setzen.«

»Ja, gern.« Trudchen lächelt erfreut. »Ich lade euch ein. Vielleicht ist Valentin auch da.«

Luisa sieht sie nachdenklich an. Sie öffnet schon den Mund, um zu fragen, überlegt es sich dann aber doch noch anders.

Trudchen hat sich auch bereits umgedreht und macht sich an Majas Arm auf den Rückweg.

Luisa bleibt stehen. »Maja, macht es dir etwas aus, wenn ich mal schnell hier reingehe? Du weißt doch, wegen der Telefonnummer, ich glaube, die Verkäuferin ist jetzt da.«

»Nein, geh ruhig! Du holst uns schon wieder ein. Sonst treffen wir uns im Café.«

»Ja, das tut mir jetzt aber leid. Ich habe die Nummer gar nicht. Ich hatte nur diesen Zettel und den habe ich dir gegeben. Was machen wir denn jetzt? Ich weiß gar nicht, ob die Kollegin heute hier ist. Pass mal einen Moment auf den Laden auf, ich geh mal gucken …«

Der Verkäuferin hat sie wahrheitsgemäß erzählt, dass ihr Handy gestohlen wurde und sie den Zettel verloren hat. Nur die näheren Umstände hat sie nicht geschildert.

Die Frau ist schnell wieder zurück, aber leider mit leeren Händen. »Sie hat die Adresse und die Telefonnummer nicht hier«, erklärt sie. »Sie bringt sie aber morgen wieder mit.«

»Das ist wirklich nett. Danke für deine Mühe!« Luisa will gerade erklären, weshalb sie heute gar keine Zeit für eine Plauderei hat, als der Verkäuferin etwas einfällt. »Ich habe heute Vormittag Robin gesehen. Den Schwager von Joe, weißt du, den Mann von der armen Luisa.«

»Ja, ich weiß schon.« Luisa hofft, dass sie unbefangen klingt. »Er hat ja wieder eine neue Frau, glaube ich.«

»Ja, die war auch dabei. Ich habe sie beim Arzt getroffen. Sie waren mit dem Kleinen da. Und weißt du was? Ich habe die Frau schon mal gesehen. Als ich sie im Wartezimmer beobachtet habe, fiel es mir wieder ein. Das ist aber schon länger her. Da war er noch Hausmeister hier in Heringsdorf im Hotel. Und er war doch mit der Chefin verheiratet. Damals hab ich noch gedacht: Ob die das wohl weiß, dass ihr Mann mit einer jungen Frau im Strandkorb sitzt? Die beiden wirkten auf mich sehr vertraut. Und ich meine, ich hätte sie auch mal im Gespräch mit Myrna gesehen. Ja, ich bin mir sogar ziemlich sicher. Sie ist ja eine auffallende Person, so groß und schlank. Und dann die langen Haare, sie sieht aus wie ein Model, finde ich.«

»Ja … ich weiß nicht. Ich kenne sie ja nicht. Aber ich muss jetzt los, meine Bekannte wartet. Bis morgen dann und danke noch mal!« Luisa ist verwirrt. Was hat das nun wieder zu bedeuten? Dass Robin mit einer Exfreundin zusammenlebt, kann sie sich noch vorstellen. Dass sie sich schon lange kennen, erklärt vielleicht auch die schnelle Heirat. Aber was hat Myrna damit zu tun? Sie sieht Maja und Trudchen vor sich und bleibt unwillkürlich stehen, um noch einen Moment nachzudenken. Was hat Joe gesagt? »Myrna hätte sie schon aus dem Haus gejagt, sie hätte nicht zugelassen, dass sie deinen Platz einnimmt.« Vielleicht hat Myrna genau das versucht? Hat sich zwischen Robin und diese Frau gestellt? Oh Gott, das passt doch alles. Die wollte Robin unbedingt, da war Myrna im Weg. Sie hätte auch das Auto nehmen können und Luisas Handy. Vielleicht lag das doch noch im Haus herum …

»Ich habe Heinz Rühmann gesehen«, flüstert Trudchen aufgeregt. »Der spielt in dem Film mit, den sie im *Kurhaus* drehen. Heute Abend gehe ich ins *Strandcasino* zum Tanz, vielleicht ist er auch da. Kommst du mit?«

»Na klar, Trudchen, da gehen wir alle hin.« Luisa will der alten Frau über die Hand streichen, aber die zieht sie erschrocken weg und blickt ihre Begleiterinnen ängstlich an. Anscheinend hat sie vergessen, wer die beiden sind und was sie hier tun.

Eine Weile schweigen alle drei und trinken ihren Kaffee.

Trudchen blickt starr aus dem Fenster. Dann lockert sich ihre Haltung und ihr Blick wird wieder klar.

Luisa nutzt die Gelegenheit: »Trudchen? Erinnern Sie sich an den Abend, als Sie mit Isolde allein hier auf der Seebrücke waren?«

Maja zieht scharf die Luft ein und will etwas sagen. Als sie Luisas warnenden Blick auffängt, schweigt sie.

»Ja?« Die alte Frau scheint zu überlegen.

Luisa beugt sich zu ihr: »Sie haben gesagt: ›Die Seebrücke brennt, er steckt die Seebrücke an.‹ Wen haben Sie gesehen? Valentin?«

Maja reißt die Augen auf, aber Luisa beachtet sie nicht.

»Trudchen! Wollte Valentin die Seebrücke anstecken? Was hat Isolde gesagt? Hat sie ihn gesehen?«

»Nein!« Die Frau schüttelt ärgerlich den Kopf. »Valentin Wagner hat doch die alte Seebrücke angesteckt. Die war viel schöner als diese. Diese wollte er nicht anzünden, das war ein anderer.« Sie richtet sich auf, scheint sich zu erinnern. »Das war ein jüngerer. So ein großer, starker Mann. – Isolde hat gesagt: ›Der will Feuer legen!‹ Er war da unten, bei der Toilette. Sie hat geschrien und dann ist sie weggelaufen. Ja.« Sie sieht Luisa fragend an. »Ich hab vergessen, wer das war. – Frag doch Isolde. – Wo ist sie? – Ich will jetzt zurück, ich bin müde.«

»Ja, natürlich! Kommen Sie, ich helfe Ihnen in den Mantel.«

Auf dem Weg zurück ins Pflegeheim reden die drei nicht viel. Luisa fragt nach dem Essen und den Mitbewohnern, aber Trudchen bleibt schweigsam.

Erst als sie beide allein sind, fällt Maja über Luisa her: »Sag mal, was sollte das denn? Du hast die arme Frau total schockiert. Wie bist du denn nur auf Valentin gekommen?«

»Ja, tut mir leid. Es war nur so ein Verdacht.«

»Stimmt das, dass er die alte Seebrücke angesteckt hat?«

»Ja. Er war jedenfalls dabei. Deshalb dachte ich … ach, ist egal. Ich bin ja auch froh, dass er es nicht war.«

»Wie hast du denn das mit Valentin herausgefunden? – Ach, das kannst du mir nachher zu Hause erzählen. Komm, lass uns hier vom Fleischer ein bisschen Wurst mitnehmen.«

Luisa bleibt stehen. »Maja, sei mir nicht böse, aber ich möchte heute wieder im Kino schlafen.«

Maja bleibt beinahe die Luft weg. »Ja sag mal, spinnst du jetzt total? Bist du lebensmüde? Also, das kommt überhaupt nicht infrage, das kann ich nicht verantworten!«

»Unsinn! Nun hör mir mal zu! Ich bin doch jetzt gewarnt und passe schon auf. Ich gehe gleich da runter und schließe mich ein. Dann kann mir gar nichts passieren. Morgen früh räume ich mein Zeug zusammen und morgen Nachmittag fahre ich zu Joe.«

»Aber warum? Du kannst doch bei mir schlafen, da bist du in Sicherheit.«

Luisa sucht krampfhaft nach einer halbwegs vernünftigen Erklärung. Sie kann Maja ja wohl schlecht sagen, dass sie ihr einfach auf die Nerven fällt und sie in Ruhe nachdenken möchte. »Einfach so, aus Sentimentalität«, erklärt sie vage. »Ich muss ja auch meine Sachen zusammensuchen und da alles wieder in Ordnung bringen. Und am Tage, wenn der Laden unten offen ist, kann ich da nicht rein.«

Maja schüttelt verstimmt den Kopf. »Ich verstehe dich nicht. Ich kann dich ja nicht zwingen mitzukommen. Aber wenigstens bringe ich dich hin. Ich bleibe auf der Treppe stehen, bis du dich eingeschlossen hast. Und dann gehe ich schnell nach Hause. Noch sind ja ein paar Leute unterwegs.«

»Danke, Maja! Du bist wirklich eine gute Freundin.« Das meint Luisa ernst.

Bevor sie sich trennen, begleitet Maja Luisa noch zur Toilette unter der Seebrücke. Als sie hinauskommen, bleibt die Verkäuferin plötzlich stehen. Sie zeigt dorthin, wo eine Außentreppe hinauf auf den Steg führt. »Ich glaube, ich

habe da gerade Valentin gesehen.«

Luisa geht schnell zur Ecke und blickt sich um. Dann schüttelt sie den Kopf: »Ich glaube, du leidest unter Halluzinationen.«

Maja zuckt mit den Schultern. »Vielleicht sehe ich wirklich schon Gespenster. Ich hab eben Schiss. Willst du nicht doch mitkommen? – Na gut, aber dann sieh zu, dass du in deinem Versteck verschwindest. Ich will jedenfalls nach Hause.«

Wie versprochen, hat Luisa die schwere Eisentür hinter sich zugeschlossen, aber sicher fühlt sie sich trotzdem nicht. Mit allen Sinnen hellwach liegt sie zwischen ihren Decken und denkt nach. Die Theorie, dass Robins Frau die Mörderin von Myrna ist, scheint ihr immer noch plausibel. Aber hat sie auch versucht, sie selbst zu ermorden? Was hat es mit dem angeblichen Brandstifter auf sich, von dem Trudchen gesprochen hat? Na gut, Trudchen – sie hat heute auch Heinz Rühmann gesehen. Aber wer hat Isolde ermordet? War es wirklich ein Raubüberfall und hat mit ihr gar nichts zu tun? Oder war sie zur falschen Zeit am falschen Ort und hat die Mörderin gesehen?

Doch, sicher hatte der Mordanschlag auf sie etwas mit Myrna zu tun. Warum sonst wurde ihr das Handy gestohlen und der Zettel mit der Telefonnummer? Die Mörderin muss sie belauscht haben, als sie mit der Frau in der Schweiz telefoniert hat. Aber dann ist die auch in Gefahr! ›Ich muss sie morgen unbedingt anrufen. Dann klärt sich alles auf. Morgen früh nehme ich meine Sachen mit raus und den Schlüssel lege ich im Laufe des Tages irgendwohin, wo er gefunden wird‹, ist Luisas letzter Gedanke, bevor sie einschläft.

54

Luisa weiß nicht, was sie geweckt hat. War es der Benzingeruch, der schwache Lichtschein des Feuers oder das leise Knarren der Eisentür? Sie schläft nur ganz leicht, ihre Sinne reagieren auf jede Veränderung, sie ist immer fluchtbereit. Sofort hellwach, registriert sie das Feuer im Gestühl,

in der Nähe der Tür. Gleichzeitig hört sie, wie die Tür von außen abgeschlossen wird.

Schon im Aufspringen greift sie nach ihrem Schlüssel, ist in Sekunden an der Tür. Hinter ihr breitet sich das Feuer blitzschnell aus, sie spürt bereits die Hitze. Sie hustet, ihre Augen brennen vom Qualm, aber sie findet das Schlüsselloch, schließt mit zitternden Fingern auf. Sie spürt einen Widerstand, aber die Panik gibt ihr Kraft, sie wirft sich gegen die Eisentür, steht im Vorraum und ringt nach Luft. Hinter sich hört sie die Flammen auflodern, der eindringende Sauerstoff hat das Feuer erst richtig entfacht.

Als sie zur Treppe läuft, sieht sie links in der Ecke jemanden stehen, eigentlich erkennt sie nur einen Schatten. Kurz denkt sie an Joe, es scheint ein großer kräftiger Mann zu sein, so wie Joe es war, bevor er im Rollstuhl saß. Sie läuft immer noch keuchend die Treppe hinauf, hört schwere Schritte hinter sich und hat keine Kraft zum Schreien. Sie wimmert nur leise, als sie auf einer der letzten Stufen ausrutscht und sich das Schienbein aufschlägt.

Der Mann ist direkt hinter ihr, reflexartig kauert sie sich zusammen und legt die Arme um ihren Kopf, als würde sie einen Schlag erwarten.

Plötzlich leuchten Scheinwerfer vor ihr auf, sie hört laute Rufe: »Stehen bleiben, Polizei!«

Hinter ihr läuft jemand die Treppen hinunter, dann auch dort Stimmen, Tumult.

Luisa dreht sich um. Sie sieht Uniformen, auch der Wachschutz ist inzwischen da, dazwischen ein großer Mann, er wendet seinen Kopf, starrt zu ihr hinauf.

Fassungslos blickt sie Joe ins Gesicht. In ein völlig fremdes Gesicht. Die Mundwinkel sind verächtlich herabgezogen, die Augen glühen vor Hass. Sekundenlang weigert sie sich, zu begreifen. Dann spürt sie ganz deutlich, wie eine Welt in ihr zusammenbricht.

Maja Vogelsang hat sich neben Luisa auf die Treppe gesetzt und die Arme um sie gelegt. Sie schweigt ausnahmsweise, auch als ihre Freundin sie Minuten später fragend ansieht. »Warum denn nur? Was habe ich ihm getan? Er war doch alles, was ich noch hatte. Meine Familie.«

Dann wird es unten wieder laut, die Feuerwehr ist da. Ein Arzt beugt sich zu Luisa hinab. »Können Sie aufstehen?«

55

Luisa sitzt wieder bei Maja auf dem Sofa. Wo sollte sie auch sonst hin? Ihr Elternhaus steht leer, als Myrnas Erbin ist sie jetzt die Besitzerin. Aber noch kann sie sich nicht vorstellen, in dem Haus zu leben. »Ich kann doch nicht direkt neben Robin und seiner neuen Frau wohnen«, erklärt sie Maja. »Aber verkaufen kann ich es auch nicht, das kriege ich nicht fertig. Was mache ich denn nur?«

»Das musst du schon selbst wissen«, erwidert Maja erstaunlich vernünftig. Offenbar hat sie gründlich über Luisa nachgedacht. »Wenn du deinen Sohn liebst, dann ziehe in das Dorf und kämpfe um ihn! Wenn nicht, gehe woanders hin und beginne ein neues Leben! Aber rede mit Robin, erkläre es ihm! Das bist du ihm schuldig und vor allem deinem Kind.«

»Ja, das mache ich auch. Wirklich, ich werde mich auf keinen Fall wieder drücken. Aber ich weiß eben selbst nicht, was ich will. Ich fühle überhaupt nichts.«

»Das ist doch klar. Du stehst ja immer noch unter Schock. Erst einmal musst du das alles verarbeiten und dann geht es weiter. Du kannst so lange bei mir wohnen, wie du willst.«

»Danke, Maja! Gut, dass du da bist, ich könnte jetzt wirklich nicht allein sein.« Das kommt aus tiefstem Herzen. Nicht nur, weil Maja weniger redet. Luisa hat ihr inzwischen offen gesagt, weshalb sie an dem Abend wieder in das

Kino gegangen ist, der ununterbrochene Redestrom hat sie am Nachdenken gehindert und fast in den Wahnsinn getrieben. Aber Luisa war eigentlich immer gern allein, sie hat noch nie so viel gesprochen, außer mit Myrna. Jetzt ist sie froh, dass sie jemanden zum Reden und zum Zuhören hat. Die beiden Frauen sprechen immer wieder über die Vorfälle in der letzten Zeit, über Joe, über den Mord an Luisas Schwester und die Anschläge auf sie selbst. Es hat Tage gedauert, bis sie alle Zusammenhänge erkannt hat.

Die endgültige Erklärung brachte Myrnas Freundin, die zwei Tage nach dem Brandanschlag in Heringsdorf angekommen und inzwischen wieder in der Schweiz war. Sie hatte eine umfassende Aussage bei der Polizei gemacht. Und sie hat mit Luisa ein langes Gespräch geführt. »Ich habe die Wahrheit geahnt, als Sie mir am Telefon gesagt haben, dass Myrna wahrscheinlich tot ist und dass Joe im Rollstuhl sitzt. Weil das Gespräch gestört wurde, haben Sie meine Warnung falsch verstanden. Denn eigentlich wollte ich sagen, dass Sie sich vor Joe in Acht nehmen sollen. Ich wusste, dass er gefährlich ist. ›Pass auf dich auf und halte dich von Joe fern‹, habe ich gesagt, aber die letzten Wörter sind im Lärm untergegangen. Das Wichtige, was ich erzählen wollte, war, dass Myrna vorhatte, sich von Joe zu trennen. Seine ständige Eifersucht und sein Besitzdenken wurden ihr einfach zu viel. Sie plante, sich ein neues Leben aufzubauen. Dazu gehörte, sich zusammen mit mir mit einer Modeboutique selbstständig zu machen. Sie wollte ihm das Haus überlassen und sich in Heringsdorf eine eigene

Wohnung mieten. Dass sie sich von Ihnen, ihrer Schwester, dann auch endlich abnabeln würde, hielt sie für einen positiven Nebeneffekt«, erzählte Myrnas Freundin weiter. »Als sie und Joe nach einem Abend bei Freunden auf der Heimfahrt waren und er ihr wieder grundlose Vorhaltungen machte, hat sie ihm ihre Pläne mitgeteilt. Vielleicht hat sie aufgrund der Erregung zu viel Gas gegeben, vielleicht hat er auch ins Lenkrad gegriffen – sie wusste es hinterher nicht mehr. Dann saß er im Rollstuhl, bat Myrna unter Tränen, bei ihm zu bleiben, und sie brachte es nicht übers Herz, sich von ihm zu trennen.« Sie unterbrach kurz ihren Redefluss und atmete tief durch. »Myrna bat mich daraufhin um Verständnis, dass sie ihren Mann in dem Zustand nicht verlassen könne, sie war von Schuldgefühlen geplagt und wir gaben unsere Pläne erst einmal auf. ›Vielleicht später einmal‹, hat Myrna gesagt, ›wenn es Joe wieder besser geht.‹ Ich habe dann eine Stelle in der Schweiz angenommen. Ich war erst wenige Tage dort, als Myrna anrief und mir erzählte, dass sie überraschend nach Hause gekommen wäre und gesehen hatte, dass Joe laufen konnte. ›Der hat mich die ganze Zeit belogen, nur damit ich bei ihm bleibe. Das ist doch das Letzte! Ich muss hier weg, ich suche mir jetzt sofort eine Wohnung und eine neue Arbeit!‹, hat sie gesagt. Leider endete unser Gespräch dann im Streit, weil ich der Meinung war, Myrna müsse ihren Mann anzeigen, er würde die Versicherung betrügen. Sie war aber noch nicht dazu bereit.« Sie hatte jetzt mit den Tränen zu kämpfen. »Das war das letzte Mal, dass wir miteinander gesprochen haben, danach war Myrna telefonisch nicht mehr zu erreichen. Als Sie mir dann gesagt haben, Myrna sei vermutlich ermordet worden und dass Joe noch immer im Rollstuhl sitzt, war mir alles klar.«

»Ich verstehe nur nicht, warum er mir selbst geraten hat, mit Ihnen Verbindung aufzunehmen. Er musste doch wissen, dass Sie mir einiges erzählen können.«

»Das hat er aber erst, als Sie schon von mir wussten. Sie hätten mich also auf jeden Fall gefunden. Vielleicht wollte er mich ja auch zuerst anrufen und hören, wie viel ich weiß.«

»Ja, mag sein. Aber nicht einmal Sie konnten ahnen, dass er sie einfach kaltblütig ermordet hat. – Ich kann es immer noch nicht fassen, dass ich mich so in ihm getäuscht habe.«

Von der Polizei hat Luisa erfahren, dass Joe seine Frau vermutlich im Affekt erschlug, aus Verzweiflung, weil sie ihn verlassen wollte, wie er in seiner Vernehmung ausführlich gestanden hat. Der Abschiedsbrief, den er Luisa gezeigt hatte, stammte tatsächlich von Myrna. Joe hatte ihn nur zu früh gefunden, bevor sie das Haus verlassen konnte. Er sagte aus, sie hätte ihn provoziert, doch das hat Luisa nicht geglaubt, es war nicht die Art ihrer Schwester. Auch nicht, dass sie von einem anderen Mann gesprochen hätte, mit dem sie angeblich zusammenleben wollte. Wahrscheinlicher ist, dass sie ihm mit einer Betrugsanzeige gedroht hatte und sei es nur, damit er sie in Ruhe lassen würde.

Der Mord war an dem gleichen Abend passiert, an dem Luisa nach Hamburg geflüchtet war. Bewusst hatte er ihr später suggeriert, es wäre erst Tage später geschehen. Sie hatte glauben sollen, ihre Schwester hätte sie für tot gehalten und wäre vielleicht auch deshalb fortgegangen.

Er hatte vor, Myrnas Leiche mit ihrem eigenen Auto wegzubringen, aber das war verschwunden. Dass Luisa damit nach Hamburg gefahren war, hatte er nicht gewusst, aber es war ein glücklicher Zufall für ihn. So nahm er an diesem Abend dann einfach Robins Auto, darin fand er Luisas Handy, das er sich in die Tasche gesteckt und später am Strand verloren hatte. Dann brachte er die Leiche in das Boot, fuhr damit hinaus und warf sie, mit wassergefüllten Benzinkanistern beschwert, über Bord. Alles lief hervorragend, niemand kam auf die Idee, den gelähmten Mann zu verdächtigen. Außerdem hielt man Luisa für tot und mit ihr hatte Joe gar nichts zu tun.

Dann war seine Schwägerin aber plötzlich wieder aufgetaucht. Dass er von vornherein die Absicht hatte, sie ebenfalls zu ermorden, wollte er nicht zugeben. Es hätte ihm ja gereicht, wenn sie seinem Rat gefolgt und wieder fortgegangen wäre. Nur ließ sie nicht locker und kam seinem Mordmotiv immer näher. Er war abends häufig mit dem eigenen Auto in Heringsdorf und hatte schnell herausgefunden, wo Luisa schlief. Als sie während eines gemeinsamen Essens einmal zur Toilette war, nahm er einen Abdruck von dem Schlüssel, den er in ihrer Jacke fand und ließ ihn sich nachmachen.

Auch die anderen Brände im Ort hatte Joe gelegt. Immer nur kleine Feuer, die schnell entdeckt wurden und keine großen Schäden anrichteten. Es sollte so aussehen, als ob ein Pyromane am Werk war und Luisas Tod wäre ein Zufall, der nichts mit ihr persönlich und schon gar nichts mit Myrna zu tun hätte. Er wusste auch genau, dass das trockene Gestühl im alten Kino sofort brennen würde, zumal er Benzin auf die Sitze gegossen hatte. Er war sich sicher, dass Luisa ersticken würde, bevor es ihr gelänge, die Tür aufzuschließen. Ihre Rettung war vermutlich, dass sie den Schlüssel abgezogen hatte. Das hatte sie erst in den letzten Tagen getan, da war ihr eingefallen, dass jemand durch das Schlüsselloch blickend, ihn hätte sehen können.

Bei seinem ersten Versuch stand ihm Isolde in der Quere. Sie kam aus der Toilette, sah ihn, wie er mit einem Benzinkanister in der Hand zum unteren Eingang der Seebrücke schlich und zog sofort die richtige Schlussfolgerung. »Er will die Seebrücke anstecken!« Trudchen hatte also ganz richtig gehört. Isolde gelang es noch, bis auf den Steg der Seebrücke zu flüchten, dort hat er sie mit einem Stein erschlagen.

Der erste Mordanschlag auf Luisa hatte sich zufällig ergeben. Er hatte den alten Benzinkanister zwischen Düne und Seebrücke versteckt und wollte ihn gerade holen, als er Luisa entdeckte. Die Nacht war kalt und er wusste, wenn sie bis zum Morgen im Freien liegen würde, wäre sie erfroren. So schlug er sie mit dem halbgefüllten Blechbehältnis nieder und schleppte die bewusstlose Frau in die Büsche bei der Promenade. Nur durch Zufall wurde sie dort gefunden. Sein Glück hatte ihn verlassen.

Als Luisa sich bei Maja bedanken wollte, weil sie rechtzeitig die Polizei zur Hilfe geholt hatte, schüttelte die den Kopf. »Ich habe nicht angerufen. Ich habe Joe gesehen, als ich nach Hause gehen wollte. Aber ich war mir nicht mal sicher, ob er das ist, weil er doch eigentlich gar nicht laufen kann. Aber sicherheitshalber bin ich ihm nachgegangen. Die Polizei kam gleichzeitig mit mir an der Seebrücke an.«

»Aber wer …?«

»Valentin Bessin hat uns informiert«, erfuhren die Frauen

von der Polizei.

Gestern haben sie Valentin endlich einmal wieder auf seinem Stammplatz im Café angetroffen. Er wehrte Luisas Dank verlegen ab. »Ich wusste doch gar nicht, dass du da drin bist. Ich wollte nur die Seebrücke schützen. Ich hatte schließlich etwas gut zu machen.« Er hatte Joe nicht gekannt, ihn aber schon das erste Mal, als der mit einem Benzinkanister zur Seebrücke gegangen war, gesehen, ihn dann aber aus den Augen verloren, weil er oben in der Passage war. Als er von dem Mord an Isolde gehört hatte, hat er sofort einen Zusammenhang geahnt. Vor allem, als Trudchen vom Feuer auf der Seebrücke sprach. Er hatte daraufhin seinen Verdacht der Polizei mitgeteilt, aber die konnten mit seiner Beschreibung – »ein großer, kräftiger Mann mit einem Benzinkanister« – nicht viel anfangen. Von da an hatte er die Seebrücke jede Nacht beobachtet, war immer wieder von einem Eingang zum anderen gegangen und hatte Joe dann tatsächlich gesehen, als der die Kinotür aufschloss und hineinging. Sofort hatte er den Wachschutz herbeigerufen, die Polizei und dann auch die Feuerwehr.

Dass er Luisa vermutlich das Leben gerettet hat, wollte er nicht hören, aber als sie hinzufügte »und du hast die Seebrücke gerettet«, lächelte er zufrieden.

Epilog

Auf Usedom ist der Frühling angekommen. Im Dorf blühen die Forsythien und die Krokusse, die Sonne wärmt bereits, aber hier auf der Seebrücke weht ein frischer Ostwind.

»Die Ostsee ist noch kalt«, erklärt Luisa und zieht ihrem Sohn die Kapuze über den Kopf. Sie sieht sich um. »Aber

es sind schon eine Menge Leute da.«

»Ja klar«, erwidert Maja, »was denkst du, was letzte Woche hier los war. Zu Ostern waren die Hotels fast ausgebucht. Das war wie in der Hochsaison. Du warst eben lange nicht hier.«

»Na ja, ich hatte erst mal die Nase voll von der Seebrücke.«

»Aber dir geht es wieder gut?«

»Ja, wirklich! Wenn ich Myrna nicht vermissen würde, wäre ich direkt glücklich.« Sie lehnt sich an Robin und streicht ihrem Kind zärtlich über die Wange.

Maja lächelt zufrieden. Nur gut, dass sie damals ins Dorf gefahren ist, um mit Robin zu sprechen. Er hat ihr seine Schwester vorgestellt. »Sie kümmert sich um uns beide«, hat er erklärt, »aber auf Dauer ist das natürlich keine Lösung. Glaubst du, Luisa würde wieder zu uns zurückkommen?«

Natürlich hat Joe gewusst, dass Robin keine neue Frau hatte und »Frau Schober« nur dessen Schwester ist. Aber ihm war wenig daran gelegen, dass Luisa sich mit Robin in Verbindung setzte.

Luisa braucht noch immer eine Therapie, um ihre Vergangenheit aufzuarbeiten, aber sie kann bereits wieder ein ganz normales Leben führen.

Sie bummeln auf der windgeschützten Seite des Steges entlang bis zur Mittelplattform. »Ich muss endlich mal mit der netten Verkäuferin reden, die mir die Telefonnummer von Myrnas Freundin besorgt hat«, fällt Luisa ein. »Sie glaubt wahrscheinlich immer noch, ich sei die Schwester von Joe. Ich sollte sie wohl mal zum Kaffee einladen und ihr alles ausführlich erzählen.«

»Das habe ich bereits für dich erledigt«, erklärt Maja fröhlich. »Sie ist schon genauestens informiert. Wir trinken jetzt öfter mal zusammen einen Kaffee.«

»Ja klar, das hätte ich mir doch denken können.« Luisa lacht.

Dann bleibt sie stehen und hält Maja am Arm fest. »Das glaube ich jetzt nicht, hat er wirklich sein Trauma überwunden?«

Langsam geht sie näher an eine kleine Gästegruppe heran, in deren Mitte Valentin steht und in die Ostsee zeigt. »Die Pfähle dort im Wasser sind die Reste der alten Heringsdorfer Seebrücke. Sie galt als die schönste Seebrücke an der deutschen Ostseeküste …«

Bereits bei Hinstorff erschienen:

ISBN 978-3-356-01603-1
12,99 Euro

ISBN 978-3-356-01826-4
12,99 Euro

ISBN 978-3-356-01884-4
12,99 Euro

ISBN 978-3-356-02060-1
15,00 Euro